朱天文作品集 3

小說集 1982－1987

炎夏之都

目次

上卷 1982-1983 最想念的季節

炎夏之都

下卷 1984-1987

最想念的季節

上卷 1982-1983

《最想念的季節》序

——天文種種

袁瓊瓊

天文喊我朱陵阿姨，因爲管管。我第一次看到天文是十二年前，朱家還住內湖。敝人尙是新婦，具有各種初婚女子的美德：聽話、害羞、緘默，和穿了新衣裳。

管管和西甯兄與慕沙姐聊天，小孩子在屋子裡跑來跑去，許多狗，不時聽到紗門「嗟」地一聲碰上：那是有人或狗，進來了和出去了。過一會兒，慕沙姐招了兩個跑來跑去的小傢伙到前面來讓管管看：「還認不認得？」管管說：「是天文和天心？」不是，是天心和天衣。於是眾大人感歎一番：「長這麼大了！」和「日子過得眞快呀！」

天心一直就不高，記得那時候看上去跟天衣差不多大小。小男孩似的誠直的大眼睛，人黑黑。天衣也很黑，也是大眼睛，汪亮汪亮，靈動得不得了。應景的喊了我跟管管就又竄開了。西甯大哥說喊天文出來。過一會兒天文出來，那時記得是唸高一，感覺上應該不比天心大多少，一見卻發現是個大人。留著清湯掛麵短髮的天文，瓜子臉瑩白，那漠漠的大眼睛似乎也透明似地，都不能肯定是黑色。她穿件淺藍連衣裙，兩手背在身後站著。我初見天文印象很強烈，她整個人顯得清淨澄澈，非常美，我那時相信有人用「水靈」形容女孩兒是有所本的。

西甯大哥那時說到天文剛寫完她第一篇小說，才投給《中華日報》，不知道人家會不會用，說話那得意著又謙抑著的模樣，完全只是個父親而不是文壇大家。手底下提拔過多少新人，他這下談到天文只說：「小孩子玩意，寫著好玩的。」隔了半天才又扯一句說：「要是刊出來了，也只是伯伯叔叔愛護她。」

說話間，天文挨牆站著，眼睜睜的看人，不畏不笑，也不言語，彷彿她父親在談別人的事。過一會兒，她把手指放在嘴角含著。

有些事情，天文始終不變，那愛咬手指的習慣，童女似的澄淨的臉，看人時那種眼睜睜的，直截的看法，仍然一直的只是「女孩」——或許永遠是。

她的第一篇小說，後來刊出來了，我在家裡看到，寫個女學生愛上她的老師。心情自然是她那個年紀的，筆法的細膩成熟，讓人不能信那是新手。我那時還沒開始寫東西，可是自命是高水準讀者，挑剔非常的。而天文那一篇小說，看了只是驚，跟看她本人一樣，覺得是不大可能的東西，因爲好得超出常情。

後來天心也跟著寫起來。兩個人的作品我都看得很熱心，覺得是天才小孩。因爲性情，我一直比較偏愛天心，天心的東西火熱，而且老有種孩子氣的新鮮。天文一開始寫小說，她自己就在距離之外，寫什麼都是漠漠的，帶點冷辣，比較接近西甯大哥的風格，很注重技巧和語法。想到她初初開始才是十來歲的孩子，就能這樣廁身事外，眞是奇怪。兩個人開始辦三三集刊，拉稿拉到我身上來，我這才正式開始寫稿。說來還是天文天心發掘的。說起來她們是前輩，叫起來我又是阿姨。

我跟天文一直沒熟上來，跟天心也是，不幸身爲長輩，又還沒老得可以讓她們忘年，結果就一直維持在說有禮貌的話的關係上。永遠是很柔和的喊：「朱陵阿姨。」說完當說的事以後，蜻蜓點水似的一笑，結束了。十年來都是這樣子。三月初天文找我寫序，我問爲什麼找我，天文說：「因爲仙枝他們都太熟了……」我跟仙枝有一度很親近，後來就沒有了。跟天文天心在三三時期，好像也可以開始熟起來，但是後來又沒有了。跟人的熟與不熟，對我來說是個悲哀的問題，一直拿捏不住分寸，倒底要熟或不熟到哪種地步，才能得罪了人他還不會跑掉——不熟的時候不好意思跑，熟的時候不跑。

我把天文的稿子帶來帶去，從三月帶到四月，天文說：「不急，朱陵阿姨，眞的不急。」大概是不熟的緣故。從四月帶到五月，還沒寫好序，然後，我把稿子弄丟了。

天文打電話來，說拾到稿子的人直接打了電話給她，她來跟我說一聲，免得我著急。五月了，從三月初開始寫的，而且還把人家剪報稿給丟了，雖然又找回來了，我不由自主的異常心虛。天文的聲音是且笑且惱的，帶些急躁，然又得禮貌地壓制著。那是很人性的聲音。我放下電話後，覺得自己感應到了比較內裡一點的天文，比我一向接觸到的有脾氣一點，情緒一點，或許，潑辣一點。

一直覺得天文的文字潑辣似男兒，她小說的放膽俐落，有時到令人咋舌的地步。〈小畢的故事〉裡那個小女孩，看到小畢把個大毛蟲分屍嚇她，天文只寫：「焉知我是不怕毛蟲的，抓了一把泥土丟他。」那份野，當時看，只覺得：這怎麼會是天文，然而從小說裡看：這就是天文。她文字裡沒有忸怩之態。收在書裡的〈畫眉記〉，分明是寫小兒女，她寫得有聲有色，全是大動作，我看來目不暇給，覺得轟轟一片，火燒似地剛烈。天文的柔情大概託在散文裡。小說就一直地簡捷俐落，不帶廢辭廢筆，這裡收的幾篇都是，有種泱泱大氣。

她的題材其實簡單。〈安安的假期〉寫小孩回外祖父家度假，旁襯一段年輕人的愛情。〈風櫃來的人〉，一群半大不小的男孩各處晃盪，任何事都是沾沾就落了，始終沒切進世界裡去。〈最想念的季節〉，男人女人的故事。這三篇原本是電影故事大綱。〈最藍的藍〉，男孩女孩。〈敘前塵〉那幾篇我看來都是眞情實事，戲劇性尤其淡到極點。大約正是簡單和淡，所以自帶一份大方，顯得大氣。

平心而論，天文這裡收的幾篇不是頂尖東西，如果這些就是天文最好的東西，也就把天文看小了，但是〈伊甸不再〉的確是凌厲辣撻。我最初看是在報上，也是一驚，完全脫離她自己一貫的調子。若拿電影做比，過去的天文像小成本製作，始終在中規中矩裡，雖然是很齊整嚴謹，但是到底比不上〈伊甸不再〉有種放手一搏的氣勢。〈伊甸不再〉正是勝在氣勢，文字用得既狠且準。寫女主角素蘭：「尖尖下巴，吊稍眼飛飛插入兩鬢，一點瞳仁含怒帶笑，短裙細腰，生手生腳好像野芒葉會割人見血。」這形容是有外觀有內在，連性情都帶了。筆法是連畫面帶旁白，且敘且述，轉場俐落自如。男女主角第一次見面，女主角素蘭在部連續劇裡串演小角色——

她不在乎，鏡頭卻給她，又給她一句台詞，翹首四望，跺腳說：「奇怪，他們都到哪裡去了？」

喬樵在副控室，四個螢光幕都是她的半身相，喬樵問：「她是誰？」沒有人知道。喬樵說：「不錯，節奏感不錯。」

這就完了。後來兩個人有了感情：「有一天早上喬樵走出來，客廳的長窗都已推開，屋子裡陽光很燦爛，象牙黃的太陽光。甄梨一腳跪在象牙黃皮沙發凳上就那樣對著玻璃几上一隻瓷碟倒碗豆，玻璃几上有天竺菊，有豌豆迸跳輕脆的聲音，甄梨穿著他象牙黃襯衫的影子。」整段裡沒有快樂或高興兩字，卻是畫面點出了這心情，結果喬樵就歎了氣說：「昨晚我沒回去，你就這樣高興了，唉！」這樣貼心的知道了她，喬樵之細緻卻寫在這裡。

我自己寫小說，知道難在哪兒，易在哪兒，看到我自己某些處理上的難題，天文卻輕巧一躍便過去了。那刺戟因此分外明顯。我看天文東西就時時有這樣乍然眼明的時候。

天文七十一年開始走編劇路子，起先是電視劇，後來電影。編劇本對她的筆法有影響，她的小說開始有些電影手法出現。〈小畢的故事〉我喜歡天文原文勝過電影，先入爲主的癖好使我對那片子一直沒法滿意，雖然那是部帶動風潮，有承先啓後地位的電影。而〈風櫃來的人〉，雖然天文說是電影故事大綱，我卻喜歡，又勝過電影。我對電影〈風櫃〉情緒複雜，肯定那片子眞的好，但是一點不喜歡。有天跟柯一正說那片子是：「人到處晃來晃去，什麼事也不做，浪費生命。」柯一正說：「那片子要講的就是無所事事和浪費生命啊。」我當下才徹悟，我不喜歡〈風櫃〉是因爲不贊成那種人生，無事可做一向令我不能忍受。〈風櫃〉能讓我產生不可忍的感覺，正是它傳達得透剔入裡了。

前一陣子在社教館看默門香默劇團，天文也在，坐第一排上，中場休息時，默劇演員到觀眾席上來表演，天文於是反過身來趴著椅背看。她紮了雙辮，頭臉浮在椅背上，看模樣是她像小孩兒似地半跪在椅座上看的。遠遠看來，天文的臉孔小，白和模糊，她跟著默劇演員的移動轉著臉孔，專注的，而後開始咬指甲。那種永遠的永遠的樣子，照她文章的進境來說，天文早該變化過好幾番了，然而她始終是那樣子，人自人，文章自文章，這樣子的無沾無滯，眞的是童女。而且也使我想起胡蘭成老師說過的話：「人要比文章大。」

民國七十四年

畫眉記

星期六的下午，不知爲什麼就吵起來了，是眞的生氣。尹仲疆掃了一眼腕上的錶，關關便冷笑道：「你走，你走了我就自殺。」

仲疆從櫃上拿了車鑰匙，指著關關警告：「聽著，老婆，不要做傻事，我馬上就回！」紗門砰一扔，登登登的跑下樓去了。

他敢，他竟然敢！關關頭一炸，整個人空白了幾秒鐘，隨即奔到落地長窗前，嘩啦一聲把簾子拉開，赤腳踏出陽臺，撐在石磚花牆上朝下望，先聽見鐵門轟然帶上，仲疆走了出來。她想要大罵一句最最惡毒的話，但她腦子裡現存的只有一個「他媽的」——太便宜了他！而且畢竟她不至於當場來個四樓跳，所以眼睜睜看著他啓了車門坐進去，雪青的跑天下嗯嚕打個轉駛出了巷子。巷子的丁字路口停一輛麵包車，每天下午這個時候來，千篇一律播送著心蹦蹦心串串臉兒紅，擴音機裡藏著的那位女孩，簡直健康活潑得愚蠢，快樂的音符一顆顆像雞心，沿街繞巷漫天拋售。關關雖站在高樓上，也沒頭沒腦給拋了滿懷，更加懊恨。這時正當暮春天氣，是市塵，還是煙靄，遠空一片霏霏。關關一旋身靠在花牆上，望著腳邊迷你花盆裡的一株仙人掌發怔，心想：「我要報仇！我要報仇！」

仲疆在車子裡，亂糟糟的情緒像無數支小針扎得他異常躁熱起來，猛然旋開窗玻璃，濕絨絨的暖風如一團粉撲滿臉撲上來，令他窒息，又忙將窗子旋了一半上去，他實在想不通是怎麼又把關關給得罪了。結婚還不到兩個月，他娶了她，彷彿娶到一整個世界的牽牽掛掛，剪不斷、理還亂，憑空裡他自己的人一下子多出了百個、千個、萬個。若是他現在一車撞死了，死的不是一個人，是千千百百個的尹仲疆。可怕呀，他倒抽一口氣，坐直了身子，把車速減慢下來。

就說昨晚上，他為擬劇本的分場幾乎徹夜未眠，關關陪著不肯去睡，替他沏濃茶，煎蛋餅，他拜託她去睡，見無效，最後亦起了無名火，開大了嗓門道：「看嘛，你在這裡，我弄到現在一場也沒分出來！」

關關一賭氣扭身進了房間，半晌沒聽見她動靜，他倒又放心不下，起身過去看她，見她坐在地板上整理照片，攤得一地都是，遂又犯賤撩撥她說：「什麼時候不好貼照片，三更半夜不睡覺弄這個。」

關關頭也不抬，道：「咦，那你什麼時候不好分場，三更半夜在分場！」

有這樣睜眼說瞎話的人，仲疆笑道：「我的是正經事，你的不是。」

關關倏地立起，怒道：「對。那你就不要來我這個不正經的地方！出去。出去。」一邊把他推出了房間，將門關上。

仲疆落得個無趣，自去桌前草草分完一集的場次，睡時聽見遠處雞啼，房間裡滿地照片狼藉，關關已伏在枕上睡熟了。他親了親關關的頭髮，一倒頭便入了夢鄉。

他不知道關關其實沒有睡著，眼淚流濕了枕巾，一直到天亮。他也不知道此時關關在陽臺上怔了半天要向他報仇。關關走進屋來，觸目又是客廳的通衢大道上躺著的那張廢稿紙，原是一次吃西來順餡餅用來托芝麻屑的，怎麼吹落在地上，老看它躺著那裡沾著幾粒芝麻跟湮開的油漬，心上極干擾厭憎，卻是兩人來來去去的好幾天了，可也沒誰想到去拾它一下。這會兒關關忽然靈光一閃，才開了竅似：「這張廢紙，假如不是她撿起來，則絕對沒有第二人會來替她撿的！」關關把紙揉了扔進字紙簍，氣力一弱，跌坐在沙發裡。做女兒時她關關向來是不動家事的，可是從今以後，再不會有母親替她事事張羅，替她把這張紙屑撿起來，再不會有了。結婚至今，此刻她才恍然大悟，她眞的是結過一回婚了。

樓底下麵包車的擴音機猶自漫天分撒著一個女孩子的喧鬧愉悅的青春。在這個暮春的星期六下午，巷子裡充斥著玩耍的孩子們，打羽毛球的，躲避球的，克難壘球的，腳踏車吱吱呀呀從人群裡一彎一扭的騎過去……市聲沸沸，揚揚的紅塵一波波直漫到她的落地長窗來。也不是絕望，也不是悲慟，如果她從前的日子比做是瓊樓玉宇、急管繁弦，此刻都揮別了，她好像看著自己步出明淨的落地長窗，步下雲階，一階一階沉入了塵凡。她待要回頭流連，雲掩霧遮，早已斷了歸路，她唯有朝前走去了。關關眞想放聲大哭一場。

仲疆來到碧富邑，直奔六〇七室找阿波，不見人，下樓到餐室轉轉，果然看見阿波鰾了位留法拉式頭髮的在喝咖啡。阿波起身來迎，背著那女的朝他撇撇嘴，仲疆心知又是位自願謄稿者，相視在眼底一笑。仲疆將一封套丟給阿波，擺擺手轉身就要離去，被扯住了道：「幹嘛，來就走，太座管你那麼嚴？」

仲疆揍他一拳，只好坐下亦叫了杯咖啡。要不是礙於法拉頭在旁，阿波嘴上才沒這麼客氣，他是沒有黃色酵素便活不下去的人。阿波鬼鬼一笑道：「找個空檔報告報告結婚心得吧。」

法拉頭聞言放懷朗笑，表示深懂其中的默契，默契得太過頭了，令仲疆頗爲侷促，唯有裝呆，報以無辜且善良的微笑。法拉頭見狀更加笑了個花枝搖顫，差點沒把食指一戳戳到仲疆的額上來，嗔道：「原來你就是尹仲疆。這麼年輕就寫得這麼多的劇本了。眞是了不起，以後還要向你多多請教。」

仲疆生平所未見，非常驚詫於她這種自信和公然，分明是極拙劣的連續劇式演技。仲疆笑著望向阿波求援，阿波這時卻拒絕接收他的求救訊號，紅通通的臉膛一股子掩藏不住的戲謔，戲謔女的，也戲謔他。仲疆怎肯示弱，一指阿波跟前吃剩的一盤蠔油牛肉飯說：「這麼好的胃口——五味雜陳樣樣都來，服了你了。」

阿波曉得仲疆諷刺他泡妞兒只重量不重質，笑道：「我是沒你的本領，給你一碟開陽白菜就夠吃一輩子。」

法拉頭詫異尖聲道：「啊喲，仲疆吃素啊？」

仲疆心下不忍，便光是微笑。阿波瞟著法拉頭笑：「是啊，他吃素。哪天你該去他家看看，我們的尹弟妹是蘇州美女，水蔥蔥的一棵小白菜。」

法拉頭瞟瞟的睨向仲疆媚道：「你一點也不像結過婚的人，我看倒像在唸大學。什麼時候我要阿波帶我去你家好不好？」

「歡迎，歡迎。」仲疆話還沒說完，法拉頭便又爆出冷門說：「去你家看你還拿開陽白菜給我吃嚒！」

阿波聽了激賞得大笑，仲疆也忍俊不住。法拉頭雖不明白自己講了可笑的話，但她相信總之是她的嬌媚所致，因此格外笑得放肆。

餐室外一座敞亮的透明屋頂大廳，七彩繽紛懸掛著縐紋紙花，四面牆上鑲的鏡面將大廳更擴了兩倍，陽光直射下來，不是花房，也有花房的簇簇的顏色和暗香，散著三三兩兩的人堆，亦吃點心飲料聊天。典型的是一幅：歡樂假日圖。仲疆惘惘若觸動了心底的一樁什麼，說不上來，一仰頭就咖啡飲盡，道聲再見走了。

他想起關關家開設的幼稚園，一棵棵高聳的油加利樹蔭下，漆著鮮潔的紅色綠色黃色藍色的鞦韆架、蹺蹺板、溜滑梯、旋轉地球，地面永遠是掃得一片落葉也無。關太太能幹又開明，星期日幼稚園放假，自然便成了關關的同學和朋友們相聚的好地方，幾天一個餃子會、湯圓會、烤肉大會，關關且是愛玩愛笑，不怕沒有名目瘋不來。仲疆都忘了是跟誰去她家的，夥在人來人往裡白吃白喝，吃久了，喝久了，就成了自家人。兩人好像也不知道是在戀愛了，一旦知道時才恍然發現早已是這樣久，這樣深。此段公案至今還理不出下落，關關說是他先喜歡她的，他卻不承認，每每為這個又吵起架來。然而他一直記得，想起關關時，永遠也想起她家的幼稚園，那樣一天初夏的早上，空氣裡漾著油加利葉香，竹架上盛開的愛染桂，淺紫深紫，蓬蓬串串好像滾荷葉邊。竹架下吊的花盆都開了花。花也開在一群烤肉的女孩子們的衣服上。關關穿的是迷你裙，也不幫忙烤肉，因為裙子實在太短了，她只是水清清的一個人一忽兒跑前，一忽兒跑後，一忽兒傍在母親身邊比手劃腳說話，又或是和女伴們窸窸窣窣的穿過教室，教室裡掛的、貼的、釘的都是小孩子的圖畫和勞作，紛紛揚揚像是一室的花蝴蝶。明麗的太陽光裡捲著炊煙灰屑，捲著女孩們的笑聲。很奇怪，那天的天氣是透明的。後來他和關關說：「我跟你定情就是這一天。」

關關懊惱道：「怎麼我從來不知道有這樣一天？不算，不算。」必逼他要另外換一天。

仲疆想想，像是這一天，又像是別一天，玩過鬧過也吃過了，整個突然都沉靜了下來，只剩下嘩嘩的蟬鳴，把太陽光叫得又長又老。他吃了烤肉口正乾，逕自到廚下找冰水喝，走穿堂過時，不意看見堆雜物的房間裡，她跟幾個女孩橫七豎八歪倒在榻榻米大舖上，睡得可熟咧！

關關紅了臉護道：「誰叫那房間通風涼快呀！誰又曉得有個無賴吃了人家的烤肉不回去，還在那裡野遊亂盪幹什麼！」

仲疆說：「我在廚房倒了冰水喝，就有些胡思亂想起來。那時候廚房已經都洗好碗收拾得很乾淨，還記得這裡是綠色的塑膠簍子，亂插著筷子在晾。這裡是茶盤，杯子都洗了，用紗布蓋著，雪白雪白的紗布。還有門邊掛的圍裙，裙上是史奴比在游泳。還有從廚房的窗子看出去，幼稚園圍牆上畫著的那些獅子、大象，猴子……唉，突然覺得自己沒希望了……」

關關抿嘴笑道：「你劇本寫多了，滿腦子都是鏡頭，要照你剛才說的一樣一樣取鏡拍過去，我是觀眾我都沒耐心看這種慢調子了。」

仲疆說：「你媽媽那麼能幹，光一間廚房我看著看著都敬畏有加。怎麼也不能想像我是可以來改變你的生活方式和環境。到現在我還是這種想法，也要給你一個像你們家廚房的那樣的日子。」

這是尹仲疆親口講過的話，她聽時譏誚他傻，如今驀地裡懂得了，若說山盟海誓，原來就是這麼奢侈的。年輕的奢侈，身為女孩兒的奢侈，都揮別了。關關望一望時鐘，想著仲疆快回了，心中似一種落花委於泥的戚戚切切。就算最後一次的奢侈吧，她要報仇。

關關決定留一封血書給他。至廚間找了水果刀，心想，右手等一下要洗菜當然是不能割的，割一個最沒有用的小拇指吧。遂舉起刀子在指尖上劃了幾劃，畢竟刀刃不夠鋒利，便去換了刮鬍子的刀片，指尖上一劃，忙搶著在衛生紙上寫起來，寫的是：我恨你，尹仲疆！

尚未佈置妥當，乍然聽見巷子口他的車子回來了，慌得忙把血書糊了漿糊沾在門上，急奔回房間，一頭蒙進被子裡裝睡。

仲疆走進房來，坐在牀沿搖搖她：「老婆……老婆……」

關關不睬。仲疆坐了一會兒見她不動，只有出去。

關關料不到他就這樣罷了，蒙在被子裡越想越氣，被子一掀，拖鞋亦不及穿，赤腳奔到客廳，卻見仲疆躺在沙發上看雜誌，睡著了，雜誌覆在臉上。關關一推他道：「我都快死了，你不管！」

仲疆的聲音低低從雜誌背後傳出：「死不了的，老婆。」一坐坐起來，逮了關關坐下，抓起她貼了ＯＫ繃的小指一看，笑道：「說呢，越寫越淡，寫到最後這個疆字都沒顏色了。是不是，老婆？」

關關眼眶一紅，掉下淚來。仲疆攜她到陽臺上：「我順路買了盆花回來。」是棠棣，正開得一蓬玉樹瓊花。關關淚灑灑的說：「以後你買花要買還沒開的，不然開三四分的也好，像這盆都開了，搬回來不是就等著它謝。」

仲疆道：「這盆不會，它有泥土有根，謝了明年再開嘛。」

棠棣是關關的定情花。也是那些歲月裡的不知哪一天，竹架下開了許多花，關關坐在滑梯梯頂，教仲疆認識花名。仲疆傍著一樹滿開的棠棣，白皚皚的花叢映得他整個人柔和而亮，兩人一應一答的聲音朝朗爽爽似一彎溪水流去，棠棣是岸上的花，仲疆便是水中的花影。關關只顧定定看他，有點看呆了。仲疆卻指著一盆蟹爪蘭問：「這個呢？」

「不知道。」關關倏地溜下滑梯，疾步回屋裡去了。兀自慌慌的坐在桌前半天，頰上的煙霞直燒到兩鬢來。

往後兩人算起舊賬，關關硬派定了這一天才是他們的定情日。仲疆早忘了這一筆，經關關一提，依稀有影，道：「當時我也奇怪你忽然就不高興了似的跑回房去，又想不通……好呀，原來你在那裡暗算我！」

這當兒守在陽臺上看棠棣，仲疆牽牽關關的小指，笑道：「今天又給你暗算了一刀——我的開陽白菜。」

然後仲疆把開陽白菜的笑話講給關關聽。

民國七十一年三月

最藍的藍

1

很晚了。台北市就是三條馬路最漂亮：中山北路、敦化路、仁愛路。卓棣平騎著威士霸飛過敦化北路，好運氣，紅燈一個也沒碰到。秋涼夜風如行在水裡，兩岸疏疏落落的燈火倒又像流星滑過身邊。

後座的林柏東，一掌猛拍上棣平肩頭，迎風大喊道：「阿平，搞了半天，你不知道周荔亭跳五龍鳳？」

棣平嘿啦嘿啦的唱起山地歌來，稍減了速度。柏東把嗓門更放大，壓過棣平唱的歪歌，說：「怪不得甩都不甩老董他們一臉綠帽相！你怎麼貼的，招來。」

「我沒有貼她。」

柏東吹聲口哨，哨音迎空劃一道弧。

棣平說：「告訴你，沒有就沒有。」

「我是看準了，你他媽的不會死心，老董也不會輕易放手，到時候，少不了大家拋頭露面！」

棣平沉了臉不語，一煞車停在路邊，跨下車來，把龍頭交給柏東，自己剝下身上套著的愛迪達運動衫，摔給柏東，從書包裡拉出卡其制服穿上，塞進腰裡，熨熨平了，冷眼一望柏東。

柏東聳肩笑笑，車袋裡拿出圓盤帽遞過去，說：「這時候有車？」

「沒車就走回去。」

「不夠意思嘛阿——平！」

棣平登上紅磚，斜倚在站牌下，踢踢車輪，說：「五龍鳳？你說周荔亭？」

「對，荔枝。」

剛才跳舞，棣平正詫異她的舞技之老到，才這樣想，就被周荔亭猜著而且故意點破了。棣平只好吃驚：「你媽帶你上舞廳？」

周荔亭說：「我媽在高雄，來台北就帶我去跳。」

棣平說：「你爸不管？」

「他在沙烏地阿拉伯蓋房子。」周荔亭笑說：「你呢，你爸不管？」

棣平說：「我爸和我媽離婚了。」現在想起來，眞是可恥，他竟然跟周荔亭在比賽一個傳奇的身世嗎？半暗裡棣平訕訕的熱了半面臉，猛地跳上後座，一捶柏東，說：「送到路口吧。」

2

棣平自從考上了台北的學校之後，就離開祖父母到姑姑家住讀。棣平的父親中年再婚，又生了兩個小不點，一家四口自成天倫樂，父親常來姑姑家看他，他卻少去父親的家。

父親來看他。他的房間靠窗一張大彈簧牀，鋪著厚厚的墊褥，父親說：「哼，這麼舒服的牀，不要光睡覺不做功課了。」俯身一望書桌，「哦，在唸英文？」

棣平趕快起身表示送客，深怕一旦觸動了父親對英文的鄉愁，一發不可收拾。因爲讀書時代父親的英文很好，每次總想要傳授他祕訣，比方背生字要懂方法，背「樹」的時候，不妨到院子裡抱一棵樹，反覆唸四遍，包準一輩子不忘。棣平覺得奇怪，爲什麼不會把「樹」混淆成了「抱」呢？

父親大半生的聰明和得意，似乎都是用於這些小小的機關上。在父親家裡吃完西瓜，奉命是不准扔垃圾筒的，把西瓜皮舟列在桌上，說是瓜瓢可以散發涼氣，叫做廢物利用。夏天上午十點以前不准開東邊窗戶，爲了要保存夜裡留下的寒氣，也不失爲消暑方法。當年父親就沒有請律師打離婚官司，策略是以時間換取空間的長期消耗戰，變被告爲原告。自己寫的訴狀，一大疊曬藍圖紙，一片葡萄紫如煙似霧，鼻尖要抵到還有藥水氣味的紙面上，才能一行行辨讀下來。狀紙上有工廠的頭銜，當然是用工廠製圖儀器和曬圖紙弄出來的，可以省掉影印費，不花一毛錢。

那時候媽媽已不住祖父家裡，父親照例每星期六從台北回來，陪他在榻榻米上玩，要他打開行李看又給他買了什麼東西來。父親拖出一本厚厚的六法全書，再拖出一個包裝得很漂亮的盒子，是削鉛筆機。父親邊讀六法全書邊把官司打贏了。

每次提到母親，父親到現在還是習慣冠以：「哼，莽基。」他第一次曉得莽基的意思是初一的英文課上，老師帶著全班同學唸：「M、O、N、K、E、Y——monkey。」猴子！石破天驚的發現給了他很大的震撼，然而這股震撼烙下的印象全是一些沒有關係的東西：明色的天空一角瓦簷，廊柱上掛的普魯士藍標語木板，和鄰座桌邊的一盒桑葉爬著小蠶。

媽媽的生母家在阿猴寮，所以媽媽的兄弟們到了父親嘴上也都變成了大猴小猴。媽媽的養母家則在做醫生的祖父家對面，隔著一條條火車變速鐵軌。媽媽在鎮上小學教書，喜歡穿圓裙洋裝，束著寬腰帶，更顯得一捏細腰，每天早上穿過鐵軌經祖父家牆外，走去小學校。他那麼小的年紀，也知道媽媽是漂亮的。

他看見火車刷刷飛過去，媽媽在那一邊的鐵道壠上，圓裙被風一帶，嘩地開了朵大花，又謝了。沒有人看見，只有他攀在樓上的窗格子上看到，覺得媽媽很寂寞似的。

3

聖誕夜。大家都去跳舞，林柏東跟葉朝今他們拉棣平也去，他沒有去，放了學就回姑姑家，晚上涮火鍋。

姑姑家來了好幾位僑生，是表姐團契裡的朋友們，吃過火鍋，便吉它伴奏一支支歌唱起來。他坐客廳一角，隱在塑膠聖誕樹後面，會唱的歌湊上去哼哼，恍恍盪盪哼著哼著，額前的樹枝上挑著一顆小金星，瞇起眼它就遠了，張開眼它又近了。好像周荔亭別在鬢邊的迪斯可髮夾，乍滅乍爍的。

其實也記不清舞會暗黝黝的燈下她的臉了，有的只是像一條波光，一波水影，想它時不在，不想時它又回來了。周荔亭給了他電話號碼，他至今沒打過，現在料她跳通霄去了不會在，也不曉得什麼意思，順手抓起電話，唸都唸熟的號碼，咯打咯打的撥了。

線那頭沉沉響起來，一幢空房子，她一個人住，聽說是父母分居，母親一個個男人換，有時也藉女兒來勾引年輕男人花銷。棣平想著就響七下掛了吧，七是一個特別的數字——卻接通了。他一呆，不敢相信接電話的是她，半天，說：「周荔亭在嗎？」

「卓，棣，平。」果然是她，藍藍綿綿的聲音，一字一頓。沒想到她就立刻聽出了是他。若不是他疑心，似乎她已經等了他這通電話好久，好久了。

棣平心中毫沒有準備，一句客套話竟也說不出，還是周荔亭打破僵局，說：「你們那裡好熱鬧。」

棣平說：「姑姑家……你聽唱什麼？」

荔亭說：「聽不清。」

棣平把聽筒移開，大家唱的是首新疆民謠，充滿異國情調的，正是他這時激動的心情，一蓬潮氣竭漲上來，他闖的禍，如果能夠，眞要把電話扔了跑出去。他的聲音都緊啞了：「聽出什麼歌沒有？」

「在那銀色月光下。唱得好好聽。」

棣平說：「聖誕夜沒有跳舞？」

「嗳，沒有。」

棣平說：「一個人在家？」

「嗳。」

「做什麼呢？」

荔亭小聲淺笑一下，說：「和我的史奴比一起看錄影帶。」

棣平：「史奴比？」

荔亭說：「我的大布狗。」

兩人就笑起來，也沒有話了，互道一聲聖誕快樂，掛了電話。惘惘像一場夢。

4

葉朝今本來是羅漢幫老二，師專讀讀兩年氣悶不過，休學了一年考進他們學校來，自稱羅漢老今，根本看他們這些平頭高中生小兒科，獨來獨往不屑搭理他們，因爲林柏東才跟棣平混熟了。

柏東唸國中時，訓育組長姓閻，鐵腕作風大家都喊他閻羅王，動不動就愛掌摑學生。一次柏東沒聽見午睡鐘響，一人在翻單槓玩被逮住了，閻羅王問他有沒有聽到鈴聲，柏東說沒有。「沒有？」劈拍就是兩耳光：「這樣聽到沒有？」柏東被打得兩頰紅腫，越想越氣，找老今訴冤了一通，不想隔天夜晚，閻羅王走巷裡就給幾個人用麻袋套住上半身，挨了一陣亂拳。

前些天，柏東他們開同學會回學校，見閻羅王提著一袋芭樂經過花圃，他們攏上前去老師長老師短的，算算有好幾個挨過他的巴掌。閻羅王說：「越打感情越好，一輩子都記得我這個閻羅王！」芭樂一分而空。

新學期開始，葉朝今破例接了康樂股長，破例辦了一回皇帝殿郊遊，單單挑中周荔亭的學校跟班級。棣平非常懷疑此中有詐，老今說：「要玩就玩點刺激的，受不了高中女生嫣一個個清湯掛麵，沒戲唱。」

又見面了。明明他們比誰都近的，跳過舞、打過電話，心記著她，明明不是假，見了面「嗨」一聲，也就沒別的話。人影疊疊重重深深裡，知道遠處有個人，一抬眼，一回頭，她在，他在，明明這樣近的，卻比誰都不能近。

他和老今一搭一唱串雙簧似的領頭鬧，遊覽車裡玩擊鼓傳花，傳到誰鬨誰唱歌，一車子被他二人煽得雞貓喊叫，老今轉過身就自嘲說：「唉唉，陪太子遊戲。」

只有周荔亭，也笑，也講話，可就是清閑得塵埃不生。

到了皇帝殿山下，半途殺出一干傢伙，不是別人，董南昇那一票，駕了摩托車呼嘯飛馳而過。棣平注意到周荔亭倏地暗了臉，好像忽然發現了她的另一面，心中痛惜，反而越加避開她去，跟老今簡直是哥倆好的鬧做一團。鬧著鬧著怎麼只是清索，他一個人站在油桐樹下的福德祠啃甘蔗，一張張挨序解那狗屁不通的籤文。

風一過，簌簌落了好些桐花下來，雨勢大起來，四十多人紛紛跑進土地廟裡，他側身讓在門邊，看著周荔亭跟幾個女伴打從竹林邊秀秀氣氣跑來，不知董南昇哪裡鑽出的，一手搭上她肩膀，朝後一扯，搶一步趕進廟裡，揮著身上的水珠子直喊倒楣，擺明是擋在門口找周荔亭的碴。

棣平頭皮一炸，怒說：「你出去！」

董南昇朝周圍一看，指著自己鼻子，笑：「我？出去？憑什麼。」

「看你不順眼！」

董南昇陡地變了臉，「媽老子才看你不順眼——」

不等說完，棣平手上的甘蔗已照頭照臉抽下來，糖汁渣濺了一身，直把董南昇打出廟去。董的背後湧上一波人要揍棣平，老今大喝道：「老董，要找，你找我，打人家不是道上的不夠看吧。」

董南昇給棣平丟下一道「老子很幹你」的眼鋒，帶著夥伴們駕車走了。

周荔亭怔怔站在雨裡，老今招呼她也沒聽見，就出去牽她進來，隨手撩過棣平的夾克，說：「到裡頭換件衣服。」

見她臉上一下掛不住的，老今自己先背過身子，說：「操，男生全給我臉朝外。」

再來的事棣平都不知道了。他不要周荔亭以爲他是爲她打了這場架的，甚至她幾次朝他定定看過來的眼睛，他也根本不要理睬的了。不管他在同學裡頭落得什麼一段佳話，總之都叫他對自己生氣。

5

周荔亭打電話找他出來。

棣平從她手上接過洗好熨好的夾克，一肚子只覺不自在，他甚至也不要領她的情似的。棣平說：「老天，你不是買了件新夾克吧。」

荔亭說：「那天那個人叫董南昇，人很壞，你最好不要惹他哦。」

爲這口氣說得兩人這樣接近，棣平說：「那你呢？」

荔亭說：「大概你也聽過五龍鳳吧。反正是大家在一起玩對不對，後來不好玩了，我想走，走不掉，就是這樣。」

棣平沒話可答，一臉暴露無遺的憂心忡忡，荔亭倒笑了，說：「不會走不掉的。」倒怪，她說走不掉，他就信了；她說不會走不掉，他也信了。然後也不再有別的話，說是送她上車，揹著書包卻走了一站又一站，正當紅磚道上木棉花開，光是眼前的紅磚路，一格一格走過去。她的人很多很多漫溢到他這邊來，他的也是。

讓他源源想起許多遺忘了很久的事，特別是他的母親。是在小學校福利社門口，春寒料峭，羊蹄甲開著一樹粉紅色花兒，媽媽遞給他一個三角形包子，說：「燙，小心。」他咬一口，還是燙著了，滾熱的糖漿一滴溜從腕上滑下來。媽媽急忙掏出手絹抹去了，接過包子吹涼了給他，又蹲下來整理他的衣領，把毛線夾克拉鍊休地直封到下巴底。

正在打離婚官司。同在一個學校，下課他就跑到辦公室找媽媽，總是第二節下課媽媽牽著他去福利社吃包子，穿過長長的走廊，一路都是小學生向媽媽鞠躬行禮說：「老師好。」放了學他也和媽媽一起走，過了農會大穀倉，媽媽就要他自己走回去，替他理一理頭上的鴨舌帽子，或是剛好有小朋友排隊走過，就要他到隊伍裡去，媽媽則去搭土黃色巴士回鎮外的哥哥家。他從來沒有賴過媽媽，很聽話的，沿著穀倉外面的水溝邊邊走，腳下渣渣渣的踩過厚厚的稻穀殼子。

但是漸漸覺得了媽媽的精神渙散。仍帶他去吃包子，一次遞給他的是麵皮上點了紅點記號，他最討厭吃的鹹菜包子。他跟媽媽嚷著拿錯了，媽媽拍拍他頭說好，卻帶他出了福利社，他仰頭望著媽媽，是那樣一張模糊的，白漠漠的臉。隨即媽媽就調到鎮外別所小學校了。

他剛上國中，新生訓練，來人通知他去訓導處，赫然看見媽媽坐在那裡，與訓導主任原來是舊識，正聊著天。媽媽總是找得到機會見他的，可是那樣一個場合他那樣被特殊出來，極不願意，至終沉著臉孔不言。訓導主任藉故走開，沒有用，他只是看住自己的鞋尖不說話，感覺著屏風外面來來去去忙碌的老師們，辦公室外喧譁的人聲，角落一架電扇吱吱嗬嗬的轉動，轉到他這一面，掀起桌上的一疊講義紙，拍拍作響。

只聽見媽媽說：「去吧，上課了。」就低頭走出了辦公室。

媽媽也來過姑姑家看他，很多年之後的媽媽，穿著剪裁合身的套裝，側坐在沙發上，不靠椅背，高跟鞋斜斜的比並著。媽媽說：「姑姑講上次月考在十名之內是嗎？」

他進去拿了成績表出來，全班同學的成績一科科都列在上頭，密密麻麻一大張。媽媽打開手提包，掏出老花眼鏡戴上，由他一一指給她看。看完，他聽見媽媽將眼鏡脫下放在玻璃几面上喀噠一聲，忽然想哭。不致成爲眼淚的，只是一個心很重很重的墮著、墮著，到了底，化做一片柔淨的涼沙。

6

禮拜一期中考試，下午棣平留學校唸書。不防柏東斜刺裡竄出來，劈頭劈腦就一句：「要不要見荔枝？」

棣平說：「幹嗎？不見。」

「不見？好抖。」

棣平說：「舞會是罷？我不去。」

柏東把他扯出教室外面，一腳蹬在階梯上，彎了腰，仔細的在短筒靴裡扣好扁鑽，又翻出個手指虎給棣平。說：「老今找人來告訴我，叫我帶你去流浪者。」

棣平機伶伶倒抽一口氣，反而笑。柏東瞅他一眼，嚴肅說：「東西帶著，以防萬一，我們去了就知道。」

流浪者去年上過社會版，因爲蕾蕾的一跳而紅。棣平聽他們說，十七歲的蕾蕾，從流浪者的太平門跳樓自殺，一身病，紅中、白板，連腿上都是速賜康的注射針孔。

柏東帶棣平沿防火巷的安全梯上樓，此時不過偏午，隔著門已聽見裡頭打擊樂器的悶雷般的地動天搖，這種地方遇見周荔亭，棣平先氣怯起來。正要推門進去，衝出一個人來，柏東訝道：「老董！」

董南昇看見柏東身後站著棣平，冷笑說：「哦，卓棣平。你給我識相點。」屋裡隨後跑出幾個平頭男生，簇擁著董南昇下了樓，曳甲倒戈而去。老今出來，見棣平到，說：「開堂。」

柏東說：「什麼事要開堂？」

「五門旗。」老今比個手勢，說：「一賭二偷三搶四騙，五淫。」

棣平生氣了，說：「擺平了是不是？擺平了，我就走。」

「阿平。」老今正色說：「我們是朋友，爲荔枝，咳，周荔亭，我們甘願和五龍鳳兩邊插開。小陸小蔡他們早架貨在裡面了，你不願進去可以，可是今天這種場面，他媽你總得把她帶走。」

棣平怒道：「我不想介入。」

老今說：「你以爲人家這樣子擺自己兄弟一道，吃飽撐的！」

棣平說：「周荔亭一定不願意在這裡碰到我，我絕不進去。要管就請你管到底。」

老今斜著眼譏笑他，半天才說：「你，豬腦。我管到底我成了什麼了？人家說葉朝今興師動眾，媽搞了半天是爲自己追馬子，我還要不要混啊！」

棣平進了流浪者。屬於年輕人的潔癖，把他四周築起一圈絕緣體，在藍煙赤焰的橫流裡，他看到了周荔亭，像看到了硫磺裡浮昇起的一朵白蓮花。

他聽見老今大聲吼叫說：「喂，周荔亭，卓棣平，不壞嘛，你倆沒有明天。」

然後他看見荔亭站在他的眼前，婸婸低低的。荔亭說：「我們走吧。」

怎麼走出來的，他根本沒知覺，來到大街上，問老今在哪裡，荔亭被猝然一問，呆呆的，半天卻說：「我完全不知道老今會把你找來，我沒有這個意思……」

棣平說：「五龍鳳翻了？」

荔亭說：「董南昇不上道，要我們——」

「不會的。」棣平說。

荔亭慘慘一笑，說：「葉朝今實在不必把你拉來。」

棣平說：「老今他夠朋友才來找我，你的事我怎麼能不管。」

荔亭啞了聲音，「你管不來的。」

棣平說：「董南昇他們敢再惹你，我和老今要他好看！」

荔亭是感謝他的，卻說：「我們又不是一路。」

棣平說：「以後就是一路了。」說著一拍書包，裡頭甸甸的手指虎令他只覺荒誕，「這個都用不著——一場不流血政變。」

荔亭說：「穿制服就來了！你們這種明星學校學生，到我們的地方就是招打哦。」

棣平撇撇嘴，哼道：「明星學校怎麼樣，一群書呆子，不夠看。」

「不夠看？……」荔亭橫橫看他一眼。無緣無故兩人就很好笑起來。

這一天偏午的太陽光金簪簪的。荔亭穿一件米白短衫，流行的乞丐裝，底下七分褲，刺激性的廣告藍色，最藍的藍。

民國七十一年五月

伊甸不再

她看見閃電與雨光打在玻璃長窗前的拼花地板上。

她說，陌生人時常「差遣他們的影子」來牀邊拜訪她。

她有三個名字。甄梨是碰見喬樵導播時爲她取的藝名，據說是很好的筆劃，因爲那以後她就跟喬樵住在一起了，雖然喬樵已經有一位太太。但是大家都喊她雙紅，那位民國初年著鳳仙裝的俠骨柔情、風塵女傑戚雙紅，使她一炮而紅，風靡了全國八點檔的電視觀眾。事實上，她恨極了戚雙紅。甄素蘭是她身份證上的名字，如果能夠，她要一把挽住時間的巨輪，永遠停在素蘭的日子。不再有什麼會讓她流淚了，除了戲裡需要一點靈眼藥水，除了偶爾有一次她聽見人家在唱〈素蘭要出嫁〉，會這樣給唱得俗腔濫調，她跟著惡意的亂哼亂笑，笑著笑著就哭了，她才知道眼淚是鹹的。

甄素蘭

素蘭的日子並不好過。甄媽媽總是一襲布袋裝在村子的大馬路上遊盪，遠遠聽見她透明如碎片的笑聲一路搖漾過來，他們正玩搶寶石或過五關斬六將，都逐漸避到水溝牆邊，二姐素娟跟男生在爭執誰踩到了線，甄媽媽站在馬路中央，覺得素娟那樣大嗓門的爭吵是件很滑稽的事，更加笑岔了氣。素娟惡了臉對母親怒斥：「笑笑笑，煩不煩你！」

甄媽媽頓時垮了笑容，要哭要罵還沒變過來，素蘭燙紅著臉走到母親眼前，沉沉說：「媽，我們回家去。」

甄媽媽怕的其實是素蘭，因爲素蘭最是護她。母女兩人一前一後的走回家，還不到轉彎口，甄媽媽已忘了剛才的事，仍是那條歌又唱起來，輕盈透明的歌聲唱著：「柳條兒細，柳條兒長，姐兒在山坡底下放綿羊……」

這一段走回家的路對素蘭眞是太長了，像是用盡了她一輩子的力氣。那時候她很喜歡賈家男孩童七，很小很小就喜歡了，知道童七也是喜歡她的吧，可是這一天他在背後看著她把母親領回家去，背後還有素娟跟人家罵架的一波波的聲浪，她想完了，一切都完了，當下就心底跟童七訣別了。那天甄伯伯竟然在家，一條短褲頭從屋裡出來，素蘭正整個人貼在山牆上摳石灰窪窪，痛苦得連淚都流不出。甄伯伯有點被她那股子頹廢模樣駭住了，生氣說：「作賤吶，好好的牆摳它做啥！」

她根本、根本，不要，理她的父親！甚至她屢屢會要衝口而出：「甄大民，你憑什麼！」她執意的面壁摳著牆，感覺她父親高大又漂亮的身影籠罩著她。甄大民要是那麼生氣打她一巴掌也罷，然而她太曉得他了，他連發怒也從來沒有徹底過，往往氣到一半又被他自己姣好的體格和容貌分心了去，拂拂額髮，抖抖褲腳，遂一切不了了之。

甄大民是三級士官長，紅底黃槓臂章，始終筆挺的草綠人字布軍便服，跟大姐素華走在一起會以為是男朋友。他從開始就沒老過。可預見的將來，也不會老。每天清晨五點半起牀，他把橡皮管接上龍頭，牽過後院的石階，直牽到廣場上，足足洗了一個小時的車子。村子裡有兩部交通車，另一部由賈樹林開，賈車又老又舊，甄車則年輕而耀目。他保養車子，一如保養他的身材，他多麼喜歡偶爾從綠亮的鐵皮車身上驚鴻一瞥，永遠給他最大的肯定與自信。七點一刻開車，常常廣場的柏油路面還未乾透，車輪濕潔沉黑，窗玻璃透亮，沒有人像他這樣，用駕駛古羅馬戰車的氣概，用操作太空梭的技術，那就是甄大民締造出來的世界。所以每次他總被派去接送外賓，或者國大代表上中山樓開會，十月，當然是最忙的季節了。

也許甄大民有一些些某種情結也未可知。因為照他的仁慈心腸，一來他不會拒絕別人，再來他喜歡每一個人喜歡他是一個好人，三來他愛女人，三樣加起來，極容易使一個人身敗名裂乃至於家破人亡，何況根據歷史經驗，不但無數的女人愛他，男人也愛他，且有一位女人因為太愛他而至心靈恍惚，這位女人自然是甄太太。甄大民愛女人，但他更愛車子，自某一方面來說，愛車子即是愛甄大民，是靠這一點水仙花情結救了他。

然而他竟是五個孩子的父親。

素蘭痛恨長大。

他們家的勝家牌縫紉機早已不用了，擱置在米缸旁邊給蟲蛀，素蘭舀米煮飯時，每叫縫紉機的木板撞到頭，撒下細細的鵝黃的蛀粉。母親把他們穿不下的衣服清理出來，送給挑擔來賣菜的山地太太，素蘭趴茶几上畫娃娃，替娃娃做衣服，娃娃長著一對葡萄仙子的大眼睛，無辜的看著她。母親在窗外笑，一件件把衣服亮給人家看，一件件告訴人家沒有破，沒有綻線，拉鍊沒有壞，素蘭明明聽出那個山地婦人道謝的聲音裡漸漸發寒起來的意思，一氣，把才剪好的娃娃撕了，紗門砰一摔，站在門口，把母親滿懷抱的衣服一件件塞進塑膠提袋裡，粗暴的遞給人家，紗門一關，進來繼續畫衣服，畫了件海軍領洋裝，眼淚卻掉在衣上，洇出一團紫雲來。

牆上掛著素華小學時代得過的許多獎狀，掛著一張老相片，還沒有素美，母親也還沒有發胖，素蘭記得在石門水庫照的，父親的單位辦郊遊，仍然是父親開車，他們一式穿著母親昨晚才趕製完畢的海軍領短裙。是秋天，風很大，野芒花比人高，卻讓風吹得傾倒，相片上的母親掩著鬢腳，半彎著身好像在教導弟弟注視鏡頭，父親一手很大膽的搭在母親肩上，姐妹三人站在父親左側。風大，六口人像是齊齊朝相框的右角要脫去，素蘭往往看迷了，不知他們果然脫去後，框外的世界是怎麼樣的？他們都脫去哪裡了？素蘭記得那天沙也大，打得腿肚子痛。

不斷有女人來找甄大民，母親跟父親小吵、大吵，抓著她一把眼淚一把鼻涕訴苦，開始的時候父親很煩惱，慢慢就麻木了。素蘭眼看著家裡冷鍋冷灶起來，衣服泡了幾天沒洗，後院的薔薇花給霸王草掩沒了，不再聽見縫紉機撻撻撻的充實的聲音。最可怕的是，眼看著母親逐日發胖起來。她才多大呢，已經會幫母親搖旗吶喊了。姐姐素華也幫母親，可是母親情況一天壞似一天，不能沒有人煮飯、洗衣、澆花，素華比她大得多，正值大專聯考的一年，放了學就趕回家張羅家務。素蘭怎麼就曉得教她母親出去做事，不然在家開個洋裁店也好，至少交通車回來的時候，把頭髮梳好，換一件乾淨衣服。但母親只是對著她絮絮叨叨，叨著又哭起來，哭昏了眼說出極愚蠢的話，素蘭恨得抓母親的頭撞牆，昏天黑地裡只覺屋頂要給她撞塌了。撞醒了，素蘭跌在地上手腳抽筋。昔日的母親又回來了，急急的、俐落的救治她，等她平躺在牀上止了抽筋，母親守著牀邊，清清流下兩行淚。她睜大凅澀的眼睛，胃痛如絞，心灰到底：「沒有用了，沒、有、用。」看見氣窗照進來的斜陽飛舞著塵埃。

沒有用了。母親在門前罵對門的銀姐姐，罵她婊子，跟銀伯伯亂來，爲什麼又來搞我們家大民。父親把母親抓進屋來，母親仍在窗口盤旋，對外面罵銀媽媽沒出息，剋死前夫，拖油瓶嫁給銀伯伯，公然讓女兒亂搞父親討好老公，又讓女兒公然勾引有婦之夫——父親打了母親，狠狠把母親摔進房裡打，孩子們哭成一團，母親卻在房裡格格癡笑。天哪，父親拿母親的頭朝牆壁上撞，洞洞洞洞！素華奔進房裡哭泣：「爸，不要打了，不要打了，媽媽要打死了……」

只有素蘭原本正伏在飯桌上英文課本畫娃娃，照舊畫著，冷酷得可怕。這時抬起頭，母親的笑聲沒有了，凍——凍——根本不是人頭，是某種東西才可能發出的這樣的撞擊聲。素蘭從腳底麻上來：媽媽死了。

媽媽並沒有死，只是病得深深沉沉的。那幾天她放學了也不回家，很多地方可以去。有一個同學叫羅小莉，帶她去一〇七高地，正在蓋房子，粗打了水泥的地上，兩人藏在一疊木材後面，小莉從書包底層掏出塑膠袋密密裹好的一瓶強力膠，擠在袋裡要她搗著吸，森森甜甜的蜜香極好聞。素蘭心中微微詫異，這就是吸食強力膠了，小莉並不是壞學生，而且小莉的體育很好，上次越野賽跑拿了冠軍。小莉伸出兩隻手臂比給她看，「我的右手比左手粗，打壘球打的。」

兩人共一口塑膠袋輪流吸，素蘭等著預想中的幻覺出現，也可能會昏迷了過去，都沒有，澄澄的心底反而格外清晰，看見還沒有上窗的框子外面，一角削平的紅土崖，天高地垂，一幅畫，她好像走進畫裡的最深最遠處，睡著了。

很困難的醒來時，小莉在親她，手臂緊緊箍住她透不過氣，兩人掙扎中踢到一個鐵罐，空樓的回音光噹一響，遠處起了狗吠，素蘭掙脫開抓了書包要走，小莉一把扣住她腕，痛哭流涕，說她喜歡她，說喜歡阿桑，她已有了阿桑的小孩，阿桑不要她，她爸爸曉得會打斷她腿，她的腿不能斷，阿桑說她的腿像鹿腿一樣美麗，就是三年九班的阿桑，她沒有別的意思，她只是喜歡她，「不要走啊，聽我說……」

月亮斜斜吊在土崖下。小莉腮邊一抹鼻涕，也許是強力膠，素蘭簡直不能同情她，一直跑出工地，他們村子的燈火就在腳下。白天高地上是一棟棟空屋交錯架著鷹架，晚上這裡只有枯風休休吹過崖上的電線桿。她一路跑下坡來，重重疊疊的影子在後面追她，一口氣跑到村子門口，已聽見村頭張家電視機聲音開得老大，是黑松汽水的廣告嘩啦嘩啦在唱，令她安心得可以當下倒地安息了。馬路中央有座石墩，防大車進村的，她就坐在上頭，背對村子，望著剛才她跑回來的長長黑黑的路上，把紛亂的、破碎的自己，一塊塊找回來拼好，廣場上停了她父親的大車，即使在夜晚，也暗暗泛著漆光。當月光西斜時，她仍抱著書包坐在墩上，金風細涼如水，久久，久久，她若不是一尊石獅，也是月裡一隻蟾蜍。

第二天她不願意去學校，只好五塊錢買一張電影票在戲院坐了一天，看到一段莫名其妙的插片。第三天她在租書店看完書架上僅有的十一本東方少年出版社的亞森羅蘋。第四天她必須去學校了，從家裡到學校途經一所屠宰場，凌晨殺豬，早上她經過時腥味還濃，場裡空空盪著一條條鐵環，地面已沖淨，細小的夾縫夾坑裡仍存著清稀的血水，要花她極大的力氣才過得去。然而羅小莉照樣坐在第七排最後一個位子，見到她嗨一聲，照樣英文課跟著大家齊齊吟著：「我每天去學校除了星期天。」日光底下無新事，素蘭無法明白，以為做了一個荒唐的夢。

她像又看見銀伯伯肩上三顆閃爍的梅花，他們村裡唯一的三顆梅花。銀姐姐在貿易公司當祕書，也搭交通車，父女同出同返，很整齊雅麗的一對，見人有禮的露齒笑笑。銀媽媽天生老相，潔僻，一天擦兩遍窗枱。三人住在一棟邊間，不跟鄰居來往，院子比別人大，且是銀家頭一個把竹籬笆換成水泥花牆，頭一個裝日光燈。素蘭羨慕銀家院裡乳黃色大玫瑰花，那是銀媽媽難得開門出來倒垃圾被她瞄到的，太大了，像假的。許多事情她還沒有懂，但先教了她灰涼絕裂的感情。

秋收後的田裡有人燒殘稭，她蹲在壠頭守著畢畢剝剝燃燒的火舌，火勢順風朝她吐來，近了，近了，紅光直燙上她臉，她有本領不動，風勢側側一斜，倒燒回頭了。她想：火，火，你怎不敢燒我呢?天黑了，火舌變成了火星星，看著要滅了、滅了，壠上風一吹，颼颼颼又明了。素蘭整個人掩在裙膝裡，滴淚無，實則精神上已狠狠哭過了一場，覺得她的人一點點的、痛楚的，又長出來了。回家吧。

走過賈樹林家門前，因爲童七，她從來絕不走這條巷子，今天不知怎麼走來了，才發現，自己嚇一跳，慌忙走過去了。但眷村的淺門淺戶，她已望見賈家五口人圍著飯桌吃西瓜，童七把皮朝妹妹臉上一搽，方鼻方口笑得好開心，他們都咧嘴在笑，爲什麼那麼開心，她甜蜜而震動的刻在心上了。可是擁有他這樣一個大祕密，明天玩過五關要怎麼來面對?!多半她會是板著臉孔，結果一眼也沒睬童七的罷。賈伯伯是個和氣熱烈好吃酒的傢伙。

回到家，母親竟已起牀，素華炒菜，破天荒素娟在擺碗筷。素美拉她到房裡，開了燈，倏——地，是盞日光燈，原來的黃燈泡那一天被父親打壞了，到剛才電工才來改裝日光燈，青薄的燈光，素美興奮的說：「像在水裡，三姐，還像吃的清冰喔!」

素娟說：「我知道你昨天跟前天都沒上學，媽病了你也不回家看媽。以後衣服各人洗各人的，昨天碗是我幫你洗，欠我一次——」

素華斥了素娟，憂愁的望一眼素蘭。

甄大民從後頭水汽淋淋的出來，頸上繞一條白毛巾，走到房門口張一張日光燈，笑說：「你們媽媽今天起來吃飯了，剛才叫把客廳的燈泡也換掉就好。」這才看到她，皺起眉頭說：「都這麼晚回，不像話吧。」因知盤問下去必是不愉快的事，就拍拍手要大家入座吃飯。

甄媽媽的病並沒有好。素蘭讀到報紙上一篇報導，標題叫「頭上開洞也沒有用，精神分裂無藥可治」。由於瘋狂來自大腦，幾千年前貝魯維安斯人爲瘋人在頭上打洞，希望邪惡的液體從中流出。

沒有用，是她母親的永遠還是她的，連這個家，這個村子，連甄大民，燒成了灰，化做了煙，還是她的。

戚雙紅

由來俠女出風塵。

男主角是愛雙紅的，而以人事離合，雙紅於世上不過一個沒有根基的人，她做得了主，局勢做不了主。她的眼淚與歡笑，俠義與膽識，成全了一場聖戰，也成全了男主角和第二女主角的姻緣，她則以遁入空門了此一生。劇終時山泉、老松、古剎，男主角來求她一證。沒有看到她，他不能相信，看到她，卻明白了，占偈說：你證我證，心證意證，是無有證，斯可云證。無可云證，是立足境。

戚雙紅微笑說：無立足境，方是乾淨。一半讚許他，一半笑他仍未徹悟，遂飄然而去，晚鐘梵唱裡不知所蹤。主題曲揚起，女聲三部合唱杳杳如烏飛兔走，畫面上出現一輪「楚原式」的太陽，舉國八點檔的電視觀眾爲之舉哀痛哭。芸芸眾生，何曾徹悟？

事實是，男主角英俊而笨，你證我證比繞口令還難，NG數次後，只好由劇務用簽字筆寫在白報紙上舉之而讀。且那古剎搭得明明是台灣廟，喬樵氣得跳腳，大罵：「他媽的，你讓我相信這是一座空山古廟，不是他媽的在它廟前賣愛玉冰，賣他媽的大力丸補腎丸，我就拍！」

素蘭考上大學，頭髮一燙，逼出個尖尖的下巴，吊梢眼飛飛插入兩鬢，一點瞳仁含怒帶笑，短裙細腰，生手生腳好像野芭蕉會割人見血。讀的新聞系，擠公車上陽明山，追她的男生一籮筐，半個也不要。一群戲劇組舞蹈組死黨不時夥她跑電視台，配配舞，做和音天使，不然一干人黏上兩條長辮子，被日本兵用道具槍押守在倉庫裡哀哀嚎叫，少女的明星夢，她沒有，要的是永不分離的朋友們，吱吱喳喳的青春、女孩、喧熱。而每次熱鬧後的獨行路，遙遙望見家裡廚房昏黃的小燈，她又想誰都不要了，就此可以死去。

她不在乎，鏡頭卻給她，又給她一句台詞，翹首四望，跺腳說：「奇怪，他們都到哪裡去了？」

喬樵在副控室，四個螢光幕都是她的半身相，喬樵問：「她是誰？」沒有人知道。喬樵說：「不錯，節奏感不錯。」

找她在別戲裡串演一角，她很退縮，覺得是一項背叛朋友的行爲，就讓給她們當中一位叫米姬的女孩。米姬的爸爸是海軍，跟她都是從眷村出來的，小時候玩過一樣的遊戲，看過一樣的露天電影，銀幕拴在兩架電線桿之間，她們倆又都是常常擠不到位子，索性搬到銀幕後面看，相反的笑容和哀容，以及銀幕給風劈劈拍拍吹起來時，有如澄澈的海浪裡起伏著的花草樹木、房屋街道，給她們的童年留下了非常奇異的印象，這些都使得她們比別人有更多的談話資料和默契。包括說不清記不清但一直在著的、許許多多的東西，素蘭想即使這個世界都變了，還有她們兩個人忠心保守著。

米姬爬得很快，二年下學期她已經成爲一位紅製作的情婦。同學之間傳言很多、很惡、很難聽。素蘭是唯一沒有參與謠傳的人，相反的，米姬把她當成心腹跟閨中密友，素蘭發現自己竟是這樣懦夫極了的小人。

那一次飯局米姬拉她去，說那家的蜜汁火腿一級棒，她知道米姬除了好吃之外是要抓她壯膽，她也去。當天喬樵亦在座。米姬兩杯紹興酒下肚，眼波就不對了，跟製作先生在桌巾底下打來打去，潑翻了酒，要添，製作先生笑說：「不必啦，米姬跟我共一杯罷。」米姬就把另杯酒一乾飲盡，自添滿了遞給製作先生，一桌鼓掌大笑，讚米姬豪爽乾脆。

素蘭避免去看米姬那張摩登流離的臉孔，喝了很多酒，不變色，人家誇她酒量好一杯杯敬，她就一杯杯喝，喝得只覺七竅生煙彷佛一座蒸汽機。而越喝越神智清楚，感覺自己一點點低、低、低到塵埃裡去，灰燼裡不過剩下一塊鈍重的，胃被太多的酒烈燒的灼痛。

製作先生開車送米姬回家，顛顛倒倒的米姬還想得到她，「我們先送素蘭回去——」不等講完，素蘭笑說：「不了，公車一路車就到家了。再見，米姬。」

她抱著胃走在街上，一輛跑天下開來停在路邊，是喬導播，要她上來送一程，不等她拒絕先說：「什麼時間了還有公車嗎？這些人，他媽的沒神經！叫你一個女孩這時候搭計程車回去？」

他們是飯店打烊後又開赴吉林路喝咖啡。素蘭坐在喬樵旁邊，胃痛得除了指示路程一句應酬話也說不出。開到村子廣場下車時，喬樵給她一罐藥瓶，「胃痛是不是，我也常痛，你拿去吃罷，很有效——以後酒不能像你這種喝法知不知道。」

米姬什麼都跟她說。她一半不懂，聽得索索發顫，既然厭恨，卻無法進諫，又不能逃開，圖的是什麼她不明白，守著米姬像是一天天她的人都被凌遲光了。那天她們在陳氏墓園唸書期中考，米姬告訴她避孕的幾種方法，她躺在草坡上，筆記本蓋著臉，心底哭著：米姬，米姬，你要我對你怎樣的謙卑，謙卑到幾時！

米姬推推她，「你有沒有聽？」把筆記本一掀，見她流著眼淚，吃一驚。

素蘭說：「米姬，我們唸書好不好，下午就考試了。」

三年級米姬更忙了，每個人都忙，忙著裝扮，交男朋友談戀愛，不然努力讓自己被電視電影界發掘。素娟高中畢業沒考上大學，也不考了，上美爾頓補習英文，幫朋友在晴光市場管舶來品專櫃，交上一個美軍男朋友帶回家。

素娟自賣自買了一瓶AVON刮鬍水當做是男友送給父親的見面禮，樂得甄大民與他用洋涇濱英語交換對國際大事的心得。甄英傑國中時個頭一竄，直追父親，做父親的甄大民最愛這個兒子，偶爾父子兩人在廣場上丟棒球耍，像一對好兄弟，可以喀嚓一拍，攝入柯達廣告裡。素蘭因爲這一幅畫面幾乎要寬容她父親的一切了，但她只冷冷瞅著，眼看又一個甄大民日日長成。甄英傑在家養成一身一氣大男人主義，唯有素蘭不吃弟弟那一套。

素華業已嫁人，那幾年讀夜間部，白天工作，賺的錢省吃儉用之外都給家用。然姐姐嫁人之後就跟家裡斷了，從前素華怎麼對娘家盡孝，現在就怎麼對婆家效忠。

素蘭去看姐姐，姐夫是寡母獨子，開傢具店，母子守店。姐姐才從電信局下班回來，鞋子也不及換，鑽進廚房忙晚飯，姐夫躺在籐椅裡看報紙，一會兒叫：「阿華，有人來。」姐姐把鍋鏟交給她，急急跑出招呼顧客，親家母自管在走廊下跟人閑嗑牙。一會兒又叫：「阿華，小寶哭了。」素蘭連忙去哄，哄不住，發現尿濕了，替嬰兒換了尿布。吃過晚飯，親家母開了電視看，姐夫說：「我的衣褲還沒收，夜氣都降了不是白曬。」

素蘭對著一桌殘餚已氣不過，凳子一推站起來，「大姐，我想我回去了。」

姐姐叫她等一下，先上陽臺把衣服收了給姐夫，替姐夫放了洗澡水，才送她出來。還是素華先開口：「晚飯吃得不好？」

素蘭生氣說：「姐你太沒出息了。」

一路無話，素華哭了。走到站牌，素華說：「媽媽還好？」

素蘭固執不語。素華從胸前掏出一疊鈔票給她，「跟媽媽說給她買采芝齋五仁月餅吃的。」見素蘭不理，急得流淚，「你要我怎麼樣，我有小寶有你姐夫了，我還能怎麼樣……」

素蘭說：「不如不要。」

「車子來了。」素華把錢塞進她手裡，推她上車。

過四天是中秋節，她不能忘記清清的水銀燈下姐姐向她揮手再見的身影。這一年電視公司找她在一檔連續劇裡演配角，她便去了。越演越盛，半途加她的戲，結果是跟女主角平分秋色，之後她又演了幾個單元劇。喬樵建議她換個名字，當時他們正在二號棚捧著米粉便當吃消夜，劇務送來一個澳洲梨，笑說：「糟糕，只有一個，只好分——梨囉。」梨離同音，素蘭紅了臉。

喬樵說：「單名梨字怎麼樣？」

她便以甄梨的名字和公司簽約了，隨即挑大樑演出戚雙紅。

甄梨

這是一部新戲，三分之二用ＥＮＧ拍攝。公司弄慣了諜報劇、古裝劇和武俠劇，早幾年做過一次時裝劇，很慘，從此避之如蛇蠍。近因教育部指示電視台減少打打殺殺的畫面以免造成對國民不良影響，規定連續劇一年內須保持至少一半是時裝劇。何況新上任的總經理頗崇尚學院氣質的高級趣味，遂製作一檔以實景拍攝爲號召的時裝戲。預算開上去，業務部經理照例以溫吞功擋駕，「唔，很有魄力。不過，向來，我們的棚內做的武俠劇，以最低成本，獲最高收視率，這個，是否若干要考慮在內的呢？」

喬樵極看重這部戲，他賺的錢夠多了，也想實現多年來始終未曾實現的理想，做一集具有喬樵風格的好戲來。他熱心的，首次參與劇本分集故事大綱討論，有兩回在他們玲瓏別致的九樓公寓內爭辯通宵。製作說：「導播，不管怎麼說這到底是八點檔的戲——」

喬樵咆哮了，「對，八點檔的觀眾他媽的都是白癡！」

甄梨蜷伏在地毯上抱著頑皮豹迷糊著了，一驚醒來。喬樵撫撫她髮，叫她回房去睡小心著涼。甄梨起來替大家添茶，又拆一包椒鹽豌豆，做勢把豌豆舉得老高朝下倒，一邊瞅向喬樵，喬樵眼睛裡笑著警告她：「不行，客人在。」客人不在，她會凌空注下，快樂的看著嫩青的豌豆一顆顆像珠玉跌進盤裡迸得四處亂跳，是有一天早上喬樵走出來，客廳的長窗都已推開，屋子裡陽光很燦爛，象牙黃的太陽光，甄梨一腳跪在象牙黃皮沙發凳上就那樣對著玻璃茶几上一支瓷碟倒豌豆，玻璃几上有天竺菊，有豌豆迸跳輕脆的聲音，甄梨穿著他象牙黃襯衫的影子。喬樵忽然歎氣說：「昨晚我沒回去，你就這樣高興了？唉。」

回去，指的回去喬樵太太那裡。如此一個美麗清哀的早晨，畢竟太少。

大部份總是客、人、在。甄梨倒滿一碟豌豆，仍坐回喬樵腳邊枕著頑皮豹，化解了火爆凝重的空氣。喬樵向編劇們分析：「故事有兩種走法，一種靠曲折和懸疑，一種靠戲。你提的這個，她不是她的生母，到二十三集才謎底揭曉，不錯，這是一個懸疑，非常吊味口，可是沒有戲。爲什麼不——對，她可以不必知道她是她的生身母親，但是觀眾要知道，觀眾看的不是一個驚人的結果，而是一個纏綿的過程，這裡就有戲可以挖。我主張我們的故事走後者。」

那年甄梨二十一歲，喬樵四十五歲。戚雙紅也許十七、也許二十，無人考據，也許從未有年齡。攝影棚裡爲了保護機器，冷氣終年大開，如一座冰洞。三年級結束時她決定休學，並且把家裡翻修一新，後院加蓋了房子，添置各種奢侈品，是他們村子第一戶買錄影機的人家。爲了怕破壞形象影響收視率，一直等到戚雙紅演完後她才跟喬樵住在一起。公司頗不諒解喬樵，曾差人私下來遊勸甄梨，哪有這種自斷前程的傻瓜，否則公司立刻機動作業，隔檔就可推出戚雙紅續集，她太年輕沒見過世面，喬樵有太太孩子的人，跟他能有什麼結果。

喬樵說要去看她家，甄梨吃一驚，說不要，沒有什麼好看的。喬樵笑說：「不是我要看，是我要讓你爸爸媽媽放心，他們怎麼知道女兒是跟鬼啊、跟人啊住一起？」

甄梨說：「他們才不在乎，我就死了他們也無所謂。」

「在乎，在乎——我就在乎。」喬樵說。

喬樵給媽媽買一件XL號的純羊毛外套毛衣，父親的是背心。給素娟Orlane香膏，素美一打星星小孩手帕，弟弟得到一雙愛迪達運動鞋。他們銀灰色的跑天下停在廣場上，才下車村子已沸騰起來，鄰居小孩集結在村門口叫：「戚雙紅……」

甄媽媽穿著新毛衣在門前巡走，對距離之外圍觀的鄰人嗟嗟發笑：「百分之百，羊毛哦，英國牌子哦，百分之百。」仍唱起柳條兒細柳條兒長走出弄堂。鄰人太太問那開車來的男人是誰，甄媽媽聽見呵呵笑起來：「素蘭的先生嘛，公司第一把哦。嘻，他臉上這裡有酒窩……」

放假日，甄大民才把車子洗過一遍，甄梨從後院新蓋的小樓窗戶看見喬樵跟父親顯然是在談車經，小孩子們繞著並停在一起的兩部車躲貓貓，廣場上有人放風箏，冬天灰白的風裡淡淡的太陽。兩個男人都穿著寬鬆翻領毛衣，都是現實裡的男人，喬樵還比父親顯得實感一些。喬樵把一個吃棒棒糖的小孩抱起來放在車蓋上，一手攬著，一手比劃著手勢跟父親講話，像他導戲時的專注和專制。甄梨眞想大哭一場，想父親年老不能開車的時候，她要買一部賓士給他。她跟喬樵回家的路上，空氣沉悶窒息，最後仍是喬樵講，「你像爸爸的多。」

甄梨說：「才不，我像媽。」

喬樵開車的一隻手伸過來握住她，「你何苦呢。」

下雨了，窗玻璃上流成溪流成河，喬樵打開雨刷，甄梨看著那一對雨刷努力而殷勤的工作。她這次發現母親臉上兩道深陷的笑紋，停止笑容時，特別顯出一種殘忍的表情來。甄梨說：「我不曉得你跟爸爸還有那麼多話說。」

喬樵說：「你爸爸很有興趣。他問我劇終的那個楚原式太陽怎麼拍的。他很吃驚你會演戲，哭得那麼像，眞的還是假的。」

甄梨大笑。「很奇怪。雨不停它刷來刷去有什麼用？」把雨刷關掉了。

「噯噯亂來！當心發生交通事故。」

甄梨說：「最好，我倆沒有明天。從影劇版轉上社會版。」她不明白爲什麼要這樣去刺激喬樵，自己先胃痛起來。

在超級市場遇見米姬。甄梨彎腰正在翻找巧克力冰淇淋，有人打她屁股一記，「米姬！」米姬伸開雙臂向她展示身材：「破六十點五公斤，可觀吧。」介紹身邊一名男子叫他阿冬，是米姬的先生，並站在一起，卻像弟弟。夫婦兩人極熱烈邀她去家中吃飯，臨時又加買了牛腩小管什麼，見她捧的冰淇淋，米姬哈哈大笑，一捏她腰，「前世修來啊有本錢吃。我跟阿冬正進行一項賭博——戒巧克力。巧克力糖，巧克力蛋糕，一切巧克力製品，一年爲限，戒成了，阿冬就買件貂皮大衣給我。」

「戒不成呢？」甄梨笑說：「所以贏了輸了都你賺對不對。很公平。」

米姬拉她手來按按腰腹，「八斤肥肉都在這裏。跟你說，如果我輸，不但是輸掉一件貂皮大衣，而且很可能輸掉一個丈夫。」又朝她狎狎眼波小聲說：「其實阿冬他嗜肥。」

阿冬實際比米姬小三歲，么兒，專科畢業後在爸爸工廠當經理，不時發明改良些小零件小機關替公司拉了不少大客戶。現在米姬和阿冬最大的希望就是生一個小孩來養，不好生吶，那兩年被製作先生弄壞了。阿冬跟她完全不是同一世界的人，碰在一起了，米姬首先就不能容忍阿冬用菜極的國語要跟她談戀愛。阿冬吃壽司、生魚片沾芥末，日本清酒，他甚至不大曉得孫中山先生是廣東省中山縣人，米姬大爲駭然鄙夷，卻就是這樣一個人做了她丈夫。米姬本來從不是演戲的料，當年她敢，她就後來敢嫁阿冬。

米姬說，有一天早上她從製作先生的鼾聲中醒來，發現他起伏有致的啤酒肚，發現鏡裡她退妝後的臉，「這裡，這裡，都是皺皮，之可怕！」而她只不過是能在劇裡混到一兩個特寫就很不錯的米小牌。她嚎啕痛哭一場，就決定接受阿冬的追纏。

米姬說——此時阿冬已被打發到房間看電視——阿冬一輩子就我一個女人了，唉，未免太溺，缺乏挑戰性，我鼓勵他跟別人去約會，他生我的氣，眞生氣哦。我常常就故意逗他吵吵架也是練嘴磨牙齒有點生機。米姬比比自己的身子和溫暖厚軟的沙發椅，「你看我像不像一隻**pet**，頭上綁一朵大蝴蝶結差不多是了。有時我眞恨阿冬，他讓我連紅杏出牆的勁兒都沒有了。」

米姬說：「我眞嫉妒你，看看，你的眼睛，比以前還有神采。喬樵愛你嗎？」

米姬說：「我大概老了，需要被人家愛。唉，不管怎麼樣阿冬還是我老公。」

年輕的時候，只曉得去愛。常常說戲當中，甄梨看著眾人面前的喬樵，忽然會覺認生，台詞要唸不下去了，喬樵只顧導戲的專注和嚴厲，停下來奇怪的看她，她就繼續唸下去，心想跟喬樵的一切都完了。錄影完，兩人一起去吃夜市，喬樵問累不累，她搖搖頭，喬樵爲她叫一碗豬肝湯，她安靜的喝，安靜的想喬樵是永不知道自己已重重一跌過又爬起了。總是這樣她孤單一個人跌得鼻青臉腫，沒有人可以分擔一點點。

新戲開拍已在一年後。甄梨馬上就領悟了。好比說，戚雙紅，古裝劇裡的戚雙紅是演、出來的；時裝劇的則必須她是、戚雙紅。古裝劇裡的戚雙紅如果是一個典型，時裝劇的則是一個個案，時裝劇的如果是寫實，古裝劇的則是象徵，從象徵我們知道眞實，從寫實我們知道虛幻。當然，甄梨並不會使用諸如此類漂亮的文字遊戲，來自喬樵的種種，一點點眼神，語氣，手勢，夠了。喬樵說：「記住，你不但要是她，而且好像有另外一個你在俯瞰著她。換句話說，每一鏡頭每一場戲，你必須充分知道你在幹什麼，爲什麼。」

甄梨和喬樵日日夜夜同在一個世界裡，但她從沒有如這樣一段日子裡感覺到兩人形同陌路。兩人完全沉浸在工作的狂熱裡，形成兩股固執強橫的力量，各自走在一條空盪寂寞的軌道上。像兩組星雲，偶爾於浩瀚的太空中相遇，再相見也許要在循環億萬年回來之後了。

她看見喬樵太太帶著三個孩子跟喬樵在公司門口跟人說笑，拍張照片進大門去了。是公司創辦十週年，慶祝活動很多，她前夜拍了通宵睡到下午醒來，金黃的秋天的太陽光來叩她窗戶，令她想起從前眷村的日子，很多很多，不一定是快樂甜蜜的，可是都是自己的。再壞，再不快，悲傷的眼淚流下來都是自己的。今天她沒有不足，喬樵愛她，喬樵也愛太太跟孩子那是另外一回事，她沒有不足，拍戲的貫注把每一天日子塡得滿滿的，沒有不足——可是爲什麼總總不切身。九樓公寓，數上去還有三層，沒有拍戲的日子，她常抱著頑皮豹坐在陽臺上，看腳下錯錯落落的屋頂一疊一層遠去。日暮時，照例有一家男人跑上天臺，朝空中揮舞著一竿紅旗收鴿子，一片鴿陣飛過她上空，聲音像平地颳起一陣驟雨，雨過了，不知何時燈火都亮起來。

喬樵的三個孩子，兩個大的男孩，小的女孩，女孩一手牽著一線小丑氣球，一手拿著冰淇淋甜筒。五人站在一起照相，像一疊音階斗瑞米發叟彈上去——彈不下去了，弦斷音沉。甄梨在車裡不過一眼看得清清楚楚，覺得喬樵太太跟印象中所差不遠，小女孩像極了喬樵，喬樵必定很寵她。甄梨把車一倒開回去了。次日她仍按照通告時間準時到棚。跳錄三場戲。一場錄割腕自殺，她躺在牀上，看見閃電與雨光打在玻璃長窗前的拼花地板上。一場錄她和男主角的對手戲，她捧著草莓醬，挖一匙送進嘴裡，不遜而挑釁的口氣問他信不信：陌生人時常差遣他們的影子來牀邊拜訪她。一場她伏在地板上無聊的畫娃娃頭，只畫了眼睛眉毛鼻子嘴巴，沒有畫臉。這場戲據喬樵說明，是爲暗示女主角認爲自己與外界之間沒有「邊界」。

清晨六點錄完，她跟喬樵去喝豆漿，告訴喬樵昨天看見他們一家在公司門口照相，喬樵詫異問是什麼時候他沒看見，聽說她開車折回去了，苦笑說：「女兒過生日，說昨天快樂天使節目裡叮噹姐姐摸彩大贈獎，吵著要來……」吃過早點，喬樵回家，她仍回去她和喬樵的公寓。

殺青酒吃完的那天晚上，喬樵和工作人員趕回公司剪片。一切如常，並無異兆。甄梨割腕自殺，沒有留下任何字句。

報導之一，電視紅星甄梨與有婦之夫畸戀而萌輕生之意。

報導之二，甄梨的父母感情不睦，其母患有精神分裂症，對之形成嚴重的心靈抑鬱，遂埋下日後不幸的禍因。

報導之三，公司否認曾對甄梨造成工作上的任何壓力。

報導之四，甄梨與其所飾劇中人物已達人我兩忘的境界，此可見於其精湛流暢的演技，簡直是演活了劇中人。

報導之五，以及傳言之……

此戲被譽為九點半檔的水準，而正在八點檔如火如荼的播映。兩首主題曲，其中有一句最被大家唱熟了的：她多麼愛這個世界，比這個世界愛她的多得多。一條充滿鄉村音樂調調兒的歌。

這絕不是一個個案。

民國七十一年八月

安安的假期

不必像別的小朋友在這個暑假必須預先去補習ABCD，安安簡直是得意忘形了。畢業典禮上，那個長辮子女孩兒哀哀嬌嬌唸到「離別並不是友誼的分散，而是力量的擴張」的時候，差不多同學們都已經知道章怡安的媽媽要生小弟弟了。

安安的父親擔任中華工程公司工程師，七歲那年安安隨父母親到關島姑姑家住了兩年，走時怡亭兩歲，寄在外婆家照顧，關島的工程做完回國定居後，才把怡亭接回來同住。

亭亭似乎給外婆寵壞了，不吃青菜，只愛吃肉，常常刷牙流血，光爲糾正這項挑食的習慣，每次弄得飯桌上不愉快。飯後一顆魚肝油，亭亭總有辦法混過不吃，一次在菸斗裡發現，一次在牀舖底下掃出一堆。亭亭且怕黑，牀邊一盞枱燈開到天亮。剛回來跟他們一起住時，也不會喊人，經常就是一個小人在地板上玩洋娃娃玩個大半天。

對於女孩兒的資料全部來自這位怡亭妹妹，安安只覺女生是聰明透亮的，男生就笨。然而從什麼時候開始，亭亭對他不再認生了，和鄰居小孩玩耍當中每每聽見她講：「我哥說火星上有生物。」「我哥最會玩這個了，可以打到八百分喲。」「不信，你去問我哥。」

章先生夫婦是新派父母，對孩子的教育主張民主和溝通，「要做孩子的朋友」，雖然還不至於像美國孩子那樣到與父母親稱名道姓的地步，不過就此大權旁落，管教的責任都在女佣阿珍身上了。

阿珍人很喜笑，紅撲撲的兩頰顯得幹勁十足，精力用不完就管這管那，什麼都扯上身。章太太又最是柔聲細氣的婦人，章先生每可憐她清薄一如做女孩子的時候，所以生下亭亭六年之後章太太又懷了第三個小孩，章先生的憂柔是更多於喜悅的。

阿珍立刻感染到男主人的情緒，愈加把兩個孩子管得緊了。像這會兒安安一頭汗水從外面跑回來，紗門砰一摔，洞洞洞直跑上樓去，阿珍自廚房搶出，站在樓梯口還沒拉開嗓子，安安卻先替她喊了：「紗門不要砰。」阿珍揚聲喝斥：「跟你講過幾百遍，上樓不要這樣響。還有你的鞋子——」安安一溜煙從樓上竄下，跑到門邊把踢得一東一西的皮鞋收攏排好，又一溜煙跑上樓，看也不看阿珍一眼，似乎他之所以聽從阿珍的話，只是爲了要阿珍閉嘴。阿珍並不在安安所認爲的「女生」之列。

晚上阿珍替兄妹倆整理行裝，明天小舅舅要來帶他們回外公家。看見亭亭在她母親身上糾纏，阿珍過去把亭亭抱下，亭亭攀住母親的頸子不肯，阿珍恐嚇她，她嚶嚶的哭了。章太太說：「由她罷。」也實在最近亭亭變得特別脆弱好哭，或許因爲阿珍動不動拿媽媽生小弟弟的事來轄他們，以及說話時威脅而認眞的口氣，讓她敏感到她是不是又要像四年前那樣忽然失去了媽媽，失去了好長好長一段日子之後媽媽才又回來的。

安安並管不了那麼多，小時候的印象，外公家種的芒果大大的，荔枝紅紅的，小舅舅帶他們去西邊河玩水，上游漂來了一大灘牛糞，小舅舅奮力的划著水將牛糞朝下游趕去的那幅景象，安安現在想起來都會笑倒在地板上。章太太叮囑安安在外公家不要睡到太陽曬屁股，外公看病的時間不要亂玩亂鬧，不要吃有色素的零食，不要，不要……安安壓根沒聽見一句。他不顧阿珍的反對，堅持把他心愛的遙控汽車裝進旅行袋裡了。唯有一樁，算是暑假作業，安安答應每個星期給他母親寫一封信。

火車上，同行還有一位阿姨。小舅舅來接他們時並沒有跟母親提起，也沒有和他們預告一下，只是應該橫渡地下道時他卻勇往直前一逕而去，安安嚷了起來：「小舅，要走這邊。」

小舅舅名叫楊昌民。昌民先是訝異，「哦，這樣嗎？」隨就謙卑的笑了：「我去接一個朋友，就在上面。」朝頭頂指指，好像搭了電梯就可以上去。又微弱的徵求意見，說：「你們跟我一起上去呢，還是在這裡等我下來？」昌民是那樣用一種平輩商量的口氣和態度，安安兄妹義氣相報，陪舅舅一齊登上階梯去了。

朋友並非就在上面，走了一段路停在台北廣場前。昌民彷彿因爲自己的欺騙感到內疚，不斷撫慰亭亭的腦袋，一邊倉皇的從人叢裡找人。看到了，昌民揹著行李袋跑過去，單手伸出蒙住一個女孩的眼睛。女孩被店舖裡掛著的一件襯衫完全吸引了去，昌民笑說：「喜歡？喜歡就買了呀。」女孩雖然一味推辭，但衣服裝進塑膠袋裡交給她時，她又眞是開心笑了。

女孩林碧霞，在苗栗一家撞球場當記分小姐，昌民工作的地方離她不遠，廠內幾個年輕漢子都說新換了漂亮的小姐，有一回打賭，誰敢上前抱一下記分小姐即可獲得長壽菸一條。昌民不以爲難，前去跟記分小姐說項，搔著頭，仍然是他那一貫和氣商量的口吻，記分小姐立刻把臉紅透了，低下頭格格發笑，昌民就抱住她親了一記。這次跟昌民同來，完全是一種羨慕大台北景觀的單純心理。前一天昌民帶她去逛了西門町，來來百貨公司，獅子林看了場電影，安排她住在朋友那裡，今早一齊南下。

碧霞打從坐上火車便沒停過吃，一會兒拆開一包麻薯，一會兒傳給他們一袋磚紅色芒果乾，安安吃了，亭亭小聲告道：「媽說不可以吃有色素的東西。」昌民笑說沒有關係，教他們吃過之後用上牙將舌苔刮淨就行。兄妹倆望著碧霞嚼得個血盆大口好不驚心動魄。又跟安安比賽嗑葵瓜子，嗑了一裙兜瓜子，就站起來嘩啦啦抖了滿地殼。昌民看出亭亭眼睛裡的沉默，抱歉而笑：「沒關係，車上會有阿巴桑來掃。」一邊腳底下還是踢踢弄弄大致把殼攏在了一處。碧霞遂哄亭亭跟她鬥橡皮筋，先將橡皮筋搓成團，放在窗枱上，輪流用食指一捻，誰先捻開誰贏。第一回合亭亭贏了，碧霞不甘心，又來，仍然亭亭贏，再來，還是贏，亭亭害羞的輕聲笑起來。

車到苗栗碧霞下車，昌民一直送出火車外，繞到他們車窗這邊，隔著玻璃，一裡一外，碧霞手掌拍著窗戶再見，邀他們跟昌民來苗栗找她玩。亭亭伸出手掌貼在窗上，大手小手五根指頭吻合了印一印，表示約定。及至火車發動時，昌民還沒有一點上車的跡象，亭亭緊張了，打著窗求舅舅趕快上車。昌民笑嘻嘻的，火車開了，與碧霞肩並肩追了幾步跟他們揮手再見，霎時就被火車拋在身後了。亭亭嚇黃了臉，安安安慰她說：「不會啦，你看，舅舅的包包還在。」等著舅舅在通道門口出現，等著，等著，一世紀那麼的長，安安再也按捺不住了——終於，昌民一臉燦笑的現身！唉唉唉，我的好舅舅呀，安安只差沒衝過去給他一拳。

銅鑼站下車，大舅媽和兩個表姐來接。安安早就把汽車拿出，兩手背在身後遙控，紅小車就像一隻摩登的哈巴狗在安安跟前興頭頭的跑著，立刻吸引了幾個鄉下孩子，擁著安安一路走去外公家。許多人事變了，從亭亭烏亮的眼睛看出來，清捷的童音講出來：「小舅，鋪了柏油路。」「啊，放米的大房子呢？」

農會遷了新地方，穀倉便改成製塑膠袋廠，原來倉前一棵老柳只剩下了一截樹幹。亭亭失望極了喊道：「柳樹，大柳樹也沒有了。」有個婦人蹲在樹幹上綑著廢塑膠袋，蓬鬆的大頭使整個身子看去像一朵蘑菇。小表姐和安安同年，偷偷告給安安那人是瘋子。卻不及關心瘋子是件什麼事情，外婆已經走出醫院大門迎接他們了。

剛到，外公就發了頓脾氣。先是看病的一個年輕人，彎腰駝背的嬉皮相惹惱了楊老先生，要他回去剪了頭髮再來治病。及見安安人模人樣的在庭前放汽車，招來一群閑人觀看，登時蹙起了眉頭。安安跟外公行禮請安，外公擺擺手道：「好，好……」便進診療室去了。安安頹然收了車子進屋，留下那些好奇的孩子在門前眷戀不去。

跟著一連串發生的事情都叫安安不快樂極了。從小習慣於拿可口可樂解渴，在家裡，只要他打開腓力普冰箱，隨時都有冰透的飲料，叭噠一聲開了罐，仰頭就飲。外公家仍是十數年前的聲寶牌，保養得很好，除了因為年歲，安安已與冰箱齊高，以及雪白漆色轉成了柔潤的象牙黃。安安汗津津的衝到冰箱前，拉開門，裡頭有一碟白切肉，半隻白煮鴨，一些藥瓶，一瓶黑松汽水。正灌著，外公看見了，道：「平常喝什麼汽水，又不是請客。」

吃飯，外公說：「扒乾淨，碗裡不要有一顆剩飯。」刷牙，牙膏蓋子沒蓋，外公經過洗臉槽，敲敲槽枱，告訴他：「東西從哪裡拿來的，就要放回哪裡去。」

外公也不疾顏厲色，最多就是皺眉頭，刻出額上深深幾條溝紋。安安與其說是畏懼外公，不如是害怕外公不喜歡他了。或者只為一件，常聽母親講起外公醫病不收窮人的錢，光這一點，已足夠在安安的心目中建立起一座崇高的殿堂了。外公家的一切都是，整潔有序，並且像老照片湮上了一層歲月的象牙黃。

那架老收音機，從安安出生以前就有了的，現在仍擺在樓上正廳的書桌上，仍是那件泛舊紫紅絨布覆罩著，每天清晨七點鐘準時打開，轟轟烈烈叫醒還在貪睡的人。照例楊老先生已臨畢兩頁帖子，翻閱報紙一邊聽完新聞報告。安安賴牀，朦朧中聽著、「雷根總統原則上同意派遣一支小規模的美國部隊，前往黎巴嫩首都貝魯特……」聽著樓窗外檳榔樹上的麻雀吱吱喳喳吵鬧。直到大舅媽登上榻榻米牀上收蚊帳了，才連打幾個滾爬起來。

七點半早飯。安安吃不慣清粥小菜，把筷子放在嘴裡咂著，外公揚起眼望了他一下，他還發呆，亭亭跟他猛使眼色，他才忙忙夾了一條醬瓜吃掉。

早飯後，陸陸續續不斷有人來看病。外公的助手阿榮叔現已結婚，但仍然中飯晚飯在這裡吃，大清早騎腳踏車來，第一件事先把候診室桌几上的一壺茶水重新沏過。忙不來時，外婆跟著在藥房幫忙配藥，總是一襲素淡的旗袍或套裝，襟上別著古麗的別針，口袋裡常有幾顆含笑花，行走時香風細細。

外婆每每或在庭前跟病眷們寒暄，或在蓮池邊的叢竹短籬上舖曬蘿蔔條、酸菜乾，看見遊嬉的他們，便央求他們來輪流給她搥背，搥完獎賞一些她的私房吃食。有時氣喘吁吁跑上樓來，喝斥他們不要把地板踏得碰碰響，外公在下面替人看病需要安靜，拋給他們嚴厲的一眼之後下樓。多半他們會屏息斂聲了一會兒，漸漸又忘形起來，等到瞄見外婆烏亮亮的蓬蓬頭一登一登從樓梯昇上來，即又偃兵息鼓，以致外婆辛苦的跑上樓卻面對著他們的一片安靜而不知罵誰才好。

吃過中飯，外公用長長的薄刀把西瓜均勻的片成片，一人一丫，多了也沒有。然後睡午覺。管他們午覺的任務交給了大舅媽，帶著他們在東廂從前阿榮叔單身時住的房間睡，小表姐一起。三個孩子躺在榻榻米上朝空蹬腳，看誰蹬得久，叫自由車比賽。舅媽幫他們搖蒲扇，講樊梨花移山倒海，講著講著語焉不詳了，兩個不中用的女孩也叛變睡著了，剩下安安一人，睜大著眼珠東望西望，整棟房子只聽見飯廳掛的自鳴鐘得躂得躂，地老天長的踱方步。一格一格的窗格外面是濃蔭深深的釋迦樹，安安一粒粒數起果子來，盤算哪一粒最先成熟可以吃。偶爾風吹開密密的葉子，透出一窟窿藍天，很高遠。他聽見杳杳騰騰蟬鳴的天邊有一聲兩聲「叭——卜」，賣冰淇淋的。安安覺得寂寞。

他設法逃過午睡，跟他的鄰居小朋友以兩聲長哨為暗號，每在後面院牆外響起，大家有福同享，有難同當。他把他的遙控汽車跟人家換來了一隻烏龜養在鋁桶裡。以及他溜出大門外買冰淇淋，被外公從樓窗上發現喊住逃開，外公找下樓，明知道他躲在水井背後，卻不來抓他，門廊底下站站就返身進屋裡去了。他記住逃躲時的絕望和羞恥，就沒有再買冰淇淋。

他恍惚感覺到威嚴，這件看不見摸不到的東西似的，然而的確在著那裡。在外公那張臨帖的書桌，一筆、一硯，收音機紫紅絨布上一隻雪青磁瓶，插著外婆剪枝的玉蘭花，花瓶旁邊一副外公的玳瑁眼鏡。在診療室，手術室，和配藥房，那是他們小孩去不得的地方。

除了一次，外公外婆赴台中參加親戚婚禮，小舅舅問他們要不要吃健素粉，帶他們進來藥房，用支細長扁平的金屬匙挖了滿杓，一彈抖進每人張大的嘴巴裡。又教他們辨別藥瓶上英文拼字藥名，古里古怪的唸音把大家笑做一團。還玩了秤藥的天平。還下蓮花池塘捉鯉魚，捉了放，放了捉，攪得一池塘渾水，昌民突然大叫：「水蛇！」一鬨擁上岸，才發現昌民站在水裡咧著嘴笑，手中高擎的是根蓮花莖罷了。林碧霞也來了，昌民央大舅媽做了鍋綠豆湯，吊入井裡放涼，大家吃得個鍋朝底意猶未盡，把阿榮叔也拉下海，一齊瞞過外公外婆。

外公好像對小舅舅格外嚴厲。嚴厲以一種輕蔑的態度表達出來，會令人喪志的，但昌民不。他採取了最佳的一條抵抗方式，不抵抗。在外公跟前，如果昌民是條犬，他必然是搭邋著長耳長尾，翻著白眼，溫柔而無辜的仰望著他的主人。外公斥他：「沒骨頭。」

當面外婆與外公永遠站在同一陣線，還搶在外公之前先把昌民數落一頓。背地裡，外婆可是寵這個小兒子的。昌民買威士霸，外婆便自掏私房錢出資了三分之一，摩托車寄在老街一個朋友家，每天早上走路到老街，駕了車去苗栗上班，追女朋友。安安也學會了替昌民掩護，好比上樓，昌民的鞋子至終是脫得東倒西歪，下樓則至終是不懂該把托鞋倒轉來併攏了擱在一邊，安安已不知幫他收拾了多少次。

黃昏來臨時，鄰居們紛紛擔了桶子來外公家打水，打了水沿花園碎石徑一路潑灑出去，又是招呼，又是嘻鬧，狗吠著，火雞古嚕嚕一陣啼起。大舅媽在廚房忙，現改裝了瓦斯爐，磚灶只留到年節蒸年糕用。阿榮叔蹲在後院柴房那裡燒垃圾，然後把一支支用過的針筒洗淨，放進蒸汽鍋裡消毒。放狗是外公的事。這一天，外公對安安說：「放狗去吧。」

安安嚇一跳，跟到天井。外公要他把狗鍊解開，他做得糟糕透了，但外公不催他，不教他，唯低斥莎莎安靜，不要跳。解開了莎莎，去樹下牽小虎，祖孫倆穿過井邊，那些打水的鄉人都停止了喧譁，稱呼外公：「楊先生。」

外公沿稻田朝溪邊走去，腳步大而疾，安安差不多是小跑步跟著。來到臨溪一塊草地，外公把鍊子交給他，誰知小虎到了他手上，一逕往深草地方咻咻嗅去，他固執的把住鍊子絕不鬆手，被拖著狼狽的跑了一大圈，終於跌個狗吃屎，小虎倒乖了，撩起腿朝草叢撒了泡尿。安安驚訝的看見外公擲出一塊石頭，喊道：「莎莎！」莎莎飛奔而去，啣了石頭回來交在外公手上。外公摸摸它頭讚好，又把石子向空中一丟，莎莎凌空躍起，喀嚓一含接了個準。

這趟回來的路上，安安興奮得好像晚霞都燒上臉龐來。他給母親的信上只寫了一句：「媽媽，今天我跟阿公到河邊放狗，」就再也寫不下去了。他找不到任何字句，任何生活裡曾經有過的情感，足以表達下午這一場經歷，找不到。

隔日他把同張信紙拿出，在昨天的開頭底下另起一段寫道：「傍晚阿公澆花，我幫阿公把噴壺裝水，阿公告訴我一些花和草的名字，有——」有什麼，安安卻半個也記不起來。腦中留下的，有的只是他與外公蹲在花圃前，外公的影子籠罩著他，嗅見外公身上是一種消毒水爽利明快的氣味，青皙的手背微凸出淡藍色血脈，迅捷的除蟲，摘下敗葉，外公說話的聲音從他頭頂隆隆壓下。

到他必須趕緊寄出一封信給母親，只有在「外公要我跟亭亭每天背一首古詩源，今天我背的是大風歌」底下，續寫：我很好，亭亭也很好，請您們放心。亭亭用在幼稚園學的注音符號拼出：我想念媽媽爸爸。

亭亭顯得很落單。大舅舅三個女兒，大表姐讀建台，三年級暑假輔導，見不到她人。二表姐國一，是下樓吃頓飯也會臉紅的尷尬年齡。小表姐光會巴結安安，不屑與她爲伍，多半她還是跟定外婆。跪在榻榻米上幫外婆搥背，舅媽坐小板凳上剝花生，聽他們大人有時談到瘋女人的事情，亭亭問說：「誰是寒子呀？」外婆虎下臉叫她小孩子不要聽那麼多。她看見外公與安安牽著小虎走過窗格外花園的碎石子路，踏出礫礫的腳步聲……

她們忽然都停止了手底下正在玩的家家酒，轉臉望過去，大家逃奔起來。亭亭跟著大家一起跑，跑，絆了一跤，爬起來又跑。女人從後面追上來，揮舞著他們遺落的玩具狗熊叫喊他們。亭亭的拖鞋被田埂上的爛泥粘掉了，同伴們從一道又一道的鐵軌都跑過去了。她才跑上鐵道壟，又絆倒了，下巴磕到鐵軌上。她哭著爬起來，喊：「哥——」女人衝過來，把她狠一抱，離了鐵軌，火車夾風夾沙轟隆隆的開過去。「不哭，不哭，寒子在這邊。」

火車過去了，軌道上靜靜的，一張便當盒木片蓋子低低的飛滾了一尺遠。對岸的孩子們睜大吃驚的眼睛，不能相信呈現在面前的景象，紛紛跑開了。女人抱她走到塑膠袋工廠前放下，安安已從大門裡一臉凝肅的走出，不理小女生們在旁指指點點報信，直走到女人跟前，把女人的手掰開，牽著亭亭走進去。

他們經過客廳窗外的碎石路，聽見裡面有婦人在哭鬧吵架，外公外婆也在。安安帶她進了阿榮叔房間，意外的，昌民在。昌民整個人頹廢的抵在牆上，極力傾聽著什麼的，那是前廳傳來一高一低的哭罵聲。安安嚴肅的和亭亭低語：「林阿姨的媽媽，林阿姨也來了。」

三人沉默著，久久，前屋也安靜了下來。「菸！」昌民粗暴的打破了寂靜，垂頭喪氣也不看他們，伸出手掌又說一聲：「我的菸！」安安忙爬到榻榻米一角，堆放著舊雜誌報紙的背後掏出包抽了一半的長壽，窗枱上有火柴，昌民顫抖的擦了火點著抽。

窗格上繫的一面圓鏡，這時照著對面窗外的釋迦樹影，和院牆下，半截摩托車身。聽見是外公，劈劈叭叭的拖鞋三腳併一腳奔下樓梯，沒換鞋，直跑出飯間，穿過天井、後院，衝到柴房前，一把推倒昌民的摩托車，搬起牆根的大石頭就砸，砸，砸個癟。

昌民的眼睛從披散的額髮下望出來，盯著鏡裡縮小的、不完整的動畫畫面冷笑，冷冷的笑，釀成了陰鬱而簡直有些殘忍的沸點時，他突然照牆壁恨恨掄了幾拳，痛得搗住拳伏在牀上絲絲吸氣。

之後，就不見了昌民，這回似乎連外婆也不能諒解。兄妹倆模糊曉得是碧霞的母親來鬧，要昌民跟她女兒結婚，外公不答應。窸窸碎碎的耳語在外公背後，在他們小孩上頭低低進行。亭亭學外婆不屑的口氣，道：「打史勞克的！」這個使兄妹倆都義憤勃發。

接到母親來信，告訴他們，外公所做的一切決定都不會錯，這件事情最後終於會解決的，要他們每天把《古詩源》背熟就好。爸爸已爲小弟弟取了名字，叫章怡平。還有，阿珍有了一個男朋友。這封信照例外公也讀了。

安安不再跟外公去放狗，看見外公牽著小虎跟莎莎從夕陽明濛的窗外走過，他的心黯黯沉下。晚飯時，外公喊他名字，叮囑他壓在榻榻米底下做蕨葉標本的報紙該換乾的了。那是有一天午睡醒來，外公幫他在平舖的蕨葉上加蓋了報紙之後，兩人掀起榻榻米一角平塞進去壓好的，以後隔幾天便換一次報紙。安安頭沒抬也沒應聲，外公擱下碗筷，說：「那就拿出來扔掉，放在裡頭生黴！」剩下半碗飯菜就離開桌子了。

安安不睬外婆譴責他的目光，起身走到牀匹邊，掀開榻榻米，拿出標本紙板，捧到廚房外面，扔進裝垃圾的大竹簍裡了，也沒把飯吃完。後來亭亭來搖他，他已在阿榮叔房間歪了一覺，兩人坐在牀上發呆。亭亭忽說：「哥，我想媽。」安安拍拍她不講話，這個時候，亭亭卻想起寒子來，寒子粗糙的衣服擦著她臉，寒子柔軟的胸脯，寒子的大肚子。

再見到小舅舅，是失蹤兩星期後，安安跟舅媽去菜市場，舅媽買了一串醃芭樂給他，又給他一個銅板叫他去吃冰。每次舅媽碰見她的那些阿姐阿妹，便是拿這種方法打發了他們。他正在吃愛玉冰，背後有人拍他。「小舅！」

昌民理了頭髮，顯得滿精神的。說：「要不要跟我去一個地方？」

安安忙不迭問道：「爲什麼阿公不讓你跟林阿姨結婚？」昌民搔搔耳背，慚愧一笑，說：「你們都知道啦。」

安安替他急，「那林阿姨呢？那你們就這樣沒了啊！」昌民懸空一撫他頭，只是虛弱的微笑，道：「亭亭還好罷。」

安安仰起臉望他，不大明白，不大明白那天舅舅的憤怒和痛苦，與今天舅舅的，的什麼呢？他說不上來。停下腳步，他說：「現在要去哪裡？」

見他一派不滿之氣，昌民朝路頭一指道：「老街。去了就知道。」安安歎口氣，心甘情願跟去了。

地方在人家廚房後邊加蓋的半新房子。他們穿過人家客廳，跟一位坐在沙發上剝花生的老阿婆打了招呼，再穿經廚房，開門時昌民解釋：「平常都走菜園那條小路進來的。廚房跟人家合用。」門推開，照眼只覺亂，不但亂，而且髒，而且有女人住在這裡的明顯跡象。太亂了，幾乎沒有立足之地，昌民跋山涉水過到那頭把窗戶打開，透進新鮮空氣，也透進明麗的陽光照見室內一覽無餘。昌民拿件牛仔褲搭到椅背上，覆住女人的衣物。抱歉道：「沒辦法。我亂，她也亂。」並且實在這裡不是待客之處，便出來到菜園講話。

昌民說：「禮拜天，店裡生意好，她講要多賺一點錢。現在是，兩個人生活了。」復想起安安可能不知店裡意指何處，比了比撞球的手勢。「她不要我陪在那裡，講說別人會知道我是她老公覺得沒意思都不來了。」講著笑起來。

安安望向他們的屋子，覺得迷惘。昌民道：「這裡只是暫時住一下，你看，連飯桌都沒。大大前天我們在苗栗公證結婚的。」安安問道：「阿公曉不曉得？」

昌民立即氣不平起來，走到菜壟那頭，點了根菸，走回來。說：「她媽媽眞是，不上道！以爲我跟碧霞有怎樣，又看我們家做醫生有錢，要賴上，那天自己就跑來跟我們家談判，不笑死人！有錢，有錢那也是爸的呀。」昌民更氣了，「她也那麼三八，居然跟她老媽一齊來，眼睛塗那麼藍，還擦口紅！」昌民再也說不下去了，兩人就那樣呆呆望著菜花上飛舞的無數隻小白蝶。很久，昌民平靜了。說：「我就跟她說，結婚，可以，但她要跟她媽講清楚，別希望我從爸那裡拿一毛錢。就算我會，爸也不會給。」昌民定定望著安安，以至於安安不得不抬起頭，見舅舅仍又是他素來的那種，隨時隨地都像在對人抱歉的，虛弱的笑容。昌民道：「你阿公看我，反正是最沒出息的人。」

安安聽了很難受，不光爲這句話，爲的一件什麼，他還不解的，不願去解的，或許那就是所謂的、成人世界了。但至少有一件是他不願見到的，見到了舅舅自嘲的笑裡的失意，與落寞。

從外面回來，飯間桌上已擺了碗筷和煮好的兩樣菜，用紗罩罩著。表姐們聚在屋裡紛紛議論著什麼。安安發佈道：「我看到小舅舅了。」眾女眷並沒有預期中的震驚，安安鄭重又宣告一次，「小舅還帶我到他住的地方去。」

舅媽道：「見到那個林阿姨什麼的啦。」

安安惱羞道：「小舅跟林阿姨結婚了你們知不知道！」

大表姐道：「早就知道了。他們上個禮拜就搬到老街去住了。哼，故意跟我們打對台。」

舅媽丟給大表姐一個警告的眼色。「夠啦。你們當心在阿公跟前莫講這件事，知道不。」

安安這才發現家中空氣異常。外公正在給瘋女人動手術，外婆阿榮叔都在手術室裡，隔著陰幽的配藥間望得見手術室毛玻璃窗裡人影幢幢。聽說是瘋女人從芒果樹上摔下來，五個月大的娃娃流產掉了，被人發現時跌在路邊，一地血。

手術之後的女人，暫被安頓到天井側西廂阿榮叔房間休息。這間房，阿榮叔搬出以後，便成了三不管地帶。舅媽裁衣剩下的碎料堆在這裡，孩子們捏好待乾的黏土娃娃、坦克車，列置在窗枱邊，外婆穿舊的高跟皮鞋捨不得丟收在榻榻米底下，牆上貼著一幅幅月曆撕下的美女圖片，以及昌民的菸酒、髮油、刮鬍水。當楊老太太接到章先生掛來的長途電話報告章太太已送醫院待產之後，發現隔壁房裡亭亭竟然並臥在寒子身邊，撫理著寒子亂蓬蓬的額髮時，簡直嚇壞了，急把她抱離了房間出來，斥罵：「眞是小人家不怕齷齪！」

客廳裡因爲西曬，藻綠色布簾子放下了，透著斜照，像沉在水中。外公與阿榮叔對坐在沙發椅上喝茶，商議著能否把寒子先送到頭份天主堂辦的婦女手藝訓練所，不然誰知寒子的養父又會做出什麼壞事來。安安靠在飯廳通往客廳的通道牆邊，撫摳著檜木壁上一條條紋理，看著手術工程後疲倦的外公，只覺對於許多事情他是如此找不著理路可循。

夜晚，電話鈴突然大作時，全家皆知是章先生報信來了，一窩蜂擁至電話間。拔頭籌自然是楊老夫人的權利，電話筒傳到外婆手裡，得知生了一個女孩。外婆轉過身，叫大家別吵，要外公來接，外公立在人堆外圈，走進來接過電話。打了有一會兒，掛了。半晌，抬頭跟外婆說：「孩子很好，阿蕙不太好。看看今天夜裡怎麼樣。我們等廣麟的電話罷。」

過了十一點大家還沒睡。外公坐在那架收音機前翻閱東西，只亮著一盞枱燈，暈暈包住半室的昏黃，上好的檜木地板和牆壁幽幽映著人影。在這個鎮上行醫了四十年的楊老先生，像是第一次對這個他終生相信，並且終生奉行不渝的醫道，第一次發生了動搖，發現了他的無能爲力的時刻。外公決定搭夜車跑一趟台北。

亭亭換了睡袍，從樓上自己房間抱了枕頭和被單下樓。一階梯一階梯，靜靜，遲遲的走下來，走過飯廳要出天井，外婆喊住她，喝道：「如何這麼硬殼兒的小人兒，啊？」聲音一咽。

亭亭又是她那仃仃的眼睛汪起了水霧，卻努力不讓變成淚珠而睜大著。然而這時候外婆也沒有意志與她爭這個了，大舅媽在旁說：「我一起去陪著吧。」安安沉默的望著亭亭幼小的背影橫過天井到阿榮叔房間，忽然覺得妹妹離他好遠，好遠。

當安安張開熟睡的眼睛，看見天光裡是外婆半明半暗的臉廓，他一躍跳起，怎麼就這樣稀里糊塗睡過去了！外婆按住他笑起來，拍拍他莫驚，道：「都好了。都好了。」一疊聲高鳴的火車汽笛由遠而近駛來，刷刷刷飛馳而去。安安詫異的發現一夜沒睡的外婆，平常竟是戴了假髮的，摘去後，此刻顯得是那樣沒有保護能力的幼稚而可憐。

隔日下午章先生便開車送楊老先生回來了。一家在飯廳圍觀著章先生帶來的一疊剛沖出的照片，是媽媽和才出生的小妹妹。亭亭訝道：「好難看唷。都沒有眉毛呀。」章先生說：「全醫院最重的，三點八公斤，哭聲也最大。」

有一張是阿珍和一個男人在家門口照的相片，旁邊是輛「將軍鮮奶」小貨車。亭亭嚷起來：「哥，快來看將軍鮮奶，嘖嘖，他怎麼把手放在阿珍腰上呀！」

安安可忙得什麼似，一下跑進來看兩眼照片，一下跑出去提了口鐵皮小桶子進來要父親看他養的小烏龜。一下又捧了盆植物，道：「葱。我跟阿娟亭亭每人都有一盆，比賽看誰的長得快。」又跑到天井廊柱下，畢直的靠在柱上比身高，告訴父親從柱子上的記號可看出他比暑假開始時是長高了那麼多的！

外公道：「放狗去吧。」

外公今天並沒有與莎莎玩丟石頭的遊戲，站在溪邊，望著遠天遠山。安安牽著小虎在撒尿，見外公忽然轉身揚起步伐離去，走的是另外一條路。

過了曬穀場、大榕樹，到街上來了。外公走得又快又飽滿，經鎮公所、衛生署、郵局、加油站、菜市場，然後走向通往老街的仁德橋。安安屏住氣望向外公，不能相信。外公道：「去看看你小舅舅。」

安安首先想到的是、天啊，他們家太亂了！走走，他再也無法忍耐了，把小虎交給外公，跑著坡路趕先去，老遠便大喊起來：「小舅，阿公來啦，快呀，阿公來看你們啦。小舅！」

昌民先跑出來，牛仔褲襯衫，差強人意。外公已走到菜園籬笆外，並沒有要進來的意思，一見昌民倒把眉頭蹙起。昌民顯然窘迫極了，不抵抗主義此時完全失敗。外公揚聲道：「阿蕙生了一個女兒，都很好。」

昌民一時不知要請他們進去，要喚碧霞出來。外公擺擺手，像說算了，像說再見，像說：好罷好罷，你們自己的世界自己去闖吧。轉身牽著小虎就走了。

昌民怔怔望著父親轉彎沒入扶桑叢籬裡不見了。暮色，因爲炊煙，更深了。安安搖著手跟昌民再見，「小舅，林阿姨，走囉。我再帶亭亭來看你們呀。」當碧霞自屋中悄然走出，看見昌民蹲在壟邊，也許是沈思，也許是看菜花，而此刻，卻不敢驚動她的丈夫，也靜靜在旁邊蹲下來了。

寒子能夠起身時自己便跑掉了。每天清晨阿榮叔騎單車來，總會看見大門水泥牆柱上用來插放國旗桿子的鐵環環裡已有一束野薑花，清香撲鼻。

章先生提早來接他們回台北，安安已收到學校通知要參加新生訓練。章先生的跑天下停在大門外，阿榮叔和舅媽幫忙他們搬運行李，以及安安一會兒塞進來的一盆蔥，一根避邪驅鬼的桃木杖，一袋刷啦啦響砸扁的汽水瓶蓋子。亭亭取了插在大門旁的野薑花，她叫它是寒子花。他們的確帶了很多很多玩意兒走了，包括大舅媽教給他們的，月亮公公不可以指哦，指了會爛手爛耳朵。

曾經有一年夏天，綠得特別的綠，它只是屬於安安這個小男孩的。

民國七十二年四月

風櫃來的人

澎湖的天空與本島不一樣。海太多了，哪裡都是海，常常是把天吃掉了似的。如果把它畫下來，將有一條地平線低低的橫過畫面十分之一的地方，上面是天空與海，僅有的陸地大樹不生，長著蓬草和天人菊，石屋與礁岩砌成的短牆，錯落其間。

入冬時，橫過大陸的西北風帶著海上的鹽分，直撲島上，徹夜徹日的長風似乎再也沒有止盡，吹得人面目枯索，記憶空白。都風化了，唯一的垃圾也許是塑膠袋，給風一抓帶走，碰到仙人掌被留下來，招招搖搖的掛在荊棘上，一叢叢仙人掌，在海邊，在田野，像一叢叢花樹。

風櫃，島上的一戶村落。風從海平面推著浪來，到這裡一收，給關進黑厤厤的礁岩櫃中，關不住，激怒的浪轟隆隆迸發出來，雲崩岸裂。

此時風季已過，大太陽登場，經過一整個季節鹽和風的吹洗，村子乾淨得發澀，石牆石階在太陽下一律分了黑跟白，黑的是影子，白的是陽光，如此清楚、分明的午後，卻叫人昏眩。而顏煥清多半泡在村外客運站牌對面那家鳥極了的彈子房，泡掉一下午。

說它鳥，不僅因爲它是僅有的一家，陳年老月就那個瘸老頭子蹲在黑板旁邊記分，而且那張一百零一座綠布枱，說是給幼稚園小班生玩的也沒有人會懷疑。矮矮一間石房子，擠了五六個大男生，撞球的聲音，叩叩達達空脆的響在這個燠熱寂寞的下午，叫人喪氣透了。

泡，泡得起沫。再泡下去要打架了，阿清把竿子一扔，從冰箱撈三罐沙士，像三個手榴彈，拋給阿榮郭仔，一口氣幹光，零零落落走出彈子房。不然，在大馬路上踢罐頭，比比誰踢得夠遠夠響，哪個倒楣哪個輸了，這次不幸的是阿清，被指派朝一干觀光客背後跑去，喊著：「喂，喂。」跑到一個米粉頭女人前面，九十度一鞠躬：「對不起，我認錯了人。」

瘸老頭子可不含糊，把他們的欠賬記在牆邊日曆上，被機車、肥料、水泥廣告佔去大部份空白的日曆，密密麻麻，橫的豎的寫了不曉他哪國文字。代表阿清他們這一夥的是團黑圈圈，某月某日汽水幾瓶，香菸幾包，隔些日子瘸老頭子他老婆就送到家裡來，算算多少錢。已經忘記從什麼時候開始，阿清他母親連罵他的氣力也沒了，把錢數給人家，碰巧他在，就跟仇人似的恨恨瞅他一眼。

每次他好像看到母親窸窸窣窣走進裡面房間，跪在牀邊，掀起榻榻米一角，掏出藏錢來數。他父親經常當門坐在一張搖椅上，迎著門外的亮，成了一廓靜默的剪影，也許在看海，也許什麼都沒有，誰知道。都令他想跑出這間老黑屋子，跑到大太陽下，讓光撻撻的太陽把自己都曬瞎，曬乾了。

常常他就是這樣，跑回來，家中已吃過飯，飯桌上收拾得很整齊，蓋著報紙，他將熱水瓶的開水泡了飯，坐也不坐，站在那裡稀里呼嚕扒完飯，碗筷一扔，又出去了。站在陽光反射的石街上，光是發慌，沒道理的就是慌。照著陰涼地裡的老黃狗屁股就是一腳，看它夾著一條老禿尾巴逃命去了。他不難在小白菜家的雜貨店對面找到阿榮他們，一票傢伙色癆癆的聚在城隍廟前閑扯淡，無聊得就能打賭誰敢脫了長褲走進店裡，跟小白菜買花生來吃。阿清當街把長褲脫掉，剩一條肥大無比的短褲頭，假如在他布褲上出現「麵粉」兩個墨黑大字，也不會有人奇怪的。他搖搖晃晃橫過馬路，走路的那德行，著實該換上一雙木屐，喀啦喀啦把條白花花的巷子踩得又老又喪氣才佻！然後他們蹲在廟前嗑掉一下午的花生殼和菸蒂，拍拍膝蓋，走了，把滿地花生殼踏得枯癡枯癡亂響。

有時候把阿榮家野狼騎出來，幾個人扁扁一串擠在車上，呼嘯飛到馬公鎮上看電影。破爛電影院，演的不知哪個朝代的祖母電影，從頭到尾下不停昏昏暗暗的黃雨似的，他們一排人把腿翹在前面椅背上，幾次斷片，就雞貓喊叫吹起口哨來。阿清兩條胳膊攤在椅背上成一個大字，望著戲院屋頂的破洞瓦縫中透進來的光線，光裡忙忙亂亂跑著灰塵，像他家那棟老黑屋子……

很遠以前的事，他父親還沒有被棒球打到太陽穴以前的事了。好像是晚上的船到馬公，父親從本島回來，到家他們卻睡了，母親一個個喊醒他們，看看父親給他們帶了些什麼好玩意兒。哥哥是一套二十四孝圖畫故事書，姐姐一盒十六色粉臘筆，他的是一架玩具飛機，母親得到一塊布料。暈糊糊的燈光下，母親把料子透光抖開，天藍色或是孔雀綠，分不清了，感覺眞像是一湖溫柔死人的綠水把他們都包在裡面了。

父親笑呵呵的把他一舉舉到半空中，撞到了燈泡，燈光一搖動，屋子裡的影子都幢幢的跑了出來，房屋像船在浪上大大晃盪起來。母親似乎不太滿意布料的顏色，說是太年輕了。但那個晚上真是快樂的。父親還打開一盒綠豆糕，有梅花形，六角形，雞心形，枕頭形，讓他優先選一塊，他選了正方形，覺得很像漫畫書裡他所愛的機器人。他記得姐姐那塊雞心形的捨不得吃，用日曆紙包好藏在抽屜裡，第二天卻被老鼠吃掉了，姐姐哇哇大哭，雖然再補給她一塊綠豆糕，仍是傷心了好久。還有五爪蘋果，當場切了一個五口人吃，一人分到一爪，姐姐也是弄到香黃的蘋果肉都鐵銹光了，才極其寶貴的用門牙一點點刮著吃掉。

根本是個童話故事光明快樂的結尾是罷？假如顏煥清至終還沒有忘失他自己，那是在他的人很深很深的地方，有一顆燦爛發光的寶石。一個夢，他自己也不知的夢。

他在夢裡被人搖醒，阿榮叫他快看，他伸個大懶腰，看看，還是那場沒下完的黃雨。不過顯然情勢大為改觀，剛才還是一隻隻瘟雞似的傢伙，都像打了一針興奮劑，吱吱喳喳呱噪個沒完。也就是看到一段鳥鳥的R級罷了，也好樂成那德性！一群遊民成天老地的這種泡法，實在也蠻可恥。

他明明感到生命一點點、一涓涓，都流走了，從他攤成一個大字的手臂，像一條泥黃的河，流流流，都流過去了，他終會耗竭而死。他唯一希望那場下不完的黃雨永遠不要停，他就可以像條大肚魚永遠攤在這裡，乾掉，鹹掉，然後翹掉。

他痛恨最後打出的「劇終」二字。痛恨戲院的太平門吱呀推開，一籮筐太陽光轟轟橙橙跌進來，阿榮搖晃他：「喂，阿清，走啦。」痛恨走出電影院，給門口水泥地上刺辣辣的反光一照，火眼金睛不要活了！可是照樣，顏煥清還是三天兩頭混在戲院門口打香腸，也打不出什麼鳥事，頂多贏了一大串腸子大家吃。郭仔老爸在船塢替人修船，郭仔有時去幫忙打打零工。偶爾他們發了興頭，也會潛水去撈蚌殼和海螺，把肉挖出來賣給海鮮店。或弄幾個美麗的珊瑚石，騙觀光客的錢來使使。再不然，賭。

這一天他們跟碼頭幫猴子賭。阿清風頭順，嘩啦啦一票贏下來，猴子臉上掛不住，手底下不清不楚要搞鬼，被郭仔逮個正著，揪了。沒跑出巷子，郭仔就一拳把隻落單小猢猻放倒了，叫他站起來立正站好，喊幾聲風櫃三俠萬歲之類的屁話並且伏地挺身五十個，才趕他上路。贏的錢就在馬公鎮上敲了幾竿正式正道的史勞克，還夠叫了一碟清蒸蝦蛄鱉子和幾瓶啤酒吃。

晚上阿清回家來，夏令時間天光還亮，屋中卻已點上了燈，門廊前面，哥哥坐在長凳上，褪了上衣，肩背上一塊瘀青，讓母親在上面拿薑沾了酒用力揉擦。「牛車撞的……」哥哥笑笑說。

哥哥是很堅毅的人，跟母親一路貨，瘦瘦薄薄的，經常抿緊了的嘴巴，令人覺得這種人是靠一股意志什麼的東西活著的。哥哥在馬公國中教書，沒事到處拜託朋友幫這個完蛋透頂的弟弟安插勞什子工作。哥哥清清窄窄的臉上很少笑容，偶爾笑起來眞是純潔得要命，當下照妖鏡照出了他這個花里胡梢的蠢貨！

母親叫他拿粥餵父親吃。他像是又看到跟父親走在田間小路上，是父親打完棒球後回家的路上，推著腳踏車，他那時不過只比腳踏車高一些。忽然發現一條蛇，兩人停下腳步，父親把車子交給他扶著，提了棒球棒悄悄走過去，一棒掄下去，擊中蛇的頭，怕還沒死，又打，打……他把飯餵得太急了，父親嗆住了，咳嗽，噴了一膝飯沫。母親奔過來，劈手奪過碗匙，恨得罵：「不甘願你就不要餵！不死在外面去！還回來，你還回來做什麼……」

他站在那裡，看著母親罵他，看著母親替父親收拾身上的飯沫，哥哥坐在凳子一邊憂愁的望著他……一切一切。只是跟他沒關係似的。他聽見院牆外面，海上有一艘漁船卜篤卜篤開回堤灣來。

後來他才從小胖那裡知道，哥哥並不是給牛車撞的，當天下午放學時候，猴子把哥哥架到巷子裡，將哥哥身上的錢都刮走了。阿清找了郭仔他們，野狼騎到馬公去，傍晚在漁市場前面的攤子找到猴子一票，上前就打，打到市場裡面，猴子從地上抓了塊磚頭就蓋過來，被郭仔抄起一根鏟魚的鏟子照臉掄去，猴子慘叫一聲倒在地上，額頭冒出血來，兩邊人都呆了。阿榮掉頭跑掉，郭仔跟走，阿清睜睜看著猴子痛苦的抱著頭，一個滾，滾到他腳前，他機伶伶一抽腳，也跑了。

血紅的落日像鹹鴨蛋黃浸在金粼粼的海面，郭仔走到浪裡把手腳沖淨。摩托車支在沙灘上，一道輪印老遠從大馬路斜斜劃過細白的沙岸，沙上平躺著兩個人，空寂的海邊再沒有別人。黃昏一寸寸，一寸寸蝕掉海岸，最終一暗，太陽沉到水裡，沙上起了風，細細清清的晚涼的風，叫人很累，很累的，想丟掉這一身臭重皮囊，讓潮水把自己帶走，走得遠遠……

「我們離開這裡吧。」阿清趴在沙裡，很低很遠的聲音說。

猴子他家人告到警察局。哥哥和郭仔老爸來找他們的時候，他們已在內垵混了好幾天。是郭仔老舅的一棟空房子，老舅都住到台北郭仔表姐家了，久久回來一次，鑰匙寄放在郭仔家。到內垵的第二天清晨，內垵海灘還沒有醒來，玉碧的海水，鹽細的沙岸，岸上比櫛排列著石屋子，白的石壁，黑的礁岩短牆，歷歷分明。他們才從牀匠上爬起來，石窗透進外面白光光的晨曦，這樣似乎是全新一天的開始，令人痛快，他們跑出屋子，從岸坡上直跑下去，跑到灘上。柔軟有力的沙堆，一會兒就把他們跑累了，可是只覺不夠，不夠……脫光了衣服，裸奔吧，仍然不夠。直到最後完全癱跌在潮沙裡，任憑一波一盪軟涼的海水淹上他們的背脊和胸膛。淹上來，退下去，淹上來，感到有一種滿泫的慌空。

他們殺了一隻蘆花雞，跟瓜仔煮湯吃，喝五加皮。哥哥找了來，他們正吃得快樂，郭仔老爸箭步衝進來，劈手就把郭仔打跌在牆邊。哥哥沒說什麼，仍是那種憂愁平和的眼光看著他。將他們領回鎮上，去警局銷了案。

回到家，是中元節，巷子人家，門口燒著火盆，捲著煙捲著火星星，屋外一張供桌，陳設了菜果香燭。姐姐從鼎灣婆家送來一箱醃魚，拜完了神明，收著供菜，講沒兩句話，姐姐氣上來罵他：「你有種打人家，就有種負責任，跑掉了這算什麼！」

「我的事你別管。」

「我不管。是哥幫你去道歉！賠錢！」

「誰叫那人打哥哥。」

姐姐冷笑道：「你行。你去打人家！你去打人家你就是流氓嘍。人家整不到你是不是？你有沒有想到他們要再去打哥哥——」

「敢？我叫他們去死！」

母親在槽枱上剁剁剁切菜，氣極了，抓起菜刀，朝他就丟過來，休地飛過他腳，鐺啷彈在地上。

他靠到牆邊，慢慢捲起褲腳，見小腿肚翻起了一塊白肉皮，隨即滲出血來。母親跑過去，彎身一見，頓時老淚婆娑，哭喊：「阿虹，拿毛巾來，快，阿虹……」

他低頭看著母親跟姐姐兩顆蓬鬆的腦袋蹲在他跟前，忙亂的擦藥敷傷，也沒有疼痛的感覺，只是發現母親頭頂心一叢枯燥的斑白髮，仰起臉倉皇瞅他一眼，額上刻出三道四道橫紋，讓他簡直痛恨自己，想趕快逃離這裡，跑得老遠老遠。

阿清離開那天，大清早，從窗子可以望見母親已在後園沙地上清理菜圃，哥哥去學校了。屋裡幽明半分，光影中飛著微塵。靜寂的屋中，聽見爐上壺水開了，撲嘟撲嘟打響。父親在牀上遲緩的翻了個身，還未起牀，搖椅空空的佔據著它自己的空間。他在撕下月曆背面空白處留言，寫道：媽，哥，我和阿榮他們去高雄做事，阿清。

他拿走了母親在榻榻米底下的藏錢。揹著簡單的帆布包走出門，回頭望望屋子裡，一切如常，他也沒有太多的留戀，走了。

阿榮的姐姐美惠在鳳凰歌舞團踢大腿，阿榮家翻修的兩層樓房就是他老姐混出來的，過年過節回風櫃，大包小包朝家裡帶，出手大，閱歷多，也不過一點點家鄉親人的熱鬧就夠叫她活得爽了。他們找上美惠河西街的住家時，美惠正在沖生力麵吃，都傻了，張大嘴巴問：「你來做什麼？」

「我們來想找事做。」阿榮是一副誠心無辜的鳥樣子。

美惠把三個打量了一眼，放進屋裡，劈頭先罵阿榮一通。阿榮摸清了老姐的脾氣，光是很誠懇的讓她罵，罵得阿清在旁邊眞想走了算了的當口，美惠說：「吃過飯沒？」阿榮說沒有，美惠歎口氣，也不吃生力麵了，拾了皮包帶他們出去吃飯。

他們在大統頂樓快樂的吃甜不辣和蚵仔麵線，美惠已咕咕噥噥開始盤算手上這三個棘手貨，阿榮只管在走道那頭蹦跳，叫嚷他們去打電動玩具。剩下阿清一個覺得美惠蠻慘的，陪她一起把麵吃完，美惠把找的五塊錢銅板給他：「去打幾局玩嘛。」

接下來幾天，他們先在美惠房子裡窩了幾晚地舖，美惠一通通電話打出去，連絡他們的住處跟工作，白天就給他們錢去看電影逛街，打小蜜蜂，怕他們不認路，找了舞團裡一個瘪三陪他們。這個瘪三比他們還無聊，諸如看電影叫他們買學生票，卻在給票時跟收票小姐喳呼起來：「他們不是學生買學生票！」看他們只好巴巴去補十塊錢的倒楣相，涎著臉笑得亂邪門的。

他們聽瘪三吹某某街專門有拉人看X級的地方，決心去碰碰運氣，日頭下沒計劃的亂走亂走，農業時代的走掉一下午，走走怎麼陷到一大隊車陣裡了，嘰嘰夾夾的腳踏車洪水似的把他們沖得支離破碎，原來是什麼鬼加工廠下班，車上飄飄騎過的女孩，一個個賽小白菜。

最後他們到底在一處僻巷裡被一名中年男子找上了。「少年人，要不要看？好東西喔。」

三人一知半解，可都不願被看成是呆子，各自端出一派頗曉人事的冷臉。「兩百塊，一人兩百塊就好，便宜咧。」男人親狎的跟他們挨挨撞撞，講了地點跟暗號，伸出手討錢。他們便不置可否，漠漠的各自把錢如數交出。

生平第一遭，好奇而緊張，反而安靜的彼此無一句話，按那男人指示的祕密地方，登登洞洞，爬了七層樓，暗中只聽見喘息聲咻咻咻的，像三座蒸氣火車頭。到了，不准按電鈴，敲門。阿清朝門上敲了三下，半天，沒聲息，輕輕試推一下門，門竟就開了——根本是棟沒蓋好的空房子。空仃仃的窗戶外一盞霓虹招牌，燈光明明滅滅打進屋子裡，一下變青，一下轉紫。阿清衝到窗口望下去，萬丈紅塵平地起，不遠就是高雄港，千條萬條，紅的綠的，岸上燈，水中影，雜雜遝遝跳亂一片，眞要一跟斗栽下去，不是蓋。

不再是澎湖的碼頭，這裡。遠遠的空中有一簇火舌一跳一跳的舔著天。「那是什麼東西啊？」阿榮怔怔自語著。

「煉油廠吧。」阿清說。

美惠那間半舊公寓靠愛河，牆單壁薄的，入夜了，整棟樓仍然是紛紛嘈嘈雜吵不休，他們打橫睡在磨石地板上。一夜是被揪揪揪的電鈴叫醒，拿不定去不去開門，「我來……」燈亮，剛回來妝才卸了一半的美惠走出房間，裙襬蓬蓬的跨過他們七坐八躺的肢體之間去開門，是個男人。美惠阻止他進來，講著什麼，回臉朝地板上的他們望望，那個男人伸進腦袋張一眼，很敗興的樣子，打美惠一記屁股，蹋蹋踏踏下樓去了。他們挪出一條通道給美惠過去，燈關了，又躺下，嗅見空氣中滯留著一股窒息人的脂粉香。

一夜是屋子門被撞開，跌進一個女人，三人一驚，坐了起來，望著立在屋當央的女子，背門外樓梯燈，畢露的曲線湮出絲絲水濛的光暈。後來知道是跟美惠同住的女友。美惠把她提到浴室裡去，他們睜睜躺在客廳的半暗中，聽見嘔吐聲，沖水馬桶刷啦一沖，煤氣喀達開了，放洗澡水，熱水器轟轟的打響，浴室門關，門開，美惠丟進換洗衣物，淅瀝淅瀝的潑水聲……又熱，與浮燥而潮濕的情緒，溶成一片嗡嗡囈語的夢魘。

「我們回去吧。」郭仔說。

一種失敗的感覺像蛇一樣，涼涼滑滑爬上阿清的身體來。

美惠幫他們找到萬老闆的樓上，沒想到卻是跟黃錦和又做了鄰居。之後，錦和就把他們都帶進加工出口區工廠上工了。

他們搬來的那一天，下大雨。萬老闆樓下一半開雜貨舖，一半住家，他們出入走後門樓梯，昏黃的雨裡亂糟糟的搬東西上樓，發現堆滿雜物的院子，有個女孩禿禿的站在雨光下淋得透濕。正奇怪，樓上古冬古冬跑下一個男的，撐把雨傘跑到女孩旁邊，先是並肩站著，老半天，轉過身面對女孩，陪不是，替她擦去分不清臉上的是淚是雨，傘一斜，把兩人遮住了。

阿清他們還在傻看，戲已結束，男女打著傘走來廊下，一照眼，果然是黃錦和，寒暄時，女孩低著頭先上樓去了。「女人，唉！」黃錦和撇撇嘴笑歎。

錦和說：「美惠姐聯絡到我，一聽是你們，我眞高興，光這個房子就住過好幾個澎湖人。沒想到大家在這裡碰面了。阿榮，美惠姐眞算我們澎湖幫的大姐頭嘍。」阿榮亂有面子的，想拉他一起去吃飯，錦和匆匆一望手錶，得上夜校去了，也不多話，擺擺手就走。

樓上中間是客廳，客廳那邊一大間錦和住，再過去是陽臺，他們三人分租兩間甘蔗板隔成的斗室。不一會兒，阿榮神祕兮兮的捧著臉盆跑來，說剛才那女孩好像跟錦和住一起，看她換了一身長睡袍在錦和屋裡擦頭髮，拉他們去看。郭仔興趣缺缺，只管把他那架寶貝收錄音機拿出來放在牀頭，聽他那些一輩子也聽不煩的沈文程。

阿清隨著阿榮經過錦和房間門口，繞到外面陽臺，兩人坐到陽臺水泥牆欄上，隔窗望見亮著橙黃燈光的屋裡，這時不見人，最醒目的是靠牆一張鋪著向日葵大花大葉罩單的雙人彈簧牀。

晚上錦和從海專下學回來，買了滷菜跟啤酒，四人圍坐茶几上吃著聊天。錦和忽然朝屋裡嚷道：「小杏，出來噢，見見我的朋友。」到他們快吃完收攤了，錦和忽然又想起來，跟他們說：「大概睡了……我女朋友，唐秋杏，叫她小杏就好。」

小杏也在工廠上班。每天早晨得搭渡船從旗津過海到市區，多半他們出門的時候，小杏跟錦和已走了，他們下樓來，總是看見陽臺曬架上晾著伶伶一條手帕，有時蘋果綠的、鵝黃的、水藍的、茄紫的，像方方的一個夢，盪在過堂風裡跟人招手。小杏習慣把手帕綁在背包肩帶上，也不大睬人，不對工作有勁，閑閑散散的去，閑閑散散的回，拎回一袋香瓜葡萄什麼的。碰巧他們出來進去，錦和在，都會熱絡的招呼他們來吃，小杏淡淡的連正眼不看他們，讓他們覺得自己眞是一群討嫌的蠢蛋。

後來他們見過一次，小杏的姐姐從嘉義來看她，兩人在房間裡講了半天話，聽得一言半句，大概是勸小杏這樣下去不是辦法，早做個決定對她有利。差不多錦和放學要回時，小杏便送她姐姐下樓回去了。小杏眼睛紅紅的，走下樓，走上來，低著頭穿過客廳回房間去。他們很替錦和不平，想辦法要拉攏小杏對錦和的向心力。

第一次發薪水，硬把兩個請去吃夜市，阿清跟郭仔在攤子上拉著大嗓門划司機拳，活像兩隻鼓著翅膀跳舞的大公雞，小杏笑倒在錦和身上，叫他們津津樂道吹了好幾天。

星期天，錦和跟小杏約莫要睡到快中午才起牀，阿清洗好髒衣服到陽臺曬，錦和房間厚厚的布簾垂下遮著窗戶。阿清對著一株株小盆景把濕衣服的水扭乾，聽見萬老闆的小孩在樓下玩耍的笑聲。忽然窗簾刷地扯開，小杏向窗外嚷叫：「好好的天氣喲。」看到他了，拍拍窗框表示跟他招呼。

「中午我們做咖哩飯吃？」小杏一旋身，背靠窗，望著還賴牀上的錦和。即使背向著看不見，阿清也能感覺到小杏眼睛裡閃著那種橫橫的，不許人拒絕的光芒。

錦和從牀上跳起來，一看手錶，忙忙換掉衣服褲子，「完蛋，生意泡湯了。」出來進去刷牙洗臉什麼的，不知要發誰的脾氣，弄得砰砰亂響。走時，從牀底下拉出一個紙箱，把箱裡的電器器材裝進旅行袋裡。

小杏說：「你一定要這樣！」錦和沒理她，冬冬冬跑下樓去。

「黃錦和！」小杏在陽臺上叫住他，摔下他忘記帶走的皮夾，錦和接住，揮揮夾子謝了，掉身就走。

小杏氣得對自己喊：「沒有他我們就吃不成咖哩飯？」來敲他們房間，「誰跟我一起去菜市場，我們做大餐吃。」阿榮和郭仔惺忪爬起來，表示都願意去。

美麗的星期天。本來要買菜的，買買卻過海去市區玩了一場。逛地攤買運動衫，小杏還幫他們選樣子，跟人討價還價。讓他們忽然才發現自己眞的是男孩子似的，被人縱容著可以瘋，可以混，混得亂七八糟回來，博人寵寵的，無可奈何一笑。

晚上他們在陽臺野餐，喝很多啤酒，哇哇哇的唱著沈文程的歌，唱累了，小杏去房間找出一卷林慧萍卡帶，給郭仔的錄音機放送。聽著聽著，不知什麼道理都傷心起來，陽臺燈也關了，窗戶透出小杏房間溶溶的燈光，望得見屋子裡淡粉紅牆壁。小杏突然把卡帶停掉了，「睡覺吧，明天還要上班。」就走回屋子，窗戶一暗，關了燈。

很晚的時候錦和才回來，聽見他踢倒一個啤酒瓶子。第二天早上，阿清到陽臺收曬著的襯衫穿，小杏正在收拾他們前一晚留下的殘藉，掃著滿地雞骨頭、花生殼，回頭見是他，說：「桌上有包子。」

他收了衣服進屋，看見客廳茶几上壘著熱騰騰的包子，仍然跟平常的日子裡很多個早晨一樣。要做些什麼不一樣的事情了吧，他心想。

小杏在學日語會話。當天他下工回來，走過街上時，想想，去店裡買了一套初級日語。阿榮郭仔聽他要學日語，快笑掉大牙，邪邪的拿有色眼光撩他，被他「馬鹿！馬鹿」罵跑了。他臉皮厚，學一分講五分，呱呱喳喳進步神速。

日子就這樣火雜雜的過著。他唸日文，郭仔迷電動玩具，並且看上工廠裡一個女作業員劉麗花，拉著他們幫忙追。阿榮跟她老姐歌舞團瘪三那些傢伙混，有時到這裡找阿榮的混混，一個個比猴子還不入流，玩的花樣可有的連他們也沒聽過。其中一個阿榮叫他三九的，來幾次，看小杏跟他們熟，當著小杏背後向他們擠眉弄眼，問他們是不是每個都跟她睡過，不然跟她的姘頭大家來個五人行也蠻夠看……沒講完，就給阿清劈里巴拉打下樓去了。

再就是有回下工回家的路上，目睹一場車禍，錦和叫他們別管，他們還是上去把人家送到醫院，肇事的卡車司機想和解了事，價碼談不攏，受害人家裡告到法院去，他們是證人，幾次傳訊，要他們都到，往後發現原告那一家子也難纏，兩邊都不是好東西，落得他們三個證人和在裡頭糾扯不清，窩囊之極。

錦和忙賺錢，腳下像踩了對風火輪，一刻也停不住，匆匆來，匆匆去，就數他活得最有勁。一天小杏又跟他吵起來，開了大聲：「你要那麼多錢幹嗎！」

「還不是爲你。」錦和也大聲了。

小杏更氣。「根本你是爲錢，爲你自己的感覺！」

「唐秋杏你講話客氣點。」錦和惱羞成怒，半天，恨恨的彆出一句：「你不是要結婚，沒錢，結屁！」

小杏臉都白了，乾噎氣，兩顆豆大的眼淚直直掉在地上。抓起桌上一把打火機，拆、拆，著了火，就燒頭髮。

「你瘋了！」錦和劈手去奪，髮梢已著火，急把小杏扔到牀上，抄起枕頭悶住她頭。小杏趴牀上哭起來，錦和跌在牀邊，氣得乾瞪眼。

白天在工廠，阿清他們看見小杏走過窗戶外走廊到另一間廠房去，低垂著的泡腫的眼睛顯得很憔悴。頭上繫著一條艷色絲巾，繞到髮根右側繫朵蝴蝶結。晚上回來，小杏要他們幫她把一綹綹燒壞的頭髮修剪掉，正在理弄，錦和上樓來，鐵青的臉，穿過客廳，進屋拿了課本，復下樓去，至終沒望他們一下。錦和走沒多久，他們在搞吃的，突然阿榮把阿清拉到房間裡，從窗戶望下去，萬老闆門口來兩個人，一個是條子樣子的，跟萬老闆問什麼，朝他們樓上望了一眼。阿榮忙避在牆邊，說：「找我的。阿清，幫我擋一下……」就躲到廁所去。

結果卻是廠裡的保警和管區警察，因廠裡丟了一批貨，錦和是負責看管倉庫的，嫌疑最大，要他去警察局偵詢。

小杏聽了，慘慘一笑，像是早在她預料中。「我帶你們去找他吧。」簡單收拾了提包，便跟警察下樓去了。仍然是提包肩帶上繫著一條乾淨的淡藍色手帕。

阿榮從廁所蛇蛇蠍蠍的走出來，跟阿清愣坐沙發上發呆。阿清冷眼瞅著阿榮，問：「你在外面幹了什麼事？」

「我們去砸小獐子彈子房，放倒了一個人……」阿榮烏烏的說。

「媽的我看你那些朋友破得要命，你他媽的最好離他們遠點。」阿清發了頓無名火，一摔几上的抹布，回房間了。

小杏去了一夜一日，白天都不見她跟錦和上班。回來那天星期天，下雨。小杏像萎掉了一半人，問她結果怎麼樣，淡淡的說：「丟的那些東西，他賠錢，開除……」不願再多講什麼。

雨零零落落下一陣、停一陣，一陣歘歘忽然大起來，又小了。萬老闆的小狗生了四隻小娃娃，在院子裡做窩，一下雨積水，哀哀唁唁跟牙痛似的叫得人心煩意亂。小杏換了睡袍站陽臺上發怔，雨光飛進飛出，像全世界只剩下她一個人，沒人能代替她一些什麼，分擔她一些什麼。看見顏煥清下樓，「阿清」，叫他一聲。他從門廊下望見在二樓陽臺的小杏，覺得她在很高很高，像月宮那樣的地方，不勝寒。小杏說：「我們把哈利搬到走廊下好不好？好可憐唷。」

小杏下樓來，在走廊一角角放了個生力麵紙箱，要他先把小狗弄進來。阿清一輩子沒跟狗打過交道，跑過雨地到窩旁邊，就要抱小狗，被哈利六親不認差點咬了一口，試兩次不行，搞毛了他，眞想給它一腳。小杏喊道：「阿清你叫它名字看看，哈利，哈利。慢慢來……」

阿清回頭望見小杏焦急的臉，還有萬老闆兩個小孩攀在紗門裡一副認眞透頂的緊張相看著他——卯上了。他照小杏的方法做，慢慢哄著哄著的，拾走一隻，兩隻，最後一隻也放進箱子裡了，哈利隆咚一跳也進了箱子，兩個孩子拍手歡呼起來，小杏也笑了。

大雨傾盆而下，他跳著跑進屋子，淋濕的頭髮和眉毛變得那麼濃鬱而黑，壓壓的覆著他圓骨轆轆狡黠的眼睛。小杏看著他，笑著的眼睛底下流著幽幽深深的光芒，讓他覺得眞是做了一件棒透的事情。

很晚的時候，房間裡阿榮郭仔都不在，小杏來他房間，他正在聽調頻台。小杏先是攀在門邊，好像只是經過停下來，隨意說起：「阿和他要上船了……」

阿清吃一驚，望著她，小杏慘澹而笑。阿清說：「學校呢？不唸啦？只剩半學期了！」

小杏說：「反正他無所謂，只想賺錢。現在他一毛錢都沒了，上船，可以賺一大筆回來……我不要他上船。跟他講，他要上船，我們就，完了。他不聽。沒有用了，跟他講不通。」

小杏一張清瘦的臉白剝剝的，也沒有更多的情緒和激動。阿清反手把收音機叭地關了，沒有了音樂的空間，驟然寂靜得像古──洞一聲沉到深淵之下，灰涼透底。

小杏說：「阿和不知道我有小孩了。」她是講別人的事一樣講著自己。

阿清面目模糊的望著小杏的臉，他不懂得。「你爲什麼不跟他講？」

「跟他講！」小杏冷笑道：「他就會負責？他會一輩子恨死我。」

阿清說：「你打算怎麼辦？」

小杏安靜的望著他。「我想把小孩拿掉。」

他無法正視這樣一張蒼白無事的臉孔，躲開了小杏的眼光。小杏說：「可是，我不想阿和知道，都不要他知道。」

他不懂小杏爲什麼要跟他講這些。小杏說：「……需要男的簽字……你能不能，幫我，簽個字。」

不懂。但是他毫不猶疑的點點頭答應。小杏眼睛一紅，忍著並不掉下眼淚。

錦和上船前一晚，他們在客廳喝酒給錦和餞行，喝得多，卻悶在肚裡，越喝越沉，越沉越結。錦和也許心裡想跟小杏是完了，只把眼睛那樣陰鬱的、而肆無忌憚的釘住小杏，小杏給釘得眼皮越垂越重，整個人薄薄的臉頰像挨了個嘴巴子紅燙起來，終於把杯子朝桌上喀噠一放，踉蹌回房去了。錦和跟去，門關上，裡面反鎖住，聽見窗簾刷地，拉上了。

「祝福阿和，乾！」郭仔阿榮一杯飲盡。

阿清看著他這兩個喝得滿臉脹紅的朋友，感到無以名之的，深沉的悲哀。他放下了酒杯，推開椅子，走下樓，走出這棟樓，走入街上紅紅綠綠的霓虹燈海中。他去打了大半夜的史勞克。凌晨回來時，冥暗的光影裡，他看看客廳茶几上的杯盤狼藉，看看錦和房間緊閉的門，倒回牀上，一頭就睡了。

他們去碼頭送錦和。多少年來，小杏一直以爲自己離不開錦和的，不見得是錦和的人，到後來，多半是離不開與錦和一起過過的日子，成爲習慣的許多事情，即使已經理所當然不再發亮的東西。以及離不開她自己付出的這一段感情和苦惱。然而事到臨頭，似乎也並不是如預想中的會走到感情的極端上去——很家常的送走了錦和。談不上訣別不訣別，錦和登船時還握了握她的手。

船走後，阿清陪小杏去醫院，簽字，拿掉小孩。他一輩子都記得，小杏在進手術室時，轉頭望了望他，那雙麥褐色的眼睛，眼睛裡灰淡淡的什麼都沒有的，甚至沒有恐懼。像一頭小獸，依著自己的本能，順從一項決定而已，踽踽走入荒原的深處。

他坐在醫院門口階梯上等。看著大太陽底下來來去去的人、車子和對面街上的商店，櫥窗裡陳設著漂亮的舶來品，屋影投在白光光的馬路上。人都是孤獨的，彼此不能代替。顏煥清想著，我們都是他媽的孤獨透了。

收到哥哥的來信，父親過世了。他立刻收拾好東西回家。小杏叫住他：「阿清，等我一下，我跟你去。」

他站在樓梯階上，仰臉看她，不明白她說的什麼意思。小杏說：「沒去過澎湖……想看一下你們住的地方……風櫃？阿和也住那裡的嘛。」不等他答應與否，折身去房間收行裝了。

台澎輪下了碼頭，客運車子從馬公鎮上開出。小杏靠窗坐，他在旁邊，不定指一指窗外的海，說：「你看，海。」指田野上一排排擋風的矮石牆，說：「牆。」指牛，說：「牛車。」經過村子外那家鳥透的彈子房，他說：「史勞克。」

仍舊是他熟悉的街巷跟房子，陽光下截然的白日與黑影，那些個荒荒漫漫的下午。然而是有些什麼不一樣了。離開不過數月光景，他從前覺得很長的巷子、變短了，很寬的庭院、變窄了，很高的屋脊、變低了，很大的這個村落，走走就到了盡頭。訝異的發現原來風櫃只是這麼樣一個小地方。

遠遠他走回家，望見家門口空地上搭著一座棚子，裡面一口棺木，有和尚在做法事。暗的棚子裡，明的屋子外，像一場荒夢了了。他走近，看看那口棺，不大明白，父親那樣長高的身材怎麼裝得下？奇怪，也沒有淚。

然後他抬頭看見屋子門口站著的哥哥。哥哥疾步走出來，一握握緊他手臂，綻開微弱的笑容，說：「以為你趕不回來。時辰都定好了，明天早上出殯。」哥哥望見太陽地下的小杏，善意的點了點頭。

姐姐姐夫都來了，忙著照顧裡裡外外，看見他回來，是安慰的。母親從屋後迎出，他喊一聲媽。矮矮的站在他面前的母親，仰視他像仰視一棵春天裡朝空中飛長的雲樹，哭了。

家中沒有他可以插手的地方，他帶小杏東走走，西看看，在小白菜家的雜貨店買了包菸。小白菜已嫁到白沙赤嵌村，小白菜媽媽老白菜在看店。又走到錦和家，錦和嫂嫂揹著嬰兒蹲在門口做活，把魚乾一條條穿在網鉤上。先沒認出阿清，知道了是顏先生的小兒子，忙請他們進屋，倒茶，在他們對面坐下，半天，跟阿清說：「顏先生讀書人，好人啦，眞可惜……」

他們看著趴在女人背後的嬰兒，扯著女人的頭髮，女人側過臉撥開嬰兒的手，給嬰兒她的一根手指頭抓著。屋裡一張大竹牀上兩個小孩在玩，把土花布單拉開了包住身體跟頭，露出眼睛覷著小杏偷笑。他們看著屋外泡過鹽巴似的太陽光，一隻大肥貓踡伏在乾魚箱旁邊打盹。

出殯回來，瑣瑣碎碎的善後工作在肅寂的氣氛和日常裡處理著。父親的搖椅仍然坐在門廊下，兀自對著海上。從他父親給棒球打到太陽穴癱瘓以來，也許七年那次父親就死了，現在只不過是消失。曾經有過那麼一天，父親坐在搖椅上，彎身繫好了鞋帶，起身，抖抖畢挺的褲腳，母親把一個手提箱交給父親，父親拍拍他的頭，出門去了。他藏在門後，看父親走遠了，出來，把靠在走廊下的腳踏車偷偷推出。他踩在車上根本還搆不著地，將身子穿進車槓槓裡，一高一低踩了出去，踩著，踩著，記憶裡那是個明亮的春天早上。

哥哥問他：「唐小姐家是做什麼的？」

「不知道。」阿清說。

姐姐說：「台北的女孩都比較大方哦……」

小杏已吃完飯。昨一夜東歪西靠的也沒睡，這時蹲到陰涼地下帶小孩玩，而不知道在廚間吃飯的一家人怎麼看她。阿清想起是另外一天，飯桌上燈泡低低懸在空中，一家人吃飯，光影中五張明黃黃的臉孔像開著五朵花盤，忘記爲了什麼，父親突然伸出手，用中指的骨關節狠狠敲他一記腦袋，他垂下頭，下巴幾乎埋進飯碗裡。他都忘記父親也有過這麼結實的氣力了，淚就兩行掉下，落在碗飯上。但他似乎又像是爲了小杏感到悲傷。

「就這樣，咚一下，打在太陽穴這裡，我爸倒下去，就沒起來過。眞奇怪，前一秒鐘還好好的。你不知道，我最喜歡跟我爸去打棒球了。那時候很流行打嗳，一放假，單位和單位，或是社區，互相都玩嗳。」

「那時候你多大？」小杏問他。

「小學五年級。有一次我跟我爸打完球回家，看到路上有一條蛇，我爸就用棒球棒去打，打，把蛇打死了。過很多天以後，我跑去看那條蛇，沒有了，只剩下乾乾一層皮了……」阿清講著好笑起來，不知什麼緣故，就是好笑，小杏也笑了。「都沒有了，眞奇怪，只剩下乾乾的皮。」

他們仍又回到了高雄，投入上下班的茫茫人潮中。

郭仔收到家裡轉來的兵役通知，做完這個月拿到薪水他就不做了。阿榮下工後，晚上在夜市幫朋友賣錄音帶，有時幾人就跟阿榮坐在攤上豁一晚上，流行歌曲一首一首放得全夜市震響。筋疲力竭，回去倒牀便睡。聽得見遠方夜市的喧囂，隱隱約約，蒸蒸騰騰，與大城市許多聲音匯成一片大河，嗚咽的緩緩流著。他們不過也是傍河千萬戶人家裡的一家，亮著他們小小的燈。日子的長河很長，生命卻很短。

阿清喜歡這樣的，這樣走在夜市一溜燈火通明的街上，有時候小杏落單了，在攤子上買髮夾別針勞什子，有時候又跟他腳邊像隻小貓咪。讓他覺得這花花世界都是他的，而有一個人永遠在那裡看著他。

小杏蹲在一座小舖前算命。籠子裡有隻小黃雀專門會啣籤，算命老頭接過籤紙，賞雀兒一粒穀子吃。老頭跟小杏解籤，小杏很認眞的聆聽。阿清守在旁邊看著，看著，忽然他那麼想要，強烈的想要創造一個亮光光的世界給她，他站在那個世界的邊緣，捍衛她。

後來他們在玩撥釘球賭蘆筍汁和香菸的遊戲的時候，小杏撥著釘球，撥著撥著，就哭了。

但白天在工廠餐廳吃中飯時碰見，小杏又完全沒事的樣子，找他晚上一起去看電影。當天晚上兩人下班回家，信箱有航空信，錦和從日本寄來的，船壞了，泊日本修船，公司把他們先遣送回來。小杏告訴了他，兩人怔怔半晌。小杏說：「趕快，看電影去了，來不及了。」

然而阿清都感覺到了，小杏根本沒在看電影，她的人也不在電影院裡，靠坐一起，那麼近的人，那麼遠。

次日早晨，阿清來敲房間門，找小杏去上班。「進來。」小杏說。

阿清轉開房間門，見小杏在收拾行李，牀上一個大皮箱，小杏連不抬眼看他。

「咦，你要去哪裡？」

「台北。」

阿清訝道：「台北！」

小杏說：「我阿姨在那裡。」

「去做什麼？」

小杏說：「找事情做。」

「你在這裡不是做得很好嘛。」阿清的聲音不能克制的高了起來。

久久。小杏說：「阿和要回來了……我不想再看到他。」

阿清站在門口，彷彿整個人，一下，被掏空了。許多事情，眼前的，過去的，一景景如流光裡飛逝的埃塵，看著它離去，抓也抓不住。阿清道：「我送你上車吧？」

小杏說：「不。你要上班，我自己走。」

她迅速俐落的收拾著東西，又是那樣像處理別人的事情似的處理著她自己。走過來，把一個印章交給他，必須要抬起頭看著他的時候，也只是一張漠漠空白的臉龐。她說：「印章。這個月的薪水你幫我代領一下。我到台北會寄地址給你，你再幫我匯來……走吧，上班要遲到了。」

他收下印章。道：「再見。」轉身下樓去了。

旗津渡船頭，他買了票，排隊等船。晨光，而像暮色蒼茫，模糊的渡船頭，模糊的行人匆匆。心口上模糊湮成一大塌的哀傷，無邊的繼續氾濫開來，將他掩覆。他折身又離開渡船頭，走回家。

登上樓，正碰小杏提著兩箱行李下樓，狹路相逢，還是重逢，分不清。阿清道：「我想還是送你去車站吧。」

小杏道：「不行，你要上班。」

「送你我再去，一樣。」阿清接過小杏的行李，一起下樓。

公路局車站，他幫小杏買了票，交給小杏，陪她排隊等車。四面八方擁塞吵亂極了。小杏用她整個身子的力氣叫話，說：「不要告訴阿和我去台北了，就講我回嘉義——結婚啦。」是個笑話，兩人而笑不出。

說：「想離開這裡啦……」又說：「都太熟了。」說：「就想跑遠一點……」她那樣叫著話，好像他們中間隔著黃煙塵塵的大漠，一下她就吃了滿嘴沙塵，把嗓子叫啞了。如果不是這麼壞的地方，這麼壞的時刻讓他們遇見，小杏也許只要大喊一聲：「阿清，我在這裡。」

但這時候他看著她朝他只能頹然一笑，提著行李跑上國光號車子。車開，隔著車門趺趺跰跰朝他揮手再見。他給她一個飛灑漂亮的手勢，再見。

跟阿榮郭仔吃過宵夜回家，阿榮肩揹裝錄音帶的帆布袋，走著深夜清蕩蕩的大馬路上，哇啦哇啦亂唱歌。「喂，記不記得上次我們在內垵海邊裸奔？」阿清說。

「媽的要跑就跑嘛。」郭仔說。

他們一氣跑到西子灣灘頭，阿榮把帆布袋嘩刷摔在沙上，三人脫光衣服跑。黑夜什麼也看不見，只剩下感覺，感覺腳下的沙礫很粗，垃圾很多。他們一直跑進溶溶的鹹霧濕風裡，將跑過去的黑夜丟在身後，一直跑進看不見的前面的前面。

阿清忽然說：「阿榮，你將來要幹什麼？」

阿榮說：「我要娶個老婆。」

阿清說：「就這樣？」

「再來，生兩個孩子，我下班回家，他們會跑出來，喊我爸……」阿榮說。

看得見遠空中一疊兩疊暗雲，與沙灘上三隻灰條條浮移的小人。潮岸不知伸向何方。他們亦將是，其去未知。

民國七十二年七月癸亥大暑

最想念的季節

壓根兒不相信命運這玩意兒的人，諸如我，畢寶亮，十七天前去算了一次命。算命老頭子告訴我，三十歲以前無論如何不能沾惹女人的，否則畢寶亮這個人就完蛋了。十七天之後的現在，我所要強調的現在，是時間的現在和空間的現在，我忽然決定要娶那個女人為妻。

你知道嗎，那個女人——老天爺，我還沒搞清她叫什麼來著。那個女人，在雪漆的桌几對面站起來，轉身走了，經過從玻璃窗灑進的一潑秋初透明的陽光裡，半高跟鞋突地拐了一腳。她是那種大街平地上好好走著路也會一下磕了跤的女人。如果早那麼一點點，或遲那麼一點點，就走過去了，然而不多不少就是現在，我決定了，娶她為妻。而且立刻就後悔了。

事情是這樣的。

她叫廖香妹，本來在一家旅遊雜誌社工作，據說曾經寫過如何野外求生之類的啥專欄，且於某期上刊有幾張她穿著極其臃腫的太空衣攀登大霸尖山的照片，照片的主體無非是介紹譬如像馬達拉溪登山口、五峰檢查哨，三〇五〇高地，或者一塊寫著「此地有狗熊出沒」的木牌坊。我是非常相信她有這個本領——野外求生。因爲不多久她就愛上他們那家雜誌社的後台老闆Henry王，Henry王是否愛她不在我的了解範圍內，但是他給了她一個他們的結晶卻因自己是有婦之夫而無法對她負責！

對於這種男人，我只有兩個字送給他：卑鄙。至於這種女人，除掉一個蠢字，還能說什麼。廖香妹決定離開Henry王，轉到一所晚報做事，更蠢的是，她決定把這個結晶生產出來。爲了要賦予此結晶品一個姓氏，她必須馬上找一位男人結婚，婚後一年內，也就是說孩子出生之後，即可離婚，悉聽尊便。總之她理直氣壯開始爲她的孩子找尋姓氏，說她理直氣壯，是因她亦曉得自己是年輕漂亮的。

頭一位被找上的是她專科時代同班同學，姓鍾。所以找上那人，只因爲他的作家身份，根據廖香妹的理論，作家通常比較超越禮教。

你可以想見，她帶著一份契約書和印章去找人家的時候，那副坦白而幼稚的可憐樣子。姓鍾的說讓他考慮幾天，並親自從住宿的山上送她下山搭車，還請她吃了碗牛肉麵，面對如此一介女流，你似乎很難放她一人餓著肚皮就走了。不多日姓鍾的打電話來，表示願意幫忙，但她婉拒了，理由是鍾氏家族過於龐大，牽扯太多會毀了他。然後她找到老高。

老高也是位搖筆桿的，不過她找老高卻眞是錯了。老高潔身自愛，好高名，他那種人，假如要避嫌，會連他親生爹媽都要避。爲了解脫對眼前這個淒豔女子的愧歉感，老高把廖香妹推介給我。

笑話。誰不知我畢寶亮係天下第一現實鬼，孤家寡人奮鬥幾年，好容易弄到半爿樓上，五架中文打字機，堂堂是家有牌有照「功昌」打字行，目前打算再買進一部機器，增設打字補習班。在這世界上，我們家除了我，只剩下小鬼角角跟我住一起。角角是我妹妹的小女孩，滿嘴蛀牙，古靈精怪，從三歲便跟著我，妹妹一直把她寄養在這裡，每個月付點錢託房東老太太照顧。我的理想對象，她必須身體健康，不用太美麗，也不至於醜陋，笨一點沒關係，手腳勤快就行，最好也懂打字機。

老高約我出來，諸般如此敘述一遍，分析我反正沒爹沒娘，又有些自閉症傾向，人際關係素來單純，何況那女人家中頗有幾個子兒，跟她談條件呀，鐵定撈一票不成問題。笑話，撈錢的方法多了，此輩女人之錢，說怎麼，我也嚥不下這口氣拿。於是老高便把我留在一處叫做「滿天星」的歐式自助餐店裡，老高走了，留下獨自憤懣冷笑的畢寶亮。

我太明白了，漂亮女人，十個裡頭九個騷，不騷也蠢。廖香妹對面坐著，知道我都知道她的來歷了，省掉開場白，代以固執的沉默，兩人只有看著桌上她長腳杯裡的柳橙汁一寸一寸被吸去，最終吸乾了，杯底裸出兩顆三顆柳橙種子，看著她拿麥管一下沒一下戳著種子和杯底，我以爲有必要打破令人窒息的沉默了，她卻忽然抬起頭，看著我。你曉得嗎，看著我，我是指眞眞正正看進我的眼裡、心裡。同時因著此處靠窗角落充分的自然光線太好，我看見我的一張臉卻落在她深褐色的瞳仁上。她說話了，「你認爲呢？」

聲音像漂白過，直直的，很剛性，令我激怒。我是每每情緒不平衡就會口吃，注視瞳仁裡的那個我，說：「我，覺得，你，你這樣做，太笨，笨了。」

她仍然定定的望著我有一會兒，垂下頭，嘆了口氣。「我也是覺得很笨。」似乎她對她的笨認爲很應當。我生氣道：「你還，還很年輕，也很，美，美麗，對不對。根本，根本沒必要，要這樣做嘛！」我簡直憤怒我的口吃，只好不顧她的驚愕，突兀的離開座位，站到窗玻璃旁，背朝她深呼吸做了幾個擴胸運動，這是治療口吃的唯一偏方。我望見街邊賣水煮花生的攤子蒸散著騰騰白煙。然後回到座位，我說：「爲什麼你不拿掉？」

她垂著眼簾不講話。你不得不承認，她的確是個漂亮的女人。不過對我畢竟寶亮而言，漂亮二字的同義詞便是：草包。我說：「你結婚了還不是馬上又要離婚，帶著一個小孩，你要養他，要工作，即使要再結婚，總不如你一個人的機會多，條件好。如果你及早拿掉它，一個人你可以重新開始，沒有人會知道你以前發生的事，你可以找一個更好的先生。而且——」要命的是，講著話我又無法平衡了。「關於你想給，小孩找個姓，姓的做法，很迂噯。根本不，不通的。」

她軟弱的答覆我，「這些，我也都想到了。」

想到了？想不通，有屁用。久久，兩人就望著桌面上一塊陽光發呆，陽光透過玻璃長窗，透過玻璃杯裡的冰開水，折射在桌面，歙歙跳動。她終於又抬起頭看著我，抱歉的笑了，「就是想把小孩留下來。」

「這對你有，有什麼，好處？」我努力克制住咆哮。

半天，她很困難的，試圖說出她的話。「我對他——算很認眞的吧。其實，在一起的時候，他對我也很好。就是這樣，想把我們的孩子留下來。」大概從我的臉上讀出了困惑，以及不屑，她放棄了試圖，輕佻而笑，說：「也沒什麼，光是想生出來，看看像我還是像他。很好笑罷。」

我非但笑不出來，且無法克制的把十根手指頭關節一溜搿得枯癡枯癡作響，因爲我必須冷酷的回答她：「老實說，我，我眞的沒辦法，同意，同意你這種，想法跟，做法。」

她倒笑了。望著我說：「我也是覺得沒辦法同意，眞的。」她說得很天眞坦白，使我懷疑她單是爲要替我解除窘迫。跟著她便拾了皮包，笑說：「眞的，沒關係。」站起來，停頓了一會兒是要等我跟她招呼一聲再見，但我堅持平視著她的裙襬不發一言，見她轉身走了。

很奇怪，今天屋裡的光影層次清楚極了。她從明亮一點的光裡走進更明亮一點的光裡，在那裡突地拐了一腳，走了過去。不可置信的，我發現是我的聲音喊道：「喂——」

她聽見了，但她仍然繼續走去。我追上前，跟她後面踢踢拉拉下樓梯，自動門先後把她和我放了出來。她回身望向我，說：「眞的，沒關係……」臉上都是淚。

你曉得，生平我最痛恨女人的眼淚。此刻我卻痛恨站在那裡一位長手大腳的畢寶亮，痛恨從那女人眼中看到她看到畢寶亮渾身暴露無遺的只有一句話：「我願意。」

的確，我願意。我願意我從來沒有遇見過這個女人！都是夏娃惹的禍呀。運乖如我，只能怪，都是秋天惹的禍，陽光惹的禍。現實如我，不料一跤絆到邏輯外，你說，除了運乖，還有什麼？兩人先去買了一袋煮花生來吃，此是對於我們的關係我第一次付出的代價。

當晚回到家，也是第一次，我才開始注意到我的家，坐在沙發椅裡，一件件家具掃視過去。

屬於處女星座的天生乖僻，我是連花瓶中的一根草枝如果未能按照我的審美觀插放，都會一天不自在的人，一旦想到即將有女人住進這棟房子，我彷彿早已看見她蹲在茶几面前剝水煮花生吃，吃得桌几上一灘濕漉漉的花生殼。彼時我再也不能像現在這樣光著兩條毛腿，兩隻腳丫這樣安適的踩在麻編拖鞋中，你知道嗎，我感到我的一生已經完了！

小鬼角角窩在通道轉角玩扮家家，地板上一列橫橫疊疊的鍋灶，這時她一本正經端著小碗小碟走到我跟前，半屈下身，道：「公子，請用點心。」此是她每天必玩的伎倆，我草草敷衍了事。她道：「公子，您沒有吃乾淨。」無可奈何，我便又吃了一次。

我妹妹畢寶鳳是個四處流浪的瘋婆子，妹夫係三流作家，有個筆名叫墨客。搞的是印刷業，夫婦倆有輛小發財，常常批發一些書刊、明星照片全省四處去兜售。角角長年受我薰陶，極愛整齊，且有收藏癖，好比每期愛國獎券，她總要向我討去，很寶貝收進她的保險箱裡，一隻白底橘紅格子的超群餅乾鐵盒子。

當我從口袋掏出那張尚未蓋章塡寫的具結書，白紙黑字寫著：廖香妹與某某結爲夫婦，自願於公證結婚即日，民國某年某月某日起，以一年爲期，至民國某年某月某日，解除婚姻關係，立據人某某，保證人某某。那位與廖香妹結爲夫婦的某某即將成爲畢寶亮，我絕望的發出喊聲：「角角，我們馬上要有一個舅媽了啊。」

消息傳得眞快，次日早上碰到房東老太太，迎面就恭喜我要娶媳婦了，探明我仍繼續租住房子，歡喜的說立刻要找工人來粉刷主臥房。罷了，工錢算你的算我的？才到打字行，畢寶鳳也掛電話來，扯了一堆有關結婚的事，末了附帶告知我，「哥，墨客新寫了一本書，準備找人投資出版，叫愛情紅綠燈，你要不要投資？」

我要結婚，沒錢！可預見的，不多久畢寶鳳便會把一疊厚厚的稿紙送到我這裡免費打字。果然，自我沾惹女人之後，倒楣的事情開始接踵而來。

廖香妹希望我們在結婚之前，回鄉下一趟，想把她的未婚夫亮給父母親看。電話這頭，我頗爲不滿，「難道這個也包括在結婚範圍內？」電話那頭沒有吭聲，但你分明可以看見她仍又是用那種坦白而抱歉的眼睛看著你，我但願能守緊防線，堅持不再吭聲。

終於她嘆了氣，說：「我不能勉強你。這樣吧，禮拜天上午八點四十分，台北東站往宜蘭的中興號，我在那裡等你，假如你沒來，我就一人回去也沒關係……」

她握著聽筒，等我也許會搭腔，並沒有。那頭很委婉的將電話喀地，擱下了。

電話喀地！那一聲，我曉得，我又完了。八點三十九分，畢寶亮出現於台北東站五號剪票口。

廖香妹看到我，高興得一躍跑到跟前，抓住我手臂叫嚷：「我就知道你會來，你會來的！」我臉上的表情明白的告訴她：「恐怕未必吧。」希望她自重一些，她隨即亦放開我，將兩張車票給車掌撕了，塞在裙腰間。目睹她滿面歡欣的氣息，我決意任由她提起地上兩大袋禮品吃食之類的東西走出票口，任由她踉踉蹌蹌爬上車子，好容易把兩個人安塞在位子當中。

非常可惡的是，她絕對不掩飾一點她的快樂。才第二次見面嘛，經我私下統計，若是我們共講了十句話，其中九句半會是她講的。她告訴我家裡有五個哥哥，她老六，最小。怪了，她有五個哥哥跟我什麼相干。更可笑的，她告訴我，她家門前有一棵高大的玉蘭花樹。

轉計程車走產業道路到她家，迎接我們的是一大桌盛宴，圍著圓桌坐的兩位大人兒，和一二三四、四個奉召而回的兄弟們——天老爺，他們不虧爲一家廠牌出品。顯然，廖香妹在他們當中是突變，那麼肅靜的家庭氣氛，也只容她一人大聲講話，大聲笑。接過我手中兩提袋禮品，她朝母親前頭地上一擱，說：「煩死了，買這麼多東西！」

岳母大人匆忙起身向我一疊聲連說連笑的哈腰答禮致謝，令兄弟中的一名把禮品收進屋去。廖香妹一指我，跟大家說：「他啦，就是他啦……」算介紹了我，只管斜簽身子靠在她母親肩上，嫵媚而笑。

「畢先生。」岳父大人頷首道。

我說：「噯。伯父，伯母……」並向那些兄弟們露一露齒，至於是否構成了一個微笑，從他們幾副雷同的臉孔上，我得不到訊息。

岳母大人含笑又講了一串閩南話，廖香妹打母親一記，道：「哎呀，他又聽不懂。」站直了身，對我說：「我媽叫你去洗個手洗個臉好吃飯。鄉下地方粗茶淡飯，招待不周，請你不要見笑。來，我帶你去洗手。」

經過廚房外面穿堂去浴室，有不少隻腦袋和影子在窗子後頭騷動。我洗著手臉，隱約聽見廖香妹在廚間喊大嫂三嫂，一干女眷孺子吃吃笑做一堆。廖香妹領我走回飯廳時，低低說：「我爸就是那個死樣子，別管他。我老哥他們也差不多，會給他們氣死。」

吃過飯，男人皆到客廳吃茶。老二講講他的豬，約克夏盤克夏之流。老三講福壽螺爲害他的茭白菜圃，老四在美國唸博士不克出席，老五察顏觀色誰的杯子空了好添茶。老大寡言，我偶爾被問及才談到打字行。岳父大人灰淡的睉矇著眼睛，望望這兒，望望那兒，仰面望到天花板，遂停滯於彼處，大概睡著了。都盡了責任，逐個功成身退，最後客廳唯剩下老大，我，跟岳父大人。我睜睜讀著大理石几上一份報紙，心想，怎麼又有超級颱風要來了……老天，又是刼鈔案……趙鐵頭涙灑立法院——不對呀？哦，原來是上個月的報紙。廖香妹站在門口朝我招手，輕聲說：「出來走走吧。」

秋收後的田埂路上，到底忍不住了，我說：「你們家怎麼會跑出你這樣一個人？」

廖香妹道：「以前我媽就講，唉，這個孩子呀，出去當她是丟掉了，回來是撿到的。你看，這麼低標準。」

據她講敘，岳母大人一直想把這個獨生女兒培養成爲理想中的日本式女性，無奈光走路一項，她就至終沒有合格過，她的高跟鞋鞋跟的磨損度永遠比別人快三倍。岳父大人在農會幹了十幾年科長，明年退休，靠著原本在礁溪有塊田地，賣給國泰造溫泉別墅，一下發起來，幾個兄弟皆有份，給老四的是棟平房，等他學成歸國討老婆。廖香妹也有一棟，在基隆，她道：「要房子幹嘛？還不如換成錢給我去歐洲跑跑，不然拿去買衣服也至少有一百件。搞不懂他們。」

她講起剛才吃過飯，看見她老爸把整排牙齒取下來在搪磁缸裡刷淨，又裝回去，始知月前她老爸的一共二十八顆牙齒拔掉了二十四顆，剛配的假牙還戴不慣，內頰肉有些磨傷發炎，是爲女兒和準女婿來家中才戴上出來吃飯的。「我爸拿掉假牙的時候，一下，嘴巴都癟掉了，都不像了，變得好老……」講著便哭起來。

這女人的眼淚未免太不値錢了，見面兩次。哭兩次。我只有告訴她我有一顆不知幾K金的假牙，並說了一個小鬼角角的故事，因爲小鬼角角一家世代爲鬼，祖傳兩根大獠牙，專門嚇人吃人，可是小鬼角角從小愛吃糖，把兩根獠牙都蛀壞了，小鬼角角沒有本錢嚇人了，就此休業從良。你知道，這是我生平頭一遭講笑話而有人會笑。廖香妹讓我看她中指上一隻鑽石戒指，約値五萬元，是剛剛岳母大人給她的，「好土！」她說。

一直到離開宜蘭，回到台北，我大概快被她指上鬆鬆套著的那枚鑽石戒指弄得瀕於精神崩潰，車站分手的時刻，我再也不能不忠告她，由於心力耗弱，口吃又犯：「請你，把，把，戒指，收好吧。畢竟，它値，五萬塊錢，錢。」

她很聽話，當場摘下來收進皮包裡——不，不是用收的，用丟的，丟進皮包裡。那景象如此之恐怖深烙我心中，直至下次碰面，也就是在法院公證結婚時，雖然力圖冷靜，我想我還是有點聲音顫抖，問她：「你的戒指呢？」

她茫然的臉容令我腦皮轟然一炸，暴戾的喝斥：「你媽給你的鑽石戒指！」

「收起來了啊。」她的語氣也不好，直著嗓音道：「我以爲你說結婚戒指。」戒指個頭哦，跟你結婚就不錯了。

隔日她搬進我的房子來，事先我們都談好了，有關於結婚的一切費用她出，房租每人負擔一半，水電煤氣雜用各半。她上午仍去晚報上班，小鬼角角唸幼稚園大班，園裡供應營養午餐，我多在打字行對街市場吃小攤，所以中餐自理，伙食費包括早餐晚餐，兩人均攤。三房一廳的屋子，角角佔一間，主臥室仍然我用，而把原來散置雜物舊貨的那間騰清給她。我希望公私分明，公地劃分為客廳連飯桌、廚房、浴室，後走廊晾衣服，至如主臥室外邊一坪陽臺，依其地緣位置，應當劃歸私地。我希望我們能充分尊重彼此隱私權，圓滿度過為期一年的婚姻關係。

然而她來的頭一天——首先，她帶給小鬼角角一盒外觀摩登的巧克力糖和一隻白蓬蓬掛著**Made in Japan**牌子的玩具熊，顯然就嚴重違反公私原則。我極不高興，說：「買這些玩意兒幹什麼？」角角在舅舅尚未同意的狀況下，站在旁邊啃著手指甲，打量新舅母。

廖香妹不睬我，向小鬼角角笑道：「舅舅說你喜歡吃糖，來，看舅媽的糖好不好吃。」

我心厭她就把舅媽兩字喊得如此之當然，冷哼道：「養成買這些奢侈品的習慣，對兒童很不好。我們家向來不作興這個。」

她橫我一眼，說：「又不是我買的，人家送的，擺了好久也沒用，給角角有什麼不好。」

見我未置可否，角角歡喜的接收了賄賂，眼看她二人已結為一黨。接著，房東老太太來送還角角遺在她家的圍兜跟粉蠟筆，廖香妹應的門，怎麼就扯東扯西沒完了，居然聽見老太太跟她渣渣渣怨起自己兒媳婦種種不孝行為。我在這兒住了三年半，加起來與老太太說的話也不及她三分鐘多。要知道，畢寶亮家門庭最清肅，不料進來一個女人，馬上就要淪為菜市場了。角角幫我去下逐客令：「舅媽，舅舅說紗門不要敞開，蚊子會飛進屋子裡。」兩介女流才結束了她們的談話。

接著，我驚駭的看見我們客廳最醒目之處，電視機上面蹲了一口瓦甕，甕中倒插一把野芒花紮成的短掃帚和幾枝乾草乾葉，我說：「喂，這個什麼玩意兒怎麼放這裡！」

廖香妹道：「很現代感吧。現在都是這樣。」看我滿臉不樂意，說：「暫時，我的房間擺不下麼。」

「我的房間擺不下」，遂成了拓張她勢力範圍的最正大光明的唯一理由，你只能束手無策坐視它像癌細胞蔓延：一幅無人看得懂的抽象畫自通道牆上昇起，幾顆澎湖怪石陳列到陽臺上，一盆鐵線蕨在放電話的矮几側出現。當我打開冰箱，從門側條條滾下兩截口紅，訝然發現原來放奶油塊的那槽格層，這時擱著幾件面霜乳液粉條口紅什麼鬼東西，實在太令我憤怒了，廖香妹道：「不然會溶掉，變質嘛。」

總之，都是她有理。

弄弄到晚飯光景，我正打算把昨天的剩菜湊和煮鍋雜燴麵，電鈴亂七八糟一陣作響起來，這種粗暴的行爲若非收報費就是水電費，門一打開，是個送麵小廝，我冷笑道：「你弄錯家了吧。」正要摔門，廖香妹迎出來，是她叫的排骨麵，三大碗，還切了海帶滷蛋豬耳朵，可眞是大手筆。我不樂道：「冰箱菜還那麼多，又沒吃完。」

她說：「這家很好吃。中午我才吃過，不信，吃吃看。」見我把流水賬簿拿出要她把這筆賬記上去，她說：「不用啦，吃了就吃了。」完全是個沒有秩序概念的女人！在我的堅持之下，她記上兩百八十五元，並經指示，於備註欄附上「妹」字，表示此款由她支付。

角角跟她吃得非常愉快。角角忽問道：「舅舅跟舅媽怎麼不住在一起呢？爸爸媽媽都住一起，樓下阿姨和樓下伯伯也住在一起。」

樓下阿姨乃是房東老太太的兒媳婦。我埋頭抄著麵吃，像往常打發角角那一籮筐三八問題的最好方法，便是由她自個兒去自問自答——或終究小鬼角角長大了，會自己找到答案。廖香妹說：「因爲舅舅會打呼嘛，吵死嘍。」

「舅舅你會打呼呀？」角角道。我老沒好氣說：「會啊。」角角咬著筷子格格笑起來，笑得東倒西歪的，使我悚然發現她竟也是一名女性。

吃過飯，新聞節目之後，兩位女士繼續觀賞連續劇，在畢寶亮家，這是史無前例，我再也不能縱容姑息了，訓誡道：「角角，不要看了，來背唐詩給舅舅聽。連續劇？垃圾文化。」半截話射向廖香妹。

角角很可憐的要求我讓她看完電視再背詩，廖香妹幫兇，說：「看一下他們香港的搞什麼東西，打得我們垮垮的，眞奇了。」

就在駐足朝螢光幕撇下幾眼的當時，又讓我悚然領悟了另一件事實，原來，「公子，請用點心」，即是從電視上那個草包佳人學來的把戲。我不能置信的望向角角那樣專注看著電視畫面的小臉——一棵民族的幼苗啊——才讓我明白了角角在房東老太太家都幹了些什麼勾當。我悲哀的回到自己房間，自廖香妹這個女人走進我們的世界之後，此地是我僅剩的一百零一塊淨土了——然而不，連續劇正以它一波波俗惡的聲浪穿越客廳，穿透牆壁，汩汩向我湧來。

畢竟亮但願還有一艘挪亞的方舟。希望卻似乎是這樣渺茫。

然後有那麼一天，廖香妹突然出現於功昌打字行。我立刻架起防衛系統，先放出警告，厲聲道：「你來幹什麼！」

她閑閑踩進屋子來，一身一氣的女主人姿態，跟打字小姐們招呼笑談，手上一袋橘子一分而空，並剝了半個給我。「你來幹什麼？」我仍然堅持放出一聲警告，雖然它是如此之微弱。

她說：「下班過來看看麼，每天坐車經過，光看到一塊招牌。ㄟ，你不覺得功昌這個名字不大好？每次我看到就想到公娼——」

「對，就你會這樣想。」其實我早也發現了，只是不肯承認是自己花了個把月時間推敲研究出來的行號。此二字足足折磨了我一年半之久，當我已逐漸能夠忍受而淡忘之際，她卻這般可惡的一槍斃命。我想我約莫從頭髮到腳趾甲都紅燙透了。

見狀，她又補一槍說：「爲什麼不重換個名字？」

「像你想的容易！」

她狎侮道：「本來嘛，要幫一個孩子找姓名也眞不容易。」看著我，卻柔婉一笑，乍乍叫我迴避不及呢。

不久，打字行換了新招牌，名字她取的，叫國城，據聞筆劃不錯。自此什麼不成文規定，她下班沒事，也無需跑新聞的時候，便儼然老闆娘架勢，坐鎮國城，接電話，回生意，聒聒噪噪跟那批打字小姐扯不完的女兒經。我駕摩托車跑外務，有時回來，樓梯口就聽見一片嬌笑盈耳，令人卻步。我跟自己生氣，站在門口花兩分鐘平衡情緒，並說服自己走進屋裡，笑聲嘎然而止。廖香妹向我解釋，「阿珠問我都用什麼名字在報紙上寫稿，我說哈，我的筆名叫——本報訊。」

大約我會是無表情直直走進我的小辦公室，拋下此起彼落零星如鞭炮的笑聲，東炸一下，西炸一下，想起來又炸一下。我默默坐在桌前檢視電打稿，不覺也笑了。

再一次我回來，愕然見到幾位小姐蹲地上找著什麼，羅小姐伏在一張圖紙上黏字，喃喃嚷道：「外蒙古……還有千島群島……有沒啊？」那是一張一九四五年八月九日至九月二日蘇俄遠東軍作戰經過要圖，一撮待貼的二十級黑體字給廖香妹打開西窗透氣時一陣風都吹散了。「千島群島！在這！」葉小姐掘到寶藏似的尖叫起來。最後才在廖香妹坐著的裙子下面找到了外蒙古。

一連串不順利陸續發生。諸如角角把我某期極可能中到百萬元的愛國獎券剪成一張公主人形，收藏在她的保險箱裡。廖香妹揮金如土，經常把冰箱供過於求的塞滿了食物，卻睜著眼看它餿掉、扔掉，光伙食費一項就上漲了從前的兩倍。我被迫應兩位興致勃勃的女士要求，去度了一次老蜜月，帶著小鬼角角，和廖香妹已看得出的微隆的肚子，向我老妹妹夫借了三天小發財，開到溪頭。旅途上不是小發財數度拋錨，就是廖香妹仗著她曾經在旅遊雜誌工作過的經歷發號司令，與我爲路線的怎麼走法一路爭執不休。蜜月回到台北，畢寶鳳跑來跟我哭訴，某家中盤書商倒賬兩千萬，其中他們的約有十一萬元，徹底是無望了，墨客的愛情紅綠燈已出書，現在要付紙張和印刷費，票子卻開不出，顛來倒去講一大耙拉，反正就是要賴定她老哥了。

中盤倒賬，我打字行也間接遭殃，好幾筆款子遲遲不來，調頭寸弄得我兩眼烏黑。一日接了個無頭電話找廖香妹，問他是誰，要不要留話，就掛掉了。晚上又接到電話，聽得出仍是那個人，交給廖香妹，我跟角角坐飯桌上吃她的招牌飯，廖氏牛肉河粉。見她捧著聽筒，不講話，半天，沉滯的轉折身來，看著我，對電話說：「噯，是我先生……」

是他，Henry 王。廖香妹仍看著我，但她整個人好像很深很深的有一處堂奧，頃刻間，在她的瞳仁裡轟轟倒塌，剩下一雙洞黑的眼珠子，看著我。她還是愛他的。

「唔……好的……」掛了電話。她前去打開電視機，便立在機前，抱著胳膊望電視，全然忘記她本來正在吃飯這檔事。

我敲敲廖香妹的碗，朝她呶呶嘴，角角便替我喊道：「舅媽，河粉都涼了，來吃呀。」「你們先吃著……」她索性坐到沙發上去看電視，螢光幕隆隆的跳躍著機車廣告。

一直她都忘記吃掉那半碗河粉，早晨我起牀經過，見碗裡已凝出一浮灰白色牛油，給我端去廚房，潑剌都倒了。打發了角角上幼稚園，廖香妹才起牀開門出來，兩人一照眼，漠然錯肩而過。我臨去打字行，瞥見她在屋裡對桌上一面鏡子搨粉，就像有人重重摑了我一耳光，而我不知該替誰感到辣辣的可恥。

忙打字行，忙畢寶鳳跟墨客的一堆爛攤子，存心將自己忙到三更半夜回家，一頭鑽進我的窩殼中，誰也別想來招惹。這一天，好容易等到一張票子送去老妹家，她亦跟我一樣走霉運，兩天前那部老爺小發財違規停車，被拖車吊走了。

畢寶鳳告訴我暫時不需錢，廖香妹已拿了四萬元給她。「什麼！」我大吃一驚。

「哥你不知道？她說是哥叫她送來的。」

我才發現有整整一星期沒見到廖香妹了。

按時收工回家，角角在房間裡塡圖玩，高興得直奔出來抱住我，嚷叫：「舅舅回家吃晚飯！」又奔去廚房通知舅媽，喋喋又呼了好幾聲。

廖香妹大概在做蛋糕，白磁磚料理枱上攤著一本食譜。我說：「你哪裡來的那麼多錢？」

她道：「媽給我的鑽石戒指呀，只換到四萬四。」

我的嗓門必然是提高了，「這是我們家的事，你何必管——」

「我才不想管呢！」鋼鐺，她把鐵杓一摔，瞪著渾稠的一碗公蛋清蛋黃，怒道：「你放心，四萬塊我會跟你要回來，你不用那麼怕欠我的情！」

我說：「妹妹他們，你，你也知道，他們兩個，兩個都是邋里邋遢亂花錢，花錢的人——」

她道：「我是什麼人！我也是個邋里邋遢的，的——」

「你何必，要往，自己身上，身上扯！」我聽見自己十根手指頭關節捍得噶嚓亂響。

她道：「那你爲什麼不願見我？還是不敢？不敢，對不對。」眼淚便叭噠直掉。她拾起鐵杓，繼續打蛋，哭著，用拿著鐵杓的手背擦去眼淚，還是哭，手底下越發了狠撻撻地打。

我怕她要把碗公打穿了，接過她手裡的鐵杓，感到整個人也跟她的手一樣，又冷又麻。她從我跟前撤身離開，回房去了，留下我一人在廚房茫茫發怔。

這一晚我並未吃到蛋糕，由我做了蛋炒飯，跟角角冷冷清清吃了一頓。要角角把飯茶端進屋去給她吃，角角悄聲說：「舅舅你們吵架了呀？」

當時她沒有吃，稍晚一些時候，角角已經睡了，屋裡很沉寂，我歪在房間籐椅中，模糊聽聞她在廚房弄吃的，鍋鏟叮噹，到底是餓了。我不知道自己是否在反省，想很多，很多也沒想，便任由心中荒蕪而去。

盹一覺驚醒，發覺客廳燈敞亮著，走出房間，見她窩蜷在沙發裡也睏著了，茶几上一盤沒吃完的蛋炒飯，電視機沙沙沙閃著一片空白螢光。我過去關了電視，折回身望向她，她矇矓的醒來，見是我，掙扎坐正了。兩人就老半天望著那一盤冷油油的蛋炒飯。

她啞聲道：「不曉得怎麼打聽到電話的……約我出去……吃牛排……」

我實在非常厭惡那盤沒吃完的喪氣蛋炒飯，和那支沾著飯末油光的金屬匙，決心把它移走。她道：「可是，不是你想的那樣……」便站起來，端了盤飯去廚房。

我矗立在那兒，只覺自己笨重龐大的佔據著空間，而徒然沒有屬於自己的位。

日子當然還是照樣過下去。廖香妹待我比以前柔氣，比以前疏遠。你知道麼，這回我是百分之百，誠心誠意，但願大家好好度完剩下的大半年。但願她平安生下一個與我同姓的，不管是男孩女孩——天啊，說出來你不會相信的，我發覺竟然也在期待這個孩子了呢。

電話打來，我正在辦公室整閱一本〈大蒜治療法〉校稿，廖香妹流產了，已送到宏恩救治中。

我立刻騎了車子趕去，沒頭蒼蠅撞在醫院掛號櫃枱，「我是廖香妹的先生，她流產了……」你不會懂得，那一刻，生平頭一次，我感到世界上有另外一個個體是跟我這樣密切相關。

廖香妹在手術室，她的一位同業等候我到，交代完諸般狀況走了。原來他們去採訪獅子會辦的什麼一個生活素質講座，散會離去時走樓梯扭了一腳，滾滾直栽到樓下，就站不起了，「打電話給我老公叫他來……」

我是萬萬沒想到，她這個女人雖然愛跌跤，怎麼也不至於把孩子跌掉罷。

此刻，動完手術的她，沉沉睡在白牀白褥裡，平空像縮減了幾號，論做媽媽的話，太小了。那時候她突然辭去雜誌社工作，已知道自己懷了Henry 王的孩子，必是嚇壞了吧。她這種人，可以跌得鼻青臉腫不怕，卻絕不可以容忍自己眉目不揚。無論如何，是她訣別他的，走得那樣決絕、美麗，叫他一輩子忘不了她，這就是她的全部愛情。

我像是看見國中一年級時上英文課的廖香妹，站在黑板前，把 I like baby 寫成了 I like dady。是在溪頭，晚飯吃山產，廖香妹學英文老師糾正她：「錯了，錯了，屁股相反了，弄錯邊了……」說著開心大笑。她的笑，必也是不合岳母大人的格吧。

那時候仍是秋天，此刻我站到窗邊，望見對街樓下商店裡，聖誕樹都佈置起來了，一個季節已這樣草草過去。不瞞你說，很可笑，我居然眼睛熱熱的就濕了。

她醒來一回，慢慢看出來是我守在她的牀邊。我說：「還好嗎？」她很疲倦的樣子，眼神遲遲移到窗上，霧渾的陽光也使她脆弱得張不開眼。我過去要把窗簾放下，她低低道：「不要。亮著。」闔上眼睛，又睡去了。

到她有力氣坐起來講話，看著我，說：「鬍子長了。」

我一摸下巴，果然是。惱說：「才一天沒刮。」

她問角角呢？昨晚託給房東太太了。她興致卻好，閒閒淡淡講起來，「那天，是在吉林路吃牛排。」自我們結婚以來，偶爾提到Henry 王，她不再稱呼「他」，禿頭禿句，說：「送我一隻OMEGA。沒想到我就結婚了，也沒參加我結婚典禮。」半晌，說：「問我婚後過得好不好。」又說：「要幫我叫車回家。我不要。一個人走中山北路，一直走到圓山。把OMEGA丟到河裡去了。」

「基隆河？」我說。

她道：「在河邊大哭了一場。」

長長、幽幽的默靜之後。忽然她說：「其實丟到河裡，咚，就沒了。早知道拿去賣，也有幾千塊錢，帶角角到滿天星吃海鮮烤糊都可以吃幾百客。」

我笑起來，「後悔啦。」她亦笑，道：「後悔了。」

天知道，眞正後悔的是，在我們婚姻關係的一年爲期結束的時候，我們決定，爲什麼不讓它延長下去。

這一天，我跟廖香妹經過台北車站地下道，一名瞎子侏儒蹲在轉彎口乞錢，潔癖加恐怪症每使我毫無同情心，就有本領視而不見，廖香妹掏出五十元要給，被我攔住：「這兒有零錢。」便朝地上那個奶粉罐子裡丟了一把碎子兒。不幸的，把我的摩托車鑰匙也一起給丟了進去。當我目瞪口呆站在車子旁，看著廖香妹走到街邊小攤買糖漬地瓜，我空前絕望的想起算命老頭子所預言的：三十歲以前無論如何不能沾惹女人，否則畢寶亮這個人就完蛋了。

是的，我想他完蛋了。

民國七十二年十一月

這一天

國慶也是家慶。方太太起了個早，先把冰箱裡的排骨拿出來解凍，然後鉋瓠瓜，八個青不溜丟的瓜夠鉋一氣了，昨天豬肉李送來四斤餃肉，當方家是開館子的呢。早些年沒熱水器的時候，還不是煮餃子的大鍋也拿來燒洗澡水。今天的主客是老五。

十五年前的今天，方太太仍是林家傳麗，就在這一天離家出走，到鳳山跟上尉大兵方先生結婚的。前一晚老五在院牆外先把林家大小姐的行囊運了出去，次日傳麗只說到小學校帶合唱，火車坐至新竹，會合了老五，平快直達高雄，方先生是日公務在身，千忙萬忙中來車站接著他們，將傳麗暫時安置到表哥家，待租了房子後才補行儀式。

說起那年頭，眞還都是一群大孩子，拜把兄弟方先生排行三，傳麗年紀輕輕二十歲，讓大家三嫂長三嫂短喊著，論實際年齡，老八跟她同年。放假過節什麼的，老三有家了，光棍兄弟們便來家裡泡一天，也是傳麗好客，投了他們大兵粗裡來大裡去的脾氣，皆喜這位愛笑愛動的新嫂子。兄弟們哪個不是少小離家，隻身渡海來到台灣，自然更視傳麗的家是自己家了。

傅麗跟老五最投緣，且都是倔爆性子，不見的時候叨唸，見面講沒兩句話倒又槓起來。然而這個老五好叫人心疼！

若是太平盛世，老五在四川的家開米行，很殷實的人家，上面六個姐姐，他么兒，從他結實孩子氣的臉膛，方口方鼻，爽朗而有時帶一點邪惡的笑，不難想像少年的他定是被女眷寵慣了的，是那種聰明不肯下功夫，桀驁，不馴，自尊，骨子裡其實仁慈而優柔的少年，娶個溫婉的妻子，終生恩愛。十八歲那年，向文君表妹家裡提親，就是那年，日機轟炸時全家死了，唯大姐二姐嫁在外地，剩下他跟六姐，六姐迅速嫁了位公務員；他從軍，同條船來，結識了方海成。

第一次見老五即在新竹火車站上，她不認識他，他卻從海成那裡看過她的照片，傅麗徬徨在月臺邊等候招領，一壁耽心撞見熟人，一壁恐怕和老五錯過了。國慶日，站上遍插國旗，大風大太陽，旗子漫天劈叭亂響，異常攪人倉皇，沙塵颳著碎紛紛的日影有一盪沒一盪貼地打來，沙沙沙把人也礫礫揉碎了。傅麗掉在空前絕望的沙谷裡，漸感覺到遠遠有人走近來，走近了、近了，她一抬頭，獵獵的旗海裡彷彿忽然昇起一座礁巖，她仰視才看見了他的額髮，眉宇，和俯視她的一雙澄褐的眼睛。「林小姐？」

「老五！」她不記得是不是一把抓住他臂，只覺地平天穩都踏實了。

約好的，昨晚趁餵狗飯的吠聲亂裡，聽見院外牆根下一聲低喝：「老五。」便將一包行李隔牆遞了過去，聽見枯吃枯吃踩著麵包樹落葉的腳步跑遠去，一跌坐在柴堆旁，清澈聽著狗脖上拴的鐵鍊與狗食盆觸擊的淒唧唧響，不知怔了多久，直給蚊子咬痛了。素昧平生，她就那麼信任老五是自己的人。

老五領她到車上坐下，許是見她黃塵塵臉兒，去洗手間擰濕了帕子來給她擦，一擦一褶黑，擦了整條帕子，洗過後晾在前座椅背上。老五說：「林小姐你放心，我們三哥是好人，你跟他絕不會錯。」

問他昨晚住哪裡，就在火車站對面一家旅社，老五笑起來，一口搶眼的白牙，「整晚沒睡，都是臭蟲。」

老五跟她講海成的兄弟們，大哥寧波人，滿嘴阿拉阿拉怕她要聽不懂的，且要忍忍大哥一腦子的冬烘思想，見面時若當場來個三從四德誡令不爲怪，但願莫責她淫奔之女就算開通了。二哥瘟，四哥烈，一個皖南，一個皖北，皖南瞧不起皖北土，老五大手大腳大嗓門學給她看，「喏，你們皖北人見過這個沒有？還是都用石頭揩？」一包草紙扔到四哥懷裡，惱得老四蹦起來揍人，就樂了二哥。傳麗聽得哈哈大笑，兩人言笑驚動四座。

老五說他們八兄弟是大宋楊家將，當時傳麗並沒有聽過楊家將的故事，老五告訴她京戲裡的楊五郎是花臉扮，傳麗也不曉得花臉是何物。戲臺上五郎還未出，先聽見幕後一聲叫：「好酒——」是楊五郎與遼戰敗，削髮爲僧，是日背了師父下山去赴牛羊大會，吃得醺醺大醉回來，聽說寺裡借宿了一位壯士，就要盤問，其實這位壯士便是當年戰場失散的楊六郎。五郎六郎一問一答，從楊府令公爺楊繼業，夫人佘太君，一路問下來。那楊大郎、替宋王長槍喪命，楊二郎、短劍下一命身亡，楊三郎、被馬踹屍如泥醬，四郎八郎、失落在番邦，楊七郎、芭蕉樹上亂箭穿心，楊六郎、鎮守三關的楊六郎。那楊五郎，有呀，楊五郎，棄紅塵當了和尚——老五人一仰，椅背上一癱，「我家都炸死了，台灣就我一個人。」

傅麗轉臉看他，以爲他哭了，卻朝她咧嘴一笑。

她想說一些安慰的話，老五倒也沒有哀傷的意思。因爲實在講了很多話，遂倦倦睏著了。傅麗盹盹醒醒，始終警覺，覺得老五口中的另一個世界陌生極了。她與海成相識兩年，見面統共四次，照她林家家世，海成一個外省人、窮大兵，注定是無望的，但她就相信他，在還不懂得他之前就相信他了。海成生活裡她最先實感到的世界是老五，另一個、完完全全的男人的世界，她從不曾知道的，忽然叫她宛轉淸惻，眼淚汩汩流了一臉。老五睡死了不知，一起一伏的酣息在她身邊呼呼吹著，傅麗兀自感動，好像此刻才明白自己眞是與海成不能分離的了。

十五年過去，女兒都唸高中了，兄弟們各自成家生子，唯老五一個孤家寡人，幹到蛙人隊隊長，四十初幾，仍然軍服皮帶一紮，肚子不凸一點。仍然豁豁侁侁一副蛙人亡命之徒本色，過今天沒明天，薪餉下來大半也花在他們一家身上，什麼年頭呀家常過日子的，來就又是五爪蘋果、又是水蜜桃，一包包巧克力糖，牛肉乾分給孩子，帶孩子們到西門町看狄斯耐卡通片，一人一筒冰淇淋，上孔雀行買新衣。便是軍人保險受益人亦給了大丫頭。孩子們最喜歡這位五叔叔，個頭魁梧，故叫做大叔叔，從小喊慣了「大嘟嘟」，至今不改。

日前老五突然寫來一信，約定今天帶一位女人來家請三哥三嫂掌眼，夫婦倆著實吃一驚。方先生笑說：「這個老五該打，保密成這樣，怕我們拆散他！」

方太太另邀了二哥八弟來，陪客都到了，主角還沒來。眾皆揣想老五是個玩家，眼界高，交的準夫人十九不離譜，個個已摩拳擦掌猴看美人兒了。

人沒到門口，聲音先到，「丫頭三個，大嘟嘟來啦。」才成家時老五每戲傳麗，砰砰拍著門唸白道：「三姐，開門來——」倒成了一別十八年的薛平貴。

「該罰，該罰，一屋子就等你們這對嬌客。」

「交通管制嘛。」老五做個大揖。介紹女朋友，于小姐。

才一眼，都把于小姐過了一遍，說不上來，只覺碩大骨感，大眼睛大嘴巴、寬顴，腳下登雙高跟鞋，仰之彌高。眷舍矮門淺戶，于小姐走動一下，不是磕了門楣，就撞了燈泡，遂找著一處安份坐下。電唱機上一團桃簇簇紙紮花圈，是大丫頭上午參加總統府前慶典，她們學校負責站萬歲的萬字，從螢幕上實況轉播看到，的確壯觀。于小姐寡言，傍在唱機旁默默端坐，籠罩著霞光紅影，自成一種含蓄。

方太太看得清楚，心中一熱，麻油做醬油盪刺倒了一碗盅。眼梢跳跳一剪人影飛到身後，笑問：「三嫂你看怎麼樣？」

仍被嚇一跳，方太太噌道：「還這樣騷包兮兮。」

老五向來會賣小，頓時塌了笑容，「三嫂不喜歡？」

方太太鬥性又起。「什麼嘛，才見，話都沒講兩句。」

老五一臉的晦喪，說：「她就是有點嘴禿——看不出，那麼大個兒，講起話比蚊子叫還聽不見。三腳踩不出個屁來！」說著嘿嘿笑起來。

「擋光啦。」方太太老聲老氣斥他。

老五讓到門側，潑進半邊天光，窄膩的廚間乍時分了陰陽，方太太在陰地，老五在陽地。依稀多年多年以前曾有這麼一刻的恍惚，當時幾家合一塊天井做廚房，老五出營至三嫂處，踢門來見傳麗蹲在泥地上生炭爐，竹籬笆篩進一隙隙燦黃斜陽，橫隔院中，悄無聲息像時間的沙流金沈沈流過，將兩人浴成凝澱。老五揚起手上一串排骨，「三嫂，咱們晚上燉豆角吃，上次三哥從表舅那裡拿來一包，我記得只吃了一半──」

「吃個頭！」傳麗撒手站起，煙爨的還是氣哭的，踢爐一腳。

老五忙接過炭柴鉗子，撥弄撥弄一晌就起了火，仰臉衝傳麗一咧齒，「這不就好了。」傳麗破涕爲笑，卻不服輸。「怪了，這爐子都聽你們的話！」一拔身，提著排骨虎瞪瞪進屋去了。

誰不是，都曾經想要不平凡、不尋常，結果是平凡的結婚生子，時光流轉從風華到平素，怎麼也難以承認。不才昨兒的事，大丫頭扔給翁媽媽帶，她跟海成老五到市裡看電影，就有那麼瘋，連看兩場，還記得片名，一部天鵝公主，一部宮本武藏。回家時已滿天星斗，三人經過燒窯場停下來，守著窯口看了好一會兒，燒透的紅成了湅湅的橘金，像會碾出蜜汁，老五講著文君表妹，那樣錚錚一條漢子，也濃楚得化不開了。

也許方太太是替老五不平，好難說。國恩家慶呀，到底是應當高興的日子。方太太手底下理好一碟滷味拼盤，抬頭見老五倚在門側發愣，當他已去前間了。責道：「怎麼把于小姐一個人丟在客廳。」

老五說：「我們長官介紹的。也蠻可憐，父親金門砲戰那時候打死了，她老大，下面兩個弟弟，商職唸完她就出來做事供弟弟唸書，書都唸得不錯，大的現在美國讀碩士，小的在輔仁。她又孝順母親……一拖就到這個年紀——」

方太太說：「老實就好。我看于小姐很文靜，不錯的。」

老五開心了。「我跟她說，在台灣我沒別的，三哥三嫂就是我的親人。她嘛嘴禿是眞的，不會喊人一聲——。」

方太太說：「你喜歡，哥兒們還有什麼話說。」

老五雙腳叭響一併，接了拼盤要端前去，方太太笑說：「以後不要再買那些東西，什麼五爪蘋果，吃起來跟地瓜也沒不一樣。」見他露一口白牙笑，嘆氣：「聽到沒，老——五。」老五嘻著臉逕自去了。

晚上，大家走到村後山丘頭看放煙火，小小一塊草坡來了不少村人，男一堆，女一堆，小孩四處流竄玩魚火花。山腳下，笑語揚溢上來，一列紅燈籠冉冉經過村門口，轉個彎，隱在夾竹桃叢籬中搖搖爍爍走遠去，遊行隊伍到海軍村子去了。方家小女兒倏地劃著一枝火花，高舉著：「于阿姨，好玩。」

于小姐只不敢接，又迫又羞，一疊聲怯笑幼稚得很。男人堆裡拋來老五的大嗓門，「玩玩，又不會炸，哪兒這麼膽小。」

魚火花到了于小姐手中，眾皆鼓掌喝采，掌聲未落，火花星星碎碎撲地而滅，黑黝裡亦知于小姐一團炭熱，詫異怎麼火花到手便熄了。頃刻間，遠天地平線上開出一蓬銀紫流星。又一蓬翠霧，溶溶凝成金急雨，紛紛跌下，那麼遠在天邊，卻近得淋了個透。

民國七十一年十月

荷葉・蓮花・藕

老遠就聽見方太太的笑聲。

此時，巷子兩邊單家獨院二樓洋房皆已清靜無息，唯方家暖融融一屋子橙色燈光，有客人。平常客廳兩盞日光燈，只在貴客臨門或節慶日子，才加開五盞四十燭光。

客人是申鐵民，西門町最大一家自助火鍋城就是他開的。昔年申鐵民當過紅衛兵頭頭，後來被下放到新疆墾荒，從第三生產建設兵團的勞改營逃出後，輾轉回到故鄉廣西。再入北越，橫穿寮國，而抵泰國，這樣來到了台灣。

方太太一家都喜歡申先生來，來了三個女兒必纏著申叔叔講他的「飛越死亡線」續集。申先生一人總管火鍋城，難得偷閒串門子，上回來是端午，喝狀元紅。昨天中秋，方太太邀他來吃金門大麯，豈知天氣一轉涼，火鍋生意大好，怎麼也走不開，搬出孩子她們爸爸來，方海成在電話裡下了最後通牒，道：「十五團，十六圓，這樣吧，我們改明兒賞月一樣，等你來了。」

申先生開館子，方太太的菜藝走的是大筆淋漓，怕不合味口，遂遜位一餐，捧出老三蓮青的工筆掌廚。申先生喜歡海鮮，蓮青的招牌菜是宮爆魷魚，果然博得申先生激賞，多喝了兩杯酒，一鬧一鬨，今兒的飛越死亡線竟比往常長兩倍。方才講過胡志明小徑第十二號，現在講到卡姆阿勒高原，申先生道：「喝，它像一條大鯨魚，從東京灣飛到陸上，躺在寮國中部的山裡。寮國不是中南半島的屋脊嘛，卡姆阿勒高原就是屋樑屋頂囉……」

方蓮青跟兩個姊姊不同，不喜讀書，國中考高中時嚇到了，雖考上景美女中，為永絕後患，索性讀了工專，按高分分到化工科。當時也買了丁字尺三角板之類許多用具，抱回來的教科書，單瞟一眼書面上印的大標題，方太太頭皮一炸，從此不過問蓮青的學校功課。荷青、菱青承襲了母系傳統，素來對數字抱有恐懼感，出來一個讀化工的妹妹，偶爾見她在演算化學公式竟如天書一般，皆敬畏有加。

荷青的俊秀像父親，菱青跟母親一樣生就的娃娃臉，脾氣也像，是塊爆炭。蓮青的造型又另是一系，濃眉大眼，頎長個子，一把黑髮到腰際。讀的化工科班上，四個女生數她頂佻撻，一干死黨兄弟七人，拿她當么妹寵。蓮青本不是讀書的料，攀了半學期交情，書上的化學方程式只管不認她，進了平劇社唱起花旦，才突然發現很有戲劇天賦。第一次公演《掃蕩群魔》，六對眞假潘金蓮武大，唱道：「夫妻雙雙逃難去……」把方先生笑得個淚花瑩光。

最風光的要算那次票貴妃醉酒，兩個姊姊替她抬轎子扮宮娥。國劇社就要解散了，最後一次粉墨登臺，一夥人從大禮堂出來，頭已舐了妝也卸了，眉梢還殘留一抹胭脂，是　蔣公誕辰紀念日，秋風裡獵獵鼓動著的國旗劈劈拍拍亂響，蓮青已淚濕兩腮。仗著夜晚人家不察覺，笑得比誰都狂，紅磚道上走走，忽一旋身給轉進飛舞的旗裡捲了兩捲，趁笑聲亂裡用旗把淚擦去。

唸到三年級蓮青立意休學，想轉考文化學院國劇組，結果只有依了她。卻因年齡不到無法報考，一等兩年，除了上華岡做個國劇組的旁聽生，便學學針織，中國結，皮雕，本來景泰藍也想弄弄，成本太大遂作罷。此間爆出冷門，蓮青和秦一寧閃電訂了婚。方太太措手不及得了個山東姑爺，婚宴上商量怎麼稱呼，便依他們老家的喊法，一寧夥著蓮青一杯花雕乾了，喊道：「大爺，大娘。」方太太生平第一次聽見，驚詫得格格發笑，被菱青瞪了兩眼才止住。

秦一寧家五個男孩高頭大馬，唯小妹秦一清，和蓮青是死黨。這時一寧長手大腳一個人坐在矮板凳上，比誰聽申先生講故事都聽傻了。一清坐申先生下手，白皙沉靜，單眼皮，未語先低頭，與蓮青流離不定的現代美成對比。

蓮青婚事異軍突起，本是方先生從前二處的同事，幾個山東佬替副主任接風，副主任將軍退役後旅居美國，隔年返台一次，這次帶了在普林斯頓攻讀電機碩士的小兒子同來，宴席上放出風聲，拜託僚友們替他兒子留意女朋友交往看看。章副官笑道：「成公嘛，三千金，一個賽一個，都待字閨中吧？」臨走章副官又同老邵拉了方先生道：「小千金有男朋友了沒？」

方先生笑說：「男朋友？一大籮筐嘍。」

老邵虎了臉，道：「找一天兩家見見，我做東，就算家常聊天吃個館子，有何不可。」

海成回來講給太太聽，約略描述了人家的品氣相貌，荷青、菱青大為興奮，方太太卻無端不樂，人影沒見到，先挑剔起高矮身世種種，賭氣道：「難道要跟去美國吃牛奶麵包！」

海成說：「吃頓飯有何不可？人家副主任風趣得很咧。」

相親一齣戲，蓮青是女主角，仍照例客串美容師，替菱青梳了一對丫鬟，荷青攏成一髻斜插玳瑁簪，自己則披了長髮梳成一個公主頭，愈顯得額角崢嶸。

副主任很風趣，席上大談美國文化的墮落，道：「美國孩子從小知道守法啦，法治，法治，可是美國孩子從小沒有家教，沒有。」

海成道：「法意要也是禮意，就好了。」與老將軍一拍即合，兩人一唱一答，沖淡了緊張氣氛。

不過蓮青給安排和人家坐一處，究竟嫌疑太大。荷青、菱青隔著斜對桌暗與蓮青打眉目官司，早把人家品頭論足了一通，給八十八高分。蓮青一路報以兩個姊姊自我譏諷，場面上卻稱職的扮演著被相親者，姊妹三人一段公案，神鬼不知。

將軍的大兒子亦在席上，遞給他們一張名片，原來是閃箭超快彩色沖印經理，菱青與荷青相對一望，眼底大笑。出了軍官俱樂部，菱青笑道：「喂，你們來個政治聯姻，然後照片拿到他們閃箭洗，鐵定半價優待。」給蓮青側腰踢了一腳。

回來蓮青就告知秦一清相親事件，兩頭捧著電話一場笑鬧。一清這頭掛了電話，那頭忙便一通長途電話到台中，向哥哥發出危險信號。秦一寧做五金外貿，假日才回台北，是方家的常客之一，這禮拜卻提早一天，駕了公司的福特跑天下，家門亦不入，一馬開到方家。方太太訝異道：

「怎麼今天就回來了？」

秦一寧胡亂答了些話。蓮青在房間裡七上八下，雖然也在預料中，可不是趕昨晚特別洗了頭髮的，臨了倒又不相信他眞來了，遲遲才走出房間，兩人都臉兒黃黃。畢竟蓮青先恢復鎮定，東飄一句話，西盪兩聲笑，一翻翻到《民生報》，嗔著要去看首輪電影。秦一寧完全搭不上線，絕望至極，垮著兩肩坐在椅子上，愈發臂長垂地了。

看電影途中，蓮青又改變主意，鬧著去河濱公園看民俗展，之後上去圓山看燈火，坐在草坪上，蓮青漸漸收了嬉笑，話鋒一轉，忽道：「你覺得結婚怎麼樣？」

一寧整日的灰心至於面目模糊，勉強說：「很好嘛。」

蓮青推他一下，道：「說我們兩個？」

一寧又當是戲他，懶懶說：「不可能。」

「爲什麼不可能？」

一寧道：「我都曉得了，一清打電話給我了……」

蓮青伏在膝上掩裙而笑。半晌，忽一側臉，道：「你曉得什麼！」

和一寧訂婚後，蓮青現正補習會計和西班牙語，打算婚後與秦一寧最佳拍檔，分擔公司一半業務，大學自然不必唸了。秦家長輩講老規矩，方太太把議婚之事悉推給海成。海成上校退役後，在衛康隱形眼鏡公司任職，女兒三人皆捧父親場，近視一個個換了隱形眼鏡。海成主張儀式清簡，秦家來問訂多少喜餅，算算親朋摯友二十來盒即可。菱青做主，不用義美製的喜餅，改成全家都愛吃的郭元益蛋黃酥，方太太領頭愛吃，一家簡直掉到蛋黃谷裡，吃倒了。

親家公親家母大個頭，海成北人南相，就味口道地是山東的，跟一寧素來賽吃大蔥大蒜。頭一回請吃飯，海成親自下廚做了麻油香椿拌豆腐，和青蘿蔔鉋絲涼拌。香椿是一寧從他們村子裡偷摘來孝敬老丈人，種在院中，海成視爲珍寶。那青蘿蔔親家公睹物思鄉，忙問哪裡來的，是菱青逛沅陵街買鞋，街邊一個退役老士官在賣，也不知哪裡招引來許多老鄉搶購，菱青知道爸爸愛，劈手劈腳奪下一棵碧青蘿蔔，可惜紅皮小蘿蔔球已被搶光了。菱青夥在一群皆不忍散去的垮腔垮調裡，聽那些人和老士官從蘿蔔的幾種做法攀談起，談談到了山河變色，渡海遷居來台。菱青一直看著老士官收了籃籠，一輛單車推入人塵囂囂裡。

蓮青聽了說：「好慘。」

親家母瀋陽人，笑道：「別說，要不是這樣，我們一寧和蓮青還結不了親，也沒今晚大家坐一塊兒吃飯了。」

一寧道：「一德一光都在青島生的，我在左營生。娘，要不是來台灣就沒有我了哦。」引得眾人好笑。親家母道：「瞎說什麼。」

蓮青笑向一寧，示意一寧和爸爸敬酒。方先生道：「荷青菱青別光吃，敬秦伯伯秦媽媽酒是啊。」

菱青酒量最好，荷青一吃就上臉，嫣紅直燒到眼睛裡，屢被方先生取笑，蓮青沒酒量有酒膽。申鐵民講到下期待續時，酒也醒了，方太太把佛跳牆又熱了當宵夜。申先生唯喝些清湯，說：「什麼時候來我那裡呀，荷青你們喜歡吃菇的儘管吃翻個天咔。」

方家面面相覷而笑。菱青道：「申叔叔還敢請我們去？」手勢比了個數字：二，七。

方太太解釋道：「年初在你那裡吃，我看跑堂小妹都被嚇壞了，盤子堆起來跟山一樣。她們叫那天是二七慘案，把申叔叔的火鍋城都吃掉一角了。」

申先生聽了大樂。「好，好，二七慘案。申叔叔文革來的嘛，火鍋城都吃了我也有這個膽哪。秦一寧，你們姊姊一個個女英雄，下次你也來，不要輸她們。」

方太太一指眾人，歎為觀止。「這些——嘖嘖，大胃王的子孫們。」

「大衛王的子孫們都是不做禮拜的吶。」方先生笑道。

申先生道：「糟糕，你們明天還要做禮拜。都這麼晚了……」

蓮青摟了母親，說：「申叔叔，媽媽是我們最偉大的後勤總司令。」

「總司令，申鐵民走啦。」申先生倏地立起，敬了個蹩腳的舉手禮。

「三更半夜了！」方先生忙制住大家的笑聲。「老申，沒醉吧？」

申先生拱了拱手，道：「醉了，大大的醉了。」

一寧一清都要走，正好送申先生。方太太把申先生給的一盒澳州梨取了四個要一寧帶回家。

申先生喜歡方太太鄉下娘家自炒的花生米，也得了藍玻璃瓶一大罐。人散後，方先生兀自在前院呆站，月兒清清的斜掛中天，一院盈盈如洗，照見地上又落了好些桂花。

趁等浴室盥洗的空檔，方先生叫荷青一同來拾桂花。原來裝胡椒的小瓶子已拾有大半瓶桂花了，待冬至下芝麻湯圓最香。

民國七十二年十二月

敘前塵

林傳麗喜歡吃魚眼睛。吃啥補啥，方海成笑說：「怪不得當年你慧眼識英雄。」

當年，傳麗與海成見面總共不過四次，一個外省人，窮大兵，就跟了他。

是前一天海成那幫兄弟裡的老五到台中出差，假出差之便潛入他們鎮上，晚上約了在後牆先把傳麗的行李包接出去。林家前後院子共養了四條狗，平常都是傳麗餵飯，後牆荔枝樹下一隻大狼狗跟傳麗最好，取名庫瑪一世，傳麗就趁餵飯時候把一包行李傳給牆外的老五了。

那幾天的事情都像在熱病中，嘈嘈切切包圍著她，擁塞膨脹，而又清清楚楚。四條狗，庫瑪、庫洛、皙洛、衣奴，她一隻一隻跟牠們道別了，被蚊子叮得滿臂滿腳，進屋到藥間找護士藥膏，坐在圓凳上擦，也沒開燈，藥架上羅列的一瓶瓶深褐色藥罐暗暗泛著寒光。前廳林先生林太太陪著公館阿叔講話，低低的笑聲和林太太婉轉有致的日語，令傳麗心中恍恍盪盪起來。

潦草一夜醒了，放假日。傳麗跟母親說是要去學校帶小朋友練習合唱比賽，與父親先吃了早飯，一碟白切豆腐沾醬油，一碟醃蘿蔔片，自炒花生米，海苔醬，濃稠的稀飯裡一塊塊紅心番薯，傳麗極為明淨而用心的把飯吃了。走時，見父親已吃完飯，正抓了一把花生一顆顆丟在空中接著吃。她拾起擺在榻榻米上的一疊歌譜，說：「爸，我走了。」

林先生忽然說：「找一天叫妳媽媽帶妳去做兩件新衣服吧。」

傳麗微微詫異。說：「爸爸再見。」

穿過弄堂、客廳、玄關，門廊外是竹條圍住的一扉修剪整齊的柏樹，傳麗俯下身去察看樹根是不是又長了木耳出來，前兩天才下過雨的。繞過樹屏，遂疾走出大門，兩行油加利樹直通到火車站前一口水池，她一眼也沒回顧。

站上的人都熟識傳麗，為怕追蹤去向，她買了北上到新竹的票，從新竹跟老五轉車南下直達高雄，海成在高雄車站會她。

傳麗有一夥愛唱歌的死黨，其中一個叫劉香玉，O型女孩，動不動愛管傳麗，釘她：「今日事今日畢。」逼傳麗用功唸書，大家都喊香玉的綽號——Today。傳麗高二那年，青年反共救國團成立，他們這群新竹女中合唱團和樂隊的中堅份子皆宣誓入團，在總團部策劃下，暑假參加了軍中服務隊，由支隊部請了一批軍中演藝人員來指導他們合唱、演話劇。香玉是合唱團指揮，服務隊裡她跟傳麗鋒頭最健，大兵們哄娃娃似的捧上了天。傳麗在軍中第一次吃到饅頭，一口氣吃掉五個，風傳之快，每到一處就有人鬧道要請那位吃了五個饅頭的同學獨唱。

她們服務隊明擺著騙吃騙喝騙玩，一路到海成的單位來，那時海成是上尉繪圖官，經常晚會甚麼的都在加班趕製圖表，平白錯過她們的服務。可是她們帶來的旋風颳了足足兩星期，海成無意間聽說Today劉香玉，心中一動，問了很多人，越發懷疑起來。

抗戰時，海成在皖東地區的小後方讀七聯中高中部，勝利後唸杭州藝專。三十七、八年，他們學校跟人家也鬨起「吃光運動」，把一個月的公費伙食大魚大肉在三天內吃掉，然後喊著「反饑餓、反內戰」的口號，天天搞遊行示威。海成大哥的兒子比他略大，當時在台灣屏東阿猴寮當兵受訓，寫信給海成，抄了一句軍歌質問道：「爲甚麼當兵的只有莊稼漢？」

不可置信的，海成沒有讀完書，就去做了上等兵。決心是如此，入營的前夜，哭著寫日記，隔壁臥房裡兩位老人家已年逾花甲，窗外隔著夾竹桃的天井對面，還有一筆不了情，他遠房表妹劉香玉。

海成被他那幫老三老五一聒噪，終於寫了封信去她們學校，寫到天井，寫到夾竹桃。香玉拿來給傳麗看，兩人皆浪漫起了憐才之意。劉香玉這個人是、數學成績全班第一，叫她拿筆可有千斤重。就由傳麗來代筆回信，引了諸如天涯何處無芳草之類的話安慰海成。海成很爲信上純真的語氣感動，又寫信來謝謝香玉，夾七雜八扯了許多文學哲學的詞句，香玉更沒辦法了，仍然由傳麗充任槍手，便這樣禮尚往來通了十數封信。

初次見面是學校校慶樂隊表演，海成大老遠趕來，連著幾天的陰寒，那天突然放晴了，香玉怯場拉了傳麗護航，傳麗非常忠於職守，見面寒暄說：「方先生，你從鳳山帶來了熱。」

香玉是女主角，不過，海成寄來的雜誌書籍甚麼的根本不看，等要找來看時，早已不知傳閱到哪裡去了。談話缺乏資料，傳麗只管在旁邊穿針引線搭腔，教香玉氣悶之極，一下搞毛了她，就有本事板著臉孔到底。海成不曉得哪裡得罪了她，一面跟信上的人眞實裡對照著看，不覺惘惘若失。

回去後海成寫信來，總之當面不好講的話信上都大膽講了，自然是會有些怨懟之辭。香玉畢竟還是女孩兒心性，受不得人家一點冤屈，頭一回自己提筆寫信，認認眞眞刻石頭一樣刻了封信出來。辭不達意，海成讀了百思不能解，當她要跟他絕交，這番不明之冤只有轉託傳麗代爲表白。就此更激怒了劉香玉，不理不應，傳麗只好冷冷清清的回了信。海成這邊落了個不明不白，很灰心，一種滋味連失戀都談不上的，他變得更加憂國傷時，給傳麗的信上一通篇離騷氣氛，傳麗寫信鼓勵他，神鬼不測反而成全了兩人一段交契。

畢業後，傳麗在鎭上小學代課，海成的信寄到學校，實在耳目眾多，逐漸傳開來：「林老師有了個阿兵哥男朋友，還是唐山人！」小學校長跟林先生知交，自任監護的責任，很照顧傳麗，傳麗怕這話傳到校長耳裡，而且家中有朋友拿照片來提親了。

傳麗走時一概不戀，簡單的衣物之外，就帶了一〇一名歌選合唱集。從新竹轉而南下，特快車過鎭上不停。傳麗選了左邊靠窗的位子，通學六年下來，光憑車輪規律的響動，就可曉得車子又經過哪個山坡、哪座橋了。

此刻過了東邊河遙遙在望的紅土崖，過了相思林，兩坡滿爬的牽牛花、酢醬草。有了美人蕉、煮飯花、油菜圃，車子滑入水稻田，過了老街廟口平交道、木材廠。過了大院落，分住著的王家、張家、陳家，透著潑辣辣蔭覆的麵包樹闊葉，隱隱望得見一角瓦簷和水藍窗櫺，然後傳麗看見後院曬衣竿上飄揚的花布襯衫，看見母親在蓮塘邊的七里香矮籬上曬蘿蔔片。一切飛逝即過。傳麗熱淚滾滾而落，劈面颳來的車風很快吹乾了，斑剝著臉。

傳麗下了高雄火車站，已華燈初上。南台灣的秋天熱到這種地步，在小攤上喝了杯根本是色素的酸梅湯，林先生要看見定是頓好罵。這一點點的越出她的日常之外，卻叫傳麗大為震動，好像她這時才一個怔忡醒來，猛然發現空空無際，而她，任何的憑藉，完全沒有。傳麗喝著冰水，格格的打戰：「天啊，瘋了！」

會到海成，跟老五先帶她去喝椰子汁。店前暈黃的燈泡下，一顆顆碩大椰子，翠生生的綠葉子像一波水光，一顆椰子十塊錢，貴得嚇人。傳麗安靜的喝，安靜的看著海成從袋裡掏錢出來付。

海成來台灣的親人唯表哥表嫂，在演劇三隊，傳麗權住表哥家，公證結婚後，才在海成單位附近租了間屋子。表哥表嫂送他們一牀紫紅緞面棉被，海成的大兵兄弟合送了一張竹牀，飯桌則是兄弟們用砲彈箱改裝的。海成上尉月薪一百五十元，房租去了一百，因為還未報准眷糧，與海成軍校一位同事，三人搭伙吃兩人的主副食。傳麗的大手筆，便是被這一干丘八壯漢調教出師，海成取笑：「內人做的菜要用豬槽來裝。」

海成即刻寫了信回去給林先生林太太，雖然同時為了公證結婚，不得不登了一則脫離家庭關係啓事。

傳麗從小跟外婆長大，九歲才回父母家，住不慣醫生家裡嚴謹的氣氛，常常跑回外婆家，千哄百哄才讓接回來，林太太幾番為這個生氣。也就是傳麗九歲這年，林先生以日本海軍隨軍醫官身份給徵到南洋，林太太帶著四個孩子，日子非常艱苦，傳麗種種又沒有一些能稱林太太的心。

林先生接到傳麗兩口子信，看過就撕了。林太太私下把信撿回拼出個地址，想寄點錢去，就被林先生猜著，做藥時拋來一句冷話：「誰知道她怎麼不是給逼著寫信的？當兵的沒有一個好東西。」

傳麗跟海成在住屋前面照了相片做爲結婚紀念，也寄一張回家。林太太仔仔細細看了，倒是不得不承認這位外省女婿著實出於她想像之外，巴巴的捧給林先生看。男人天生的對照片無感，只知女兒有自己的地方住了。

適逢公館阿叔南下高雄探親，林太太就把地址給他託爲察訪傳麗。傳麗離家前夕，公館阿叔來替鎮長兒子說媒，不料弄了個臉上無光。他到高雄這天，海成不在家，傳麗正在門口升炭煮飯，煙迷了眼睛，涕淚橫流一副狼狽相，撞上煙裡過來的阿叔，都嚇了一大跳。公館阿叔當面得到驗證，便多留在屋裡一會兒也很勉強似的，傳麗急問起父母親近況，他只說要給林太太一個交待，最好立刻跟他回去。

傳麗氣起來，心想如果讓他回去轉述了今天這個情況，豈不要含冤莫白，當下決定跟他走一趟。託了隔壁照顧門戶，留下一紙告訴海成兩天之內就回。

火車上阿叔道：「你爸爸的脾氣你是知道的，回去了要不放你出來誰也沒得講——」

傳麗道：「我是相信阿叔能夠同我擔保才跟阿叔走的。我給我先生的字條上說兩天之內回家，剛才阿叔也看到那條子了。」

他們出了火車站，遠遠走在回家的碎石子路上，傳芬在樓上憑窗剪指甲，暮塵霏霏裡一眼認出公館阿叔，旁邊走的女子身影好熟悉，半天才愣過來，大喊：「姊姊回來了！」

傳麗走進大門，林太太先迎出來，乍見傳麗，頭髮燙短了，毛衣長褲外面罩件舊大衣，瘦了。林太太流淚道：「有甚麼還不能說，總是媽媽啊。不聲不響就走了……」

傳麗道：「阿叔講爸的胃病又發了？」也哭了。

林太太道：「你爸在樓上，去告訴他回來了。」

林先生在樓上，慌慌去扭開了收音機，撥著唱片箱插隔找唱片。傳芬跑下樓又跑上來，道：「姊姊回來了。」林先生不耐的一擺手表示知道。

一樣的檜木樓梯，一樣的光潔鑑人，新添了兩雙拖鞋。傳麗走上樓，望見父親背光在忙著甚麼，喊聲：「爸。」

林先生半側過身，啞了聲好像是說：「回來了……」

傳麗道：「對不起，爸爸。」

林先生道：「回來就好了。洗澡去吧。」轉身把收音機又開大聲了些。收音機播送的是支白光唱的〈魂縈舊夢〉，樓上樓下撩盪搖曳著，無頭無緒的撩起，拍地，無頭無緒的剪斷了。

林家一口水井，每到傍晚，附近鄰人就擔了桶子來打水，聽說林先生的大小姐回來了，都擁到廚下喳喳喳一片騷動。炊煙裡含笑花透著森森蜜蜜的寒香。

林家待客之道，總不外請客人先盥洗沐浴。平常則林先生未用過家人皆不先用，這會兒卻連林太太也在催促傳麗趕緊洗澡去罷，傳麗心想怎麼就已是客人了？

日後，讓林太太感到很風光的一次，是有回海成奉令輪派到中部地區，致送元首一年一度的慰問信和慰問金給烈士們的遺族，地方政府配合發放恤金跟米穀代金。海成順道鎮上經過，吉甫車直開到醫院門口，一身海綠厚呢軍制服跳下車來，肩上兩顆閃金金的梅花。來去看病的鄉人傳出去，都說林先生的大女婿在總統府高就呢。

海成逗趣道：「姊在房中頭梳手，聽見外面人咬狗——我們山東老家管叫是咬——拿起狗來打石頭，從今不說顛倒話，口袋馱著驢子走。」

林太太不很聽得懂國語，卻被林先生難得笑成的那副開心狀逗得呵呵笑了。癸亥年的最後一晚，團圓飯桌上，此時此地。

民國七十二年歲末

炎夏之都

下卷 1984-1987

《炎夏之都》自序

令我想起劉大任信中的話，錄在這裡。

這幾年，因爲下海的緣故吧，你小說寫的少了，覺得很可惜。電影固然也重要，究竟只是集體創作。台灣電影，目前有你和孝賢、德昌等人的東西可看，意義也十分重大。尤其你同孝賢的合作，拍出了台灣的童年，這是一個新傳統。民族文化人格，童年人格的創造是個底子，印度的Ray和泰戈爾，也有過這種貢獻。不過，我還是覺得可惜，小說同編劇，究竟是兩個世界，小說是獨立自足的宇宙，它的要求，自然也就苛酷得多。記得你什麼地方說過，想花幾年時間寫長篇，這個想法，不會放棄了吧？如果自覺感慨益深，千萬莫掉以輕心，回頭看，五年十年，常是眨眼間事。

聯合國門前有一方巨石，叫做「一眼望穿」，劉大任寫道，「我這一望，卻也十二、三年了。」

從事電影編劇四年多以來，越來越深切感到，電影永遠是導演的，編劇無份。最熱鬧的環境和事業，常常卻起倦寂之心，想逸脫而去。便忽然很想做一件完全是屬於自己的事情，這樣的心情寫了一篇〈炎夏之都〉，並且用它取作書名。

收集的六篇小說，〈外婆家的暑假〉原是楊德昌一部電影的構想，希望我先寫出一個故事，後來他並未採用拍成電影。〈童年往事〉是劇本小說一起寫。〈柯那一班〉本來也是電影的題材，可惜被我寫壞了。所以另外三篇能離開電影拍攝的動機和目的而寫，自己也覺得高興。

但我心裡每有一種就此不寫了的衝動，因爲再怎麼寫，也寫不過生活的本身。作者的一通篇文章，往往還不如平常人的一句平常話。那些廣大在生活著的人們，「不寫的」大眾，總是令我非常慚愧。因爲人，才是最大的奇蹟和主題。

由時報出版公司與三三書坊同時出版《炎夏之都》，眞要謝謝陳怡眞、季季、陳雨航的婉轉相迫催稿的耐心，不然這本小說集恐怕還不知道在哪裡。

民國七十六年八月五日景美

外婆家的暑假

眼看著黑雲從望不見邊的甘蔗田上空起來，火車開進屏東站的時候，雲已經低低壓得天垂地暗，不知會怎麼一場暴雨。

「何怡寶！」媽媽把她塞進計程車裡，逃難似的。她瞥見黑臉的雲幕壓壓直追到後車窗來，車子裡都是媽媽身上的粉香汗香。她暈車了，媽媽掏化粧紙給她擦汗，掐她人中，平常就辣手辣腳的媽媽，因爲急，差點不把她人解散。車窗搖開，風像河水灌進來，把她沖到灘底。

雨的腥氣裡醒來，她已躺在外婆的那張籐條躺椅上。屋裡眞亮，滂沱的雨光不但把長窗屋簷前照得一通亮晃晃，把屋子最裡頭通往廁所的木板走廊也映得光乍乍的。「這雨，嚇死人！」媽媽的永遠是高八度的愉悅的聲音。

外婆說：「倒好，每天這個時候下一場，天那麼熱的。」

很厚軟的聲音，像媽媽那件紫黑色緞子的露背裙子。半扇紙門遮住，她看見外婆套著碧玉鐲子的手在玄關擦乾地板，她的粉紅色「星星小孩」行李袋被雨打濕了，孤伶伶蹲在門邊。

「姥姥。」怡寶喊道。

「乖。好些啦？」

怡寶說：「姥姥我胸口，悶。」

媽媽笑起來，斥道：「你看她小孩子講話，哪來的胸口，還悶咧。」

兩個大人坐在屋裡細細講話，大雨隔斷人聲，卻像大晴天兩個人坐在萬丈瀑布前。講講，提到鹹蛋蛋黃油，外婆把媽媽託同事從日本帶回的幾盒「救心」擱好，怡寶問道：「油化胺是什麼呀？」

外婆道：「姥姥心跳急，油化胺對心臟好。比如是怡寶把蛋黃拿去燒，臭臭的那個味道，就是胺。」

「理她。」媽媽煩惱的望著她。

常常是這樣，媽媽蹙著眉頭看著她，讓她很深的感覺自己眞是給媽媽帶來了麻煩。僅有的一次，她跟父母去誰家做客，回家的計程車上，她坐在爸爸媽媽中間，多麼漫長無話可說的車子裡的空氣，媽媽忽然說：「我是爲了怡寶。」轉頭望向爸爸，雖然她看不見，也清楚感覺到媽媽的軟弱和還有的許多熱情，等著爸爸回答。沒有，久久的，沒有。她哭得很厲害，他們想她大概是鬧覺了，各自忍著脾氣哄她。他們如果都是爲了怡寶的話，但是就像計程車前窗玻璃上迎空飛來的盞盞水銀路燈，他們都朝她身後飛去了。

把她送回外婆家，辦離婚。

怡寶攀到窗格上，高興看見滿院子樹和草痛快的沖洗出翠綠的晴光，愈是照亮了堂廡，媽媽像伏在椅臂上哭了，外婆只是靜靜望著外面下大雨。然而這時候她很快樂，輕捷的在走廊、木柱、每個房間之間穿走了一遭，一切沒有太大的變動，連媽媽唸中學時候做的草莓針包仍然還好好吊在五斗櫥抽屜銅把上。這次的新發現，認出牆上那幅墨竹工整的題字，朗朗唸道：「文珊女史清玩。」外婆震訝的眼光投過來，怡寶心想約莫她是做錯了什麼事情，乖乖坐回籐椅中。

雨一收，空中掉下半截彩虹，無數計的七彩水珠滴滴答答到處懸掛。外婆帶她到院中摘芭樂，枝子葉子裡一下就竄得滿頭濕，她朝媽媽叫岔了聲：「紅心芭樂！好軟，好甜。」

媽媽斜支在亮敞的窗枱上，道：「何怡寶扔個給我。」單手就接住了她丟過來的芭樂，咬一口，說：「也沒從前甜了。媽，活著沒勁，都是一年不如一年。」

外婆道：「我還覺得每天不夠用吶。」

媽媽道：「是忙。可是都不知道忙到哪裡去——咚，就老了。」

「好可憐呀，姥姥。」怡寶對幾個被雨打落的芭樂嘆息。

青草地裡裂著鮮艷膚紅的芭樂心子，是叫人痛惜的。吃著晚飯當中，媽媽突然把碗筷一擱，道：「不甘心。媽，我不甘心……」聲音一啞，掉下眼淚。

外婆怒道：「這會兒曉得不甘心，早些時呢？不甘心，怡寶七歲了，我比你更不甘心。」

大清早，怡寶已在樹下揀雞蛋花串項鍊，媽媽仍要趕回台北，窗屋裡對著老木鑲鏡畫眉毛，一邊和鏡中揀花的怡寶說：「媽跟爸爸分開的話，你要跟誰？」

「我跟姥姥。」

媽媽說：「姥姥老了。」

「我長大了，我不要結婚。」她說。

媽媽笑道：「傻小妞兒，我和爸爸照樣是好朋友呀。」

怡寶脫了鞋登登跑進屋來，撞在媽媽身上，道：「我也要。」媽媽便把口紅朝她嘴巴塗了塗，她呵著氣不敢呼吸，怕把唇膏溶掉了，看著鏡子裡湊做一塊兒的兩張臉，想起媽媽穿好那件紫黑色緞子的露背裙子，對鏡子照了又照，爸爸說：「夠啦，夠美啦。」從背後攔上去親媽媽，眼睛裡撥起的火焰，互相落在鏡中望見，媽媽又笑又氣的，「哎，把我衣服弄縐了！」爸爸只是抱住不放。她在旁邊伸著手叫跳：「爸，我也要，我也要。」爸爸把她一撈起擺在化粧枱上坐著，羞她：「電檢處，你煩不煩人。」她摸摸紫緞裙子，讚歎：「好滑呀！」是爸爸從香港帶回的。他們把她託在隔壁阿乖家，參加宴會去了。

外婆和她送媽媽到糖廠大門口，目送媽媽穿過平交道走遠的身影，外婆道：「看她，走路跟操兵似的。」

在大門外「黑面蔡」攤上買了一瓶楊桃原汁。糖廠裡算是外婆家頂大，還有池塘假山，養著鯉魚。年紀大的一輩喊外婆蘇太太，年輕人喊程老師。上午賣菜的小發財會開進廠來，播音機叮咚咚放著歌曲，停在籃球場那裡，外婆便提著白蘭洗衣粉塑膠袋子去買些菜回來。賣豆花的女人更早一些來，「花——花——」破啞的喊聲經過院牆外面，外婆給她五塊錢銅板，她跑出門，敞綠的巷子已不見人，她尋聲追蹤而去，到郵局燒紅的鳳凰樹下才追住，盛了滿滿一碗湯花，顧著不要潑了呀，到家潑得只剩豆花了。外婆笑道：「眼睛要看前面走路，死釘著碗，可不是都潑光了。」對她抹乾一頭濕汗。

賣菜的是一對客家人夫婦，有隻老黃貓，四腳朝天睡死在一口竹籃子裡，跟青菜豆子貨物混一起，怡寶試探撫著牠袒蕩蕩的肥肚皮，道：「賣貓呀？」

幫著秤菜的男孩望她一眼，說：「牠叫咪哆。」

「咪哆，沒有尾巴。」她捏捏貓只剩下一團絨球的尾部，老黃貓抱住臉伸了個U字形大懶腰，繼續死睡。

男孩說：「牠偷吃魚，被人用菜刀，扎！砍斷了。」

怡寶大大駭異，外婆回家了，她仍堅持留下看守咪哆。男孩說：「你不要一直摸牠尾巴，牠會拉稀。」

撫著咪哆一道深黃一道淺黃像老虎皮的肚子，至賣菜車開走了，蟬聲沸騰她走回家的路上，仍感到不可思議的一種驚痛，逐漸淡去的時候，卻變成一種她不能明白的、模糊的，哀傷。

過午，天色轉而沉暗，等著下場雨，醞釀到黃昏，還沒下，也不會下了，空中反常的晚霞染得院中草木一層紅。鬱熱，簡直牆壁和地板都要出汗，外婆帶她蹲在玄關前面石階上揀芹菜，圖涼快，卻一絲絲風意也沒，兩人像蹲在爐光裡。怡寶低落的說：「媽講她本來沒有要我，不曉得我怎麼跑出來的。姥姥是不是？」

「聽你媽瞎扯。」

她道：「凱蒂阿姨他們都這樣說呀。說小孩子麻煩，要去旅行玩啊都不行。都不要小孩。」

外婆不樂道：「誰是凱蒂阿姨。」

她道：「法薰屋的凱蒂阿姨，她幫人家設計衣服。」

「Fashion嗎？」外婆笑起來。「我們怡寶多聰明相，姥姥的寶貝兒，敢不要！他們跟你一樣都是小孩所以才不要小孩，懂嗎？」

晚上，成群的小蟲集來屋簷下亂飛，飛飛就朝窗上撲多撲多撞，脫落的薄弱透明小翅紛紛沾在窗紗上，剩下光禿禿的蟲身扭來扭去爬動，怡寶出神的看蟲子，替牠們痛苦。氣壓低，一隻特大號蟑螂逼得在屋子裡轟炸機般，嗡地俯衝來，俯衝去，叫外婆打死了。清晨，窗簷下一片蟲屍，外婆掃著，刷，刷地，很緩慢長久的熱夏，怡寶覺得。

她去應門鈴，是男孩提著一包餛飩皮和碎肉。「咪嗲主人，姥姥。」

男孩進來，把東西交給外婆。外婆問候他家，「牛生了嗎？」

「還沒。」男孩嘖嘖稱嘆道：「院子好大！種好多花噢。」

怡寶極得意道：「我姥姥說，花都知道她，跟我姥姥有感情。」

正在吃冰綠豆湯，也給男孩一碗吃，兩個站在池塘邊，怡寶吃一口，吐半口丟進池裡，魚都奔來搶食。怡寶生起氣來，「那個胖子魚每次都搶別人的，好討厭。」只顧去濟弱扶傾，想起來時，「咪嗲主人呢？」男孩早已走了。

蘭棚底下又有一朵蝴蝶蘭要開了，傍晚澆花，外婆很好心情的。說：「外公不大喜愛花，喜愛香草。外公家鄉的洞庭湖，那裡香草最多。湖水眞是清呵！一直看到水底，石是白的，砂是金的。外公就是用草給你媽媽取的名字。」

「蘇蘅芳。」怡寶道。

「杜蘅，芳芷，兩種。杜蘅的葉子像馬蹄，我都叫馬蹄香。」

她就好像眞的聞見從外婆話語當中細細漫開的幽香，竹棚底下篩著的跳躍的夕陽光，也都是香氣。又告訴她湘妃竹的典故。吃飯時她突然覺悟似了，指著牆上的墨竹道：「姥姥那就是斑竹？」

「是罷。不過最難畫的還是蘭。」

後來她做了一個夢，夢見九嶷山，洞庭湖，水底金砂，窸窸窣窣的講話聲。醒來，罩在牀上矇矓飄動的蚊帳，好一會兒她才明白，並不是湖水。透過帳子，看見房間外面開著日光燈，飯桌上溶溶的橙黃燈影裡，外婆在替一名學生輔導功課。她爬起來走到客廳，怔怔的。

外婆道：「不敢去是麼？」便要帶她去廁所，她搖搖頭不要，過去坐在桌邊，安靜的看著外婆教那名學生課業，書本上許多古怪的符號和式子。她像聞見刮鬍水的青澀氣味，那是爸爸偶爾有一天買回來五冊插圖很美麗的「兒童讀唐詩」，把她抱在膝上，下巴頦抵著她頭頂，教她唸了第一首，爲她解釋：「春天嘛，在睡覺，聽見到處小鳥叫，半夜下雨嘛……花落知多少，不知道花落了多少。」懊惱的嚷嚷道：「蘇蘅芳這個什麼意思，你們中文系的。」媽媽坐在沙發上看電視，稀里忽嚕唸道：「春眠不覺曉處處聞啼鳥夜來風雨聲花落知多少——」嘻嘻一笑，「就是這樣。」爸爸嘀咕道：「寫詩的，有病。」隨又翻了第二首讀，讀讀，頓然沒趣味了，放她下來，拍拍她頭道：「自己看，旁邊都有注音符號。」插腰站在屋當中，聲音帶笑：「中文系的。」媽媽道：「少糗了。」抄起椅枕摔到爸爸臉上，爸爸又把它摔回去，向她說：「每天背一首給爸爸聽啊。」

她喜歡爸爸身上混合著刮鬍水和香菸的太陽的氣味。以及，爸爸抱她在膝上的實感。但爸爸總是，不論正做著什麼，一下就不耐煩了，吃飯也是，匆匆扒完，就到一邊看報紙。媽媽收拾著碗筷，突然撒手不管了，叫道：「你也做事，我也做事，幹嘛我就要累得半死！」門一摔，進屋去了。

爸爸不解的望著她半天，只好撇下報紙，走來飯桌前，她看見父親面對一桌剩盤剩碗很可憐的根本不知怎麼收拾起，她還沒動手幫忙，「何怡寶你放著不要動！」媽媽在屋裡喝斥道。眼看爸爸的濃眉毛高高挑起結做一團。爸爸勒令她：「你不要收。」乾脆坐回沙發上，讀報紙。見她仍站在飯桌前，道：「背了幾首詩了？背給我聽聽。」她不動。爸爸嚴聲道：「快啊，拿書來。」

她睜睜看著自己的眼淚，叭噠，直直掉在飯桌上。

一餐沒有收拾的碗筷，就那樣原封不動整整擺了四天。

「男人，最粗糙的動物。」怡寶說。

外婆斥道：「多難聽，人就是人。」

「媽媽說的。」

外婆道：「小孩子不可講髒話。媽媽在，姥姥就要用肥皂洗她嘴巴。」

她反駁道：「每次做爸爸愛吃的菜，爸都沒感覺吔。媽說，炸雞翅膀也是飯，泡生力麵也是飯，大家都吃生力麵好了，我何必。」

外婆道：「生力麵怎吃得，防腐劑恁多，致癌的。」

他們在鐵道山坡邊採薺菜，想起來又好笑，「報應，」外婆道。「舅舅阿姨幾個，小時候就是你媽最挑嘴。有次哄她吃牡蠣，給錢的！一個一毛錢。她來啊，用吞，吞了十來個。」

「媽都不吃飯，光愛吃漢姆和焙根。焙根上面打一個蛋，放進箱子烤一下就吃了。」

外婆道：「不要學你媽媽。小孩子不可挑嘴，要吃米飯，米養人。」

幾天不曾下雨，蟬叫得更厲了。她和外婆提著薺菜回糖廠，碰見咪嗲主人踩著一輛三輪板車，載滿了一紮一紮甘蔗葉子回家。外婆問候道：「牛生了嗎？」

「還沒。」男孩結實的臉曬得黑裡透紅，不好意思笑了，彷彿還未生小牛這件事是他的責任。

很好吃的薺菜餛飩，一鍋裡有她包的六個，扁扁的像六項草帽，她要自己吃。洗著碗，外婆教她唸：「一顆星，葛倫登，兩顆星，嫁油瓶，油瓶漏，好炒豆，豆花香，嫁辣醬，辣醬辣，嫁水獺，水獺尾巴烏，嫁鵓鴣，鵓鴣耳朵聾，嫁裁縫，裁縫手腳慢，嫁隻雁，雁會飛，嫁蜉蟻，蜉蟻會爬牆，」正唸到這裡，嘰價——腳踏車一停停在院門口，來補習功課的農專哥哥。她去開門，見合歡樹上好大的月亮，蠻香嗆鼻，是姜媽媽家的夜來香，農專哥哥照樣從外面就連連打了幾個噴嚏進來。

過午，外婆把籐條躺椅移到走廊通風口小憩，老籐椅比怡寶年紀大多，溫玉的光澤和弧線如同已變成了外婆的一部分。她到福利社買健素冰棒，到處不見半個人，坐在福利社前珊瑚刺桐底下吃冰棒。她想起爸爸會偶然一下發覺她是他的小女兒，沒道理，就帶她去吃一挖五十塊錢的三一冰淇淋，看著透明落地大玻璃窗外面，滿街聖誕節櫥窗都佈置起來了，太陽天，天冷，陽光凍得清清利利鏗鏘有聲。「好吃吧，」爸爸說。「好吃。」是亮撻撻的窗子、壓克力桌面、塑膠椅子，和冰櫥裡一筒筒光鮮的冰淇淋，這樣刺激的，她從腳底心直凍得顫上來。

她沿著一排合歡樹蔭底下也許是走回家，馬路上白白宕宕連樹影也靜息絲毫不動，除了她一個人在走走揀揀合歡花，粉絨絨的一小枝一小枝集成一大束，像媽媽化粧盒裡一大團蜜香的粉撲子。老遠聽見淒蹬蹬、淒蹬蹬踩著三輪板車來，跟她走路差不多慢的，踩近了，更慢了，車上踩的，樹下走的。怡寶問道：「咪嗲呢？」

男孩道：「在睡覺嘿。」

「牠都在睡覺呀？」

「也有吃飯。晚上跑出去，白天就睡覺。」

「哦。」

踩著的空車漸漸超過她走到前面去了。她也忘記要去哪裡，便跟著車子走，遠遠落在後面。男孩停住車，回頭朝她喊：「坐上來。」炎炎太陽下，像是連人連車子，不定一眨眼就蒸發掉了。她跑過去，爬上後面板車裡，有著一股重濁的羶味。

踩過長牆外面，赫然是糖廠的大煙囪，逼在眼前，雲垂海立撼人極了。平常在天邊斜斜吐出的灰煙，這時刻成了滾滾濃雲朝她湧來，「嗳呀！」她一驚，匍在車上。

「煙噻。」男孩道。

她慢慢不怕時，看見男孩在收攏甘蔗葉子，束成一紮一紮扔上車。「做麼用呀？」

「給牛吃。」

她道：「牛生了沒？讓我去看小牛！」

「還沒生嘍。」

她道：「牛的聲音是怎樣叫？」

「嬤——嬤——」

她訝異道：「眞的。」

牛就眞是大。咪嗲家有一棟大倉房，中間通道，兩邊用木樁隔成一欄一欄，望去黑漆漆的，怡寶剛探進身子，幾隻「嬤——」一叫，又沉又洪的低音，嚇得她倒退出門。一欄一隻荷蘭牛，二十幾隻。男孩抽出幾根甘蔗葉給她去餵牛，牛就眞是大，舌頭伸出來一捲蔗葉，幾乎把她連人一起給捲走。眼睛更是大，文靜的望著人，嘴裡巴答巴答磨著草葉，鼻子呼出來的水氣，眞會把她吹倒。「可是姥姥，我比較喜歡大象，象的眼睛會笑，牛眼睛好大，看著人可是都不知道它在想什麼吔。」在屋裡繞繞，又繞回外婆身邊，比著聲勢，道：「嘩——嘩——牛小便，這樣，嘩——嘩——」

曬一下午，她整個人有些發燙，因爲持續興奮，曬紅的兩頰彷彿要熟破了，跟外婆對坐喝著咪嗲主人爸爸給裝回來的一壺鮮奶，吃不慣而純粹是稀奇，她喝一口，嘖一聲，外婆笑道：「瘋的呵。」

正好又接到媽媽打來的國際電話，仍是那樣高八度喧熱的聲音，「何怡寶來跟爸爸講話，今天什麼節你忘了。」那邊換過爸爸接，她道：「爸爸節快樂。」

爸爸說：「幫你從日本買了兩件漂亮衣服，粉紅色有大大荷葉邊的裙子，喜不喜歡。媽媽再跟你說。」

換過媽媽接，「我跟爸爸現在在新加坡。你要聽姥姥話哦。」

她道：「媽我今天看到牛了，擠牛奶的牛。」

媽媽道：「告訴你一個消息，我跟爸爸，我們剛才決定，還是不要分開。媽跟爸爸還是好的，你要快樂……」

聽出媽媽聲音裡的眼淚，但她高興的叫：「姥姥不離婚了！爸跟媽不離婚！」

外婆接聽，她湊擠在旁未聽見什麼，沒兩句，也就掛了。外婆呆呆的坐了半晌，並不像她那樣歡樂的。

「離了，難，不離，也難。」外婆跟舅舅在打電話。道：「孩子當然可憐，不過我想法是離了孩子不見得會更可憐。孩子不是問題，他倆兒的問題。這下子跑南洋玩去，好玩？不曬死。」

她變得隔兩天就要去咪嗲家看牛，後來天天去，說不定哪一天小牛就生了。與她等待小牛相似的，外婆每天總要在牆邊站站，看著曼陀羅的許多葉腋之間已伸出一根根綠黃花苞。她卻有些畏避曼陀羅，也許是葉子那種威猛的綠，也許是疊疊密密長在院子偏僻的一角，結合了外婆教給她認識的印象：「曼陀羅最含生物鹼，葉子跟種子很毒，做麻醉劑、鎮靜劑頂好了。」

咪嗲主人在稻田溝渠旁邊開鑿池塘，哪裡弄到石灰粉和沙的時候，就砌一段水池，他要養金魚，池中做一座假山。但是不下雨，渠水乾了，沒有辦法引水入池。咪嗲家都在等下雨，聽電視新聞報導，高屏地區正在考慮實施分區供水。

廠裡舖建的工程，卻把水管挖斷了，水泉洶洶從地上騰出，白花花的像銀子一樣。傍晚許多人提著大桶小桶去收水，怡寶抱了一口鍋子去，看見有個老人站在水坑邊上跌嘆：「糟蹋！糟蹋！」聲音裡的感情如此之深刻烙在她耳中，她把一口鍋水抱回家，竟不知要怎麼來處理它。決定倒給魚塘罷，她蹲在池邊，不見水多，不見水少，魚伏在座山底下乘涼。

她跑去咪嗲家找咪嗲主人。「水呀，都是水。我們用甘蔗車把它運來，你的池塘就可以養魚了呀。」

男孩不明白，也不熱心，帶她進屋給她兩個紅蛋，小嬰兒滿月了。賣菜嫂嫂在牀邊放著一碗飯，盛得尖尖的，請姐母吃。小嬰兒睡得很熟，怡寶小小聲訝道：「弟弟笑了。」

嫂嫂笑道：「看見姐母啦。」

黃昏，仍然天光很亮，嫂嫂屋子的木門上貼著一張菱形紅紙，勾金描畫著一枝梅花、一棵松樹，松上一輪大月亮。木門外野草地上曬的衣服沒收，男孩在米白尿布和土花布之間穿走，吹葉笛，「篦——篦——」尖拔的笛聲，引她出去的，一聲亮一聲。

七夕，她期盼一天，並未等到天上飄下來眼淚。外婆道：「牛郎織女吵架了，跟你爸媽學樣呢。」在窗口略擺一盤蓮霧和瓜子，領她拜雙星。關了客廳燈教她在黑處拿線穿針，穿進針裡了，笑道：「好，乞得巧了。」

這一晚上，外婆特別心情好，整理一些舊物。理出一隻籐箱，裡頭都是畫具，擺放得整整齊齊。外婆一件件拿出來，攤開一疊習作，裁成方塊大小張不等的泛黃棉紙，大部分是荷葉，從葉芽，到沒開的葉，到開一分、兩分、五分、滿開、開殘的破葉，也有一些花瓣和花苞。外婆從一片水水墨墨中辨別出幾棵是外公畫的，自己笑紅了臉，道：「不行，畫畫要有天分。你看姥姥畫的，怎樣就是沒款。」

她道：「都是葉子，沒花。」

外婆道：「先畫荷葉，沒來得及學畫花，外公就過去了。那兩年，糖廠事情不必他管了，你媽媽他們也大了，養養花草，日子才開始呢，就過去了。」

她忽然明白，道：「斑竹是外公畫的呀。」

「那更早前的事，歷史嘍。畫的其實不怎麼樣，那張竹子，騙騙人。」外婆笑道。

她看著外婆仍把一頁頁畫紙疊齊，壓在箱底，然後畫筆顏料筆洗等等一件件回復原狀，最後掩上籐蓋，緊緊一壓，涼清的紙味墨氣遂撲地而滅。外婆道：「明天去採荷葉，做荷葉飯我們吃。」

一去二三里、煙村四五家、亭臺六七座、八九十枝花，外婆教她唸的千家詩。農專哥哥叫住她，「要下雨了，去哪裡？」

「咪哆家。」怡寶道。

農專哥哥繞一圈，轉到她身邊，要載她去。她坐在腳踏車前面鐵槓上，天低低的，霧氣太重，車子像在泥河中劃開水路遲緩的前進。空中乍乍亮過一道閃光，像整個地岸都搖了兩搖，一會兒，隱隱的悶雷才遙遠傳來。她回頭一望，發現農專哥哥的眼鏡框角上插著一支牙籤，「天線，」農專哥哥笑說，「螺絲掉了，代用一下。」

路兩旁聳入天中的椰子樹，農專哥哥說：「它們一棵一棵，沒有一棵一樣哦。我是那棵，本來歪歪斜斜營養不良，碰到程老師，看，就直了，一直長，長得最高最高。」

她道：「姥姥說你這個小孩有志氣。」

「我？眞的。程老師這樣說？」

「眞的呀。」

把她送到咪哆家，農專哥哥都沒有再講一句話，只有息息的呼吸在她頭頂心吹拂。

男孩急忙帶她去看小牛，剛剛生。咪哆爸爸正用鹽巴抹擦小牛身上的黏液，母牛用力舔著小牛，厚重的大舌頭在小牛身上犁著一起一起波紋。然後咪嗲爸爸把隻破膠鞋綁住拖在母牛身下的一團血肉。怡寶屏息道：「做嗎呀？」

「不要它流回肚子裡，牛會死。」男孩告訴她。

外面下大雨，他們不知道。血的腥氣，雨的腥氣，還是乾裂的泥土地被大雨打出的澎澎腥氣，恍如有一次媽媽下班後到她學跳舞的地方接她回家，下大雨，把她嚴嚴扣在鮮黃色塑膠雨衣雨鞋裡，打著傘，媽媽把她重重攬在臂下，跋涉過人擠人車擠車的街道上，她一面感到擁塞窒息的、一面又感到甜蜜的，混合成一片，但是那麼清楚那一刻，至少，媽媽是她的。

她急切想跑回去跟外婆說牛生小牛了，小牛拜四方。一直等到雨停，咪嗲主人的池塘半滿了，他快樂的在泥水裡踩跳，把水花跳得四濺飛揚。整個稻田都在吃水，刮渣刮渣發出貪心的噴聲。小嬰兒出生以來第一次看到雨，咪嗲嫂嫂抱他站在屋下，指著簷頭淅淅流下的水滴，道：「雨嘍，雨嘍。」

一顆星，葛倫登，兩顆星，嫁油瓶，油瓶漏，好炒豆，豆花香，嫁辣醬，辣醬辣，嫁水獺，水獺尾巴烏，嫁鵓鴣，鵓鴣耳朵聾，嫁裁縫，裁縫手腳慢，嫁隻雁，雁會飛，嫁蜉蟻，蜉蟻會爬牆——

男孩聽她唸，脆落落的聲音像琉璃珠子撒了滿地上，喜歡聽她永遠唸下去，她卻停住了。男孩說：「然後呢？」

「完了呀。」

「完了。」男孩很失望，叭叭叭把水踩得亂蹦。

她道：「我再問我姥姥去，再告訴你。」

怡寶回家的時候，已經是黃昏。天空很高，地上很清，鳳凰樹綠的更綠、紅的更紅，路很遠。她走過甘蔗田時，撲起許多麻雀，在她走過之後，零零散散息止下來。

院子裡有寒香浮移。她在玄關脫下鞋子，地板有靜靜的樹影。她喜悅的，悄悄踩著步子，看看玻璃窗子，看看五斗櫃子，櫃子上的老鐘。看看書架上一列列的書本，書桌上散放的化學教科書籍。經過房間，看見老木鏡子裡她的身影。看見拉開的紙門外面院中，牆邊的曼陀羅一支一支怒開著大白花冠。

外婆靠在籐條躺椅上睡著了。她輕捷的滑到椅邊，滑在地板上傍著坐下。廚房爐子上啵啵啵響，猜是在煮糖藕粥，她好像已吃到那股焦甜的味道。

怡寶偎著外婆從椅上垂下的溫軟的手。但是她漸漸知道，外婆，是已經過去了。戴在外婆手上的碧玉鐲子，堅冷清明的告訴她，外婆已經過去。

夏天快要結束的黃昏裡，她哭起來。

民國七十三年四月寫完

民國七十四年四月載於《聯合文學》

童年往事

祖母叫他阿哈咕。相信他將來會做大官，對他特別好。祖母有句口頭禪、「前世不修，兒子做媳婦」，那是每次看他被處罰洗碗的時候，必講的恨話。

如果當導演也算做大官的話，那末，他祖母無名目的相信是不錯的了。

父親在阿哈出生第四十天的光景，帶隊到廣州參加省運會，遇見以前他中山大學同學李薈，當時李薈在台中當市長，說台灣很好，要父親來看看，父親眞的就來了，寫信回老家，說台灣還有自來水供應。那是民國三十六年，第二年他們全家也來了，住台中，父親任市政府主任祕書。

父親在廣東梅縣曾經擔任過教育科長，鄉人都喊他芬明先生。三十八年，父親調到新竹，在台北上班，因氣候潮濕染上氣喘，爲了他的身體，阿哈小學一年級的時候，全家又搬到了鳳山。阿哈印象中的父親總是捧著書本在看，後來得了肺炎，一咳嗽就避開小孩，因此也不與他們小孩親近。阿哈記得母親，常常把生蓮藕洗得很白很乾淨，切成一片片裝在搪磁盤子裡端給父親吃。

祖母經常在包銀錢，準備要一起帶進棺材裡去的。

每個黃昏，八十歲的祖母在街上叫阿哈吃飯，阿哈一定是在城隍廟旁邊小巷子裡跟人家賭博，不理那喊近了又喊遠了的「阿孝仔」，只管贏錢，或輸錢。在家裡，母親叫姐姐把火種抽大，發現荷包遺失了五元，問小弟，小弟沒拿，問阿仁，阿仁在蹲茅廁。牆根貼著一張九九乘法表的廁所裡，阿仁一邊拉屎，一邊喃喃背誦七九六十三，對他而言，這幾個數目醜怪極了，他恐怕一輩子都記不住它們。當它們變換了次序以九七六十三的隊伍又出現時，阿仁感到非常痛苦。這也是父親比較顧念阿仁的原因之一，因爲阿仁嬰兒時期發了一回很嚴重的高燒，到父親去世前都還在懷疑那回的高燒是否曾經把阿仁的腦筋燒壞了。

父親很孝順祖母，吃飯一定要等到祖母上桌才開動，這時阿哈溜回家來，先在木瓜樹地上挖了一個洞，把贏的滿滿兩褲口袋彈珠和幾個銅板埋進土裡。母親已經拿著竹鞭等著他，問他五塊錢在哪裡。他並不害怕母親，但是父親放下書本叫他過去，他虛弱的站在父親跟前，忽然父親用中指關節用力敲了他一記。很多年以後，他還會感覺到父親的這一記力氣，他像不倒翁前後晃了兩晃，沒有倒下，站住了。當他領著母親走到木瓜樹下起贓物時，發現他的那些彈珠和銅板全部不見了。他的驚怒，木瓜樹的大葉子在晚風中沙沙沙響，籬笆的縫隙外面流動著黑夜。

結果總是出去叫喊他回家吃飯的祖母，找不到回家的路，坐著三輪車回來了，母親趕出門付錢給三輪車夫。祖母喳喳噪噪下車進屋，聲音嘶啞但肺活量充足，「記不得咧，記不得咧，去尋阿哈咕，記不得轉回的路咧，阿哈咕有轉來莫？」五年後，到他成長爲男子體格的十七歲年紀，便可以爲了祖母去把三輪車夫追打了一通，爲著那名可惡的車夫向八十五歲迷途的祖母索取一百塊錢車費，他把人家打跑了，一毛也不給。

他們全家八口人，圍坐在木頭矮桌上吃飯，唯有阿哈面對紙門罰跪，這種處置令祖母極不樂意，遂獨自向隅扒飯。她不樂意的還包括住進這棟日本式榻榻米的宿舍裡，人們像小獸一般爬來爬去，卻又買了許多竹凳子來，蹲坐在上面吃飯寫字。她覺得她睡在家鄉那張大牀上，雕鏤著呂洞賓三戲白牡丹的欄干木牀上，好像才是昨天的事。

飯桌牆上也貼著一張九九乘法表，阿仁吃一口飯就默看一次乘法表，姐姐教阿仁吃飯前背一遍，吃飯後背一遍，不要一面吃飯一面背，會肚子不好。祖母很快吃完飯，帶阿哈去廚房洗手腳，告訴他莫要緊，莫要睬他們，等他長大他就有辦法了。

其實不必等到他長大，他已會跑到電線桿下面，仰臉觀望兩個工人爬在電線桿上修電線，等著工人剪落的銅線從空中掉下，趁沒有人看見，把一截截銅線偷偷撿走了。他去琳琳瑯瑯吊滿一屋子怪東西的舊貨商舖那裡，把銅線換得了幾毛錢，再把換得的錢去木工舖要師傅幫他車一個陀螺。他喜歡看著木塊在刀鋒底下一圈圈脫去衣服，最後活溜溜鏇出一顆光光的陀螺。

他們都到廟口打陀螺，有時祖母拎著一個包袱經過街道，看見他，叫阿哈咕，同我轉去大陸吧。他不要去，祖母便自己一拐一搖的走開了。一塊玩的孩子鬧起他，阿哈阿哈大卵巴，阿哈阿哈大卵巴，他跳起來去追打那個孩子，把人家推跌在地。他在鳳山的外號就是如此被祖母叫出來的。即使二十五年之後，他變成一位導演回來這裡，雖然張仔被人殺死了，張仔的哥哥跑來看他，還是叫他阿哈大卵巴。還有阿猴，騎著單車來，跟別人講，阿哈以前什麼事都不做，就愛唱歌跟耍寶。

他們在五十二年秋天最愛唱的歌，是用腹腔共鳴低沈的壓出成熟男人的聲音，聲音裡這個男人帶著滿身肌肉和酒氣，也許是剛下船的大副，唱道：不管你有偷漢子，還是沒有偷漢子，你有跟一個少年作會走，走到公園運動場，伊手摸你的骼胛胼，嘿嘿啦囉啦囉……唱到這裡，他們總要裝作空中碰一大杯，仰頭乾掉，於是蓬草般的頭髮更糾纏，眉毛更濃，眼睛更深了。但他跟阿猴張仔阿水，充其量仍只是省鳳高中的光頭們，他們正覬覦廟側一個賣布攤，布販是外地來的漢子，很撇，穿著黑白相間寬條紋西裝，像隻斑馬蹲在路邊。

他使個眼色，跟阿猴一擺一晃走到布販前，把塊布匹撩到販子臉上，問販子做生意有沒有先打聽，這地方是誰的，沒打聽就來擺攤子賣布！他回頭叫阿水張仔，兩人一溜煙跑開，到巷口埋伏堵人。布販載著一大包袱布山開走，摩托車騎到巷口就被阿水張仔堵住，不過他跟阿猴趕來時，阿水老媽已從對街跑來，把圓胖的阿水一路撕打扭回家去，布販便挨蹭著硬擠過他們當中，卜卜撲撲騎跑了，放出一巷子柴油黑霧。

若是他們倘佯在廟前大榕樹上，老遠望見吳淑梅從市場走來，就放聲高歌，一條改過詞的台語歌：我有一個可愛的阿飛小姐，面肉是又粗又黑又很大棵，伊的頭毛垂到肩頭也很古錐，伊就是高中的落第生……他每天在鳳山火車站等到吳淑梅，然後遠遠跟在吳淑梅後面，直跟到吳家，他也只能騎著單車，在吳家門前那條窄巷，騎過來騎過去，正著騎倒著騎。最後他會把疊摺成十字的情書穿上一根樹枝，丟進吳家，不幸吳家媽媽正好推開紗門出來，打中了她額頭。而就在假日的上午，吳淑梅母女買菜回來，經過城隍廟前，吳媽媽要女兒把菜籃先提回家，在他們戲謔的歌唱聲中，向樹下走來。嬌小乾淨的吳媽媽站定樹下，向他招招手要他下樹，溫和的問他是曹公路那邊何家的孩子嗎？樹上的阿猴跟張仔幸災樂禍發出笑聲，替他報名字叫何孝炎，阿哈咕啦。吳媽媽告訴他先把書唸好，唸書最要緊，後來還比比額頭，說他有一天差點打中她的頭。明明打中卻說差點打中，使他初次感覺到女性的非常溫柔的一面。

張仔海外散仙，父親是吹糖人，跟阿哈小學同學，五年級開學第一天兩人因爲交換小刀結成莫逆。瘦高的阿猴最冷靜，腦後見腮，聽說這種人會出賣朋友，但現在的阿猴卻是每天中午必定偕同老婆來拍電影現場，送一簍水果和好幾打養樂多。阿水從小跟他家對面住，兄姐幾人都到國外了，家中剩下阿水的老母王媽媽，每天做麵食送到現場，並不管他剛剛才吃掉一盒便當，必定要他把一碗炸醬拉麵吃了。阿哈徵求他的工作人員誰能幫忙把麵吃掉，他痛苦的說，不吃完他會被王媽媽打死，吃完他會脹死。

阿哈在學校裡有唐大衛，中午吃便當時，兩人就到講臺主持小小廣播電台，賣廣告、報新聞、唱他們唯一的一條英文歌曲〈我要去過一個夏天的假期〉。小小廣播電台每天節目雷同，大家卻一直樂此不疲。他未曾料想在他三十六歲那年春天，便是憑著當年這一段經歷，去參加黃俊雄首次國語布袋戲「西遊記」的配音工作，擔任豬八戒及各種小妖怪。

唐大衛總是很努力要將英文考卷移過來給他偷看，只是阿哈的英文破得連他自己也懶得作弊了。他們班導師Cosine，讓你相信是那種以抓作弊學生爲樂的人，頭光臉滑斯文之極，看在他眼裡，很幹。他便做出一副夾帶小抄的樣子，果然把Cosine誘到跟前，逮住他。沒——啦，他鬆開拳頭，嘻著臉把隻光光的手掌攤到Cosine臉前，什麼也沒有。於是他被叫到辦公室寫下一份悔過書，罪名是戲弄師長。

那天下午放學後他們到士官俱樂部撞球，水泥禿禿的房子裡逆光，反差大，是黑白底片暗的部份，屋外下過雨又出太陽，漉漉的陽光很荒遠，是底片明的部份。收音機在報今日天氣，女播報員鋼絲般的聲音像一條條五線譜，那些抽象的名詞，高氣壓在北緯三十二度、東經一一六度，即在華中東南伸展……像跳動的音符在譜上唱歌。他一人凌空抛木球玩，黑球、黃球、紅球、綠球輪著從右手抛上去，左手接下來，跟祖母每次愛凌空丟芭樂表演特技一樣。只是他的技術甚差，沒接到的木球打在水泥地上，骨窿骨窿任它們四處滾去。忽然一名士官從裡面房間衝出來，奪掉他手中的木球，把他拽進房間，摔在一架收音機前面，要他聽！

那架普魯士藍的盒箱裡有人嚎啕大哭，悲哀的奏樂掩過哭聲，樂聲哭聲和嗚咽的人潮上面，遠遠的、沉甸甸的砰一響，隔不久，砰又一響……老士官釘在他耳邊咆叫：「十九響，喪砲十九響，我告訴你，十五秒響一次，我算過。」廣播員報誦了許多他不知道的人名，大殮五萬人公祭，他只認識三個人，病故的阿誠伯——陳副總統，以及九點十分總統和夫人緩步走出靈幃。老士官繼續咆叫他，一字一字但願能變成一顆一顆子彈打入他腦袋中。他推開老士官，跟阿猴一票人跑出房子，士官追到門口還罵，被阿猴揀了塊磚頭砸來，把玻璃窗打破了。

學校寄通知來，姐姐陪著到辦公室，教官說明本來照何孝炎的情形，大過三次要被開除，學校將再給他一次改過的機會，讓他留校查勘。不過他們班導師堅持不收，決定把他調到別班。他望見辦公室另一頭，他們班導師Cosine正襟危坐在喝茶，他順手撩走辦公桌上插在筆筒裡的一支錐子。窗外操場上，那面降半旗猶自迎風招展，他無緣故想到報紙上說副總統很節儉，陪葬的東西只有一根竹杖和一頂呢帽，令他覺得那是他死去多年的父親。上班的父親，穿著一身漿挺的卡其中山裝，用衣夾把褲管夾緊免得騎車時弄髒，然後戴上他的圓盤帽，出院門，跨上那輛乾淨發亮的腳踏車，騎出去了。上課鐘響時，他潛到車棚裡，對著Cosine的腓力普單車車胎就是一錐子，把輪胎戳了個大洞。

父親死的那天，民國四十八年。下午他去學校看初中放榜成績，跟小朋友在操場玩克難棒球，把辦公室玻璃打碎了，校工跑出來罵他們，反正畢業了不怕，是那麼自由快樂的被人咒罵著。教室前面擁著一些學生，吱吱雜雜像一群小雞議論是非，還有女生蹲在教室一角哭，同學告訴他說考上的人桌子上有用粉筆打一個勾。他走進教室，看見他的座位桌上，有一個白色的大勾。

回到家，他告訴母親考上了鳳山中學，母親過來抱住他親了一下。母親很少有這種舉動，今天好像特別愉快，他非常腼腆，傻傻站在那裡咧著嘴。父親躺在靠椅上，望著他們母子微笑。微弱的笑容，常常在一陣掏心扒肺的咳嗽之後出現，有如對誰表示這不過是例行公事，請不要嚇到了。

他跟父親兩人在記憶的鏡中，竟然同時浮現了同樣的那一天。那一天母親把濕毛巾和面盆收到廚房，將爐上的滾水澆進盆裡，燙泡毛巾，然後在水溝邊用水沖痰盂，結成塊狀的血絲沖進溝裡，怵目驚心，母親掉下眼淚，回頭看見他怔怔站在屋中，叫他去洗澡，背後那盆水，曬了一午晝，溫溫的可以洗了。他下到後院，當院一大澡盆水，曬得水光熠熠，他脫光衣服在盆邊抄水，沖身子。父親躺在屋裡，望著日式玻璃長窗外的阿哈，拔長中矯健的身體，黑手黑腳黑身，裸著肉白的屁股，父親就那樣平靜的望著，有一種悠遠的悲哀。

姐姐從廚房上來，斜靠在門邊，也很高興他考上了初中，問他記不記得六歲跟她去台北考試那次，他不記得了。姐姐說有啊，「住新竹的時候，爸在台北，我去台北考一女中，你吵著要跟我去，我就帶你去了。火車上，你一直想要吃冰棒，就是那種用紙包的紅豆冰棒，兩毛錢一根，我捨不得只買了一根給你吃，我在旁邊看你吃其實好想吃，又不好意思跟你要。有沒有，你都忘啦。」

他沒有忘記的是十月遲來的颱風天。全家人關在緊閉的門戶裡，有點像過冬，母親也像過冬一般在拆一件舊毛衣，姐姐兩手撐著給母親繞毛線。哥哥明年畢業，希望家裡讓他去考大學，姐姐支持哥哥，母親卻說：「一家人一尺嘴，一日要幾多東西來吃，你爸一個月薪水才六百二十塊錢，自家留二十塊錢理髮零用，六百塊家用，又要買菜，又要分你們看病，零零噹噹用掉。你爸身體不好，你教書教沒多久以後還不是要嫁人，我們家裡面小人兒黯多，做大的人就要多犧牲一些，讀師範不使錢，以後又有書好教。」

父親笑著說那時候姐姐一隻小人兒，「帶她阿弟就來我的地方，我同事講這個小阿姐實在很會喔。」姐姐說阿程哥在火車站站兵，「媽叫我下火車去找他，再帶我去重慶南路爸那裡。後來爸從台北回來，我很緊張，站在門口，爸很遠走來，就告訴我說考上一女中了，而且是四十一名，誰家誰誰都沒考上。要不是剛好那時候我們搬來鳳山，我就去唸了，結果也沒唸成。」講著話的姐姐，眼睛泛起了淚花。她向來成績最好，一女中考上沒讀，省鳳畢業也沒能考大學，她惆悵的心情，變成了這麼雜著愉快和遺憾的一個午後時光。

祖母在廚下，喚叫阿哈咕過去，神秘的塞給他五塊錢算是獎勵。祖母收拾著包袱，有兩件衣服，一包麻花零食，很鄭重的邀阿哈陪她回大陸：「同我轉去大陸吶，阿哈咕，帶你去祠堂稟告祖先考中啦。這條路，一直行，行到河壩過梅江橋，就進縣城，全部是黃黃的菜花田，很姜。行過菜花田，彎下何屋，就是我們等的屋子咧。」

他跟祖母走著那條回大陸的路，在陽光很亮的曠野上，青天和地之間，空氣中蒸騰著土腥和草腥，天空颮來牛糞的瘴氣，一陣陣催眠他們進入渾沌。年代日遠，記憶湮滅。祖母不明白何以這條路走走又斷了，總也走不到，但是菜花田如海如潮的亮黃顏色，她昨天才經過的，一天比一天更鮮明溫柔了。有火車的鳴笛劃過曠野，像黃顏色劃過記憶渾茫的大海，留下一條白浪，很快歸於無有。

他們走到大貝湖這裡來了，祖母帶他到一家綠蔭蓬茂的芭樂園。瓦房前曬穀場上閑坐著三兩人在剝花生，看見祖母來，招呼她姑婆太有閑喏？祖母說行行啊來，蝙蝠有在莫？婦人告給她蝙蝠在背後睡午晝，不知醒莫，那誰人啊？祖母說那是她的孫子，考上初中咧，叫他自家去摘芭樂吃。太陽斜西時，蝙蝠出來穀場上乘涼，是一位佈滿皺紋、傴僂像隻蝦米的乾小人，坐在比她大數倍的籐椅中，有如一截枯根。祖母被圍繞在場子中央表演芭樂特技，右手丟，左手接，傳給右手丟，三個芭樂滾成空中一個大圈圈。乾小人笑起來，沒有聲音，只有一張裂開的無齒的嘴巴。

傍晚他與祖母回到家，母親在把雞肉剁得碎碎的，放進鍋裡蒸汁，濾出的雞汁要給父親吃。屋裡很安靜，屋外都是孩子們的歡樂聲。父親閉目躺在自己屋裡，窗外透進黃昏的天光和塵色，以及塵世各種聲音，在他半睡眠的聽覺中，過濾了雜質，變得縹緲而清晰。聲音裡有他女兒壓低了嗓子在叫喚弟弟們回來洗澡，叫他們不要吵，爸在休息。他想起亡兄秋明，時任粵軍五十一師營長，可惜沒有再做上去，惡性瘧疾死了。當天他幫秋明去抓藥，坐的黃包車行到半路，忽然手把斷了，車夫跌在地上，車子停住，正停在一家棺材店前面。那時候妻子生下女兒不久，嫂嫂也在坐月子，剛剛生了建元，她們忽然都聞到一股腥氣，都問是不是賣魚的人來了。後園養的雞，忽然有隻母雞啼起來，媽叫人把雞提到三岔路上斬首。當天晚上，秋明就死了，二十八歲。至今他已比亡兄多活了二十三年，父親泗曾配黃氏，生秋明與他。五叔續曾早年過嗣同宗，另立家室。伯父登曾義曾算曾都先後歿於南洋，所遺妻子，已爲異邦同化，不再思中土矣。他的侄子建元，二十四歲死在金門砲戰中。他的妻子張氏，生一女四子，住在鳳山曹公路一巷十號。他的母親八十二歲，這時候正在院中劈木柴，一斧頭一斧頭的砍擊聲充實在黃昏裡。他的一生，在他腦中一瞬間都過完了，牆外鳳凰木燒著藍天，米粒般的芽黃葉子自紛落，下了一場黃雨。

晚飯後，安靜的屋中只聽見小弟琅琅唸誦一首父親教給的客家童謠，月光光、秀才郎、騎白馬、過蓮塘、蓮塘背、種韭菜、韭菜花、結親家、親家門口一肚塘、放的鯉母八尺長、長的拿來炒酒吃、短的拿來給姑娘、給姑娘、矮蹲蹲、晨早起來打屁股、打的屁股綿嘓嘓、雞公雞母吃了嘓嘓嘓、月光光——叭嗟，屋中一暗，停電了。姐姐起來去找蠟燭，絆到凳子跌一跤。

寂黑的屋中，突然傳來沉重的拍擊，固執而絕望的拍擊，洞一下，兩下，又一下——屋子一亮，電來了。姐姐發現躺在靠椅上的父親，用手恨恨在拍擊椅子籐把，眼睛朝上翻白，姐姐大叫起來。祖母奔過去，拚老命用力掐捏父親的人中。阿哈跑出門找李醫生，光著腳板在大街上跑，夜晚無邊的黑暗從他身邊擦逝而過。

父親是一口痰堵住，呼吸不來，就過去了。遺體平置在竹牀上，祖母把一個煎好的荷包蛋，掩在父親嘴上。姐姐帶著他們洗手洗腳乾淨了，上榻榻米，跪爬到父親跟前，輪流去握一握父親仍然溫暖的手。黎明的時候，從廚房傳來不似人聲的哭嚎，是母親，他們看見她握著鋁杓站在水缸旁，對著簷頭剛剛亮起的天色乾嚎，僵硬拱起的背脊好像在嘔吐，要把裡面破爛的肝腸吐了個乾淨。

這是他們第二次經歷死亡的事件。第一次在去年，是建元堂哥死。

那個下午他們一家在吃甘蔗，收音機帶來戰爭的消息。父親吃甘蔗極斯文有條理，把蔗渣嚼得裸白裸白才吐出來，祖母的牙齒則始終是開醬油蓋子的最佳利器，她像開醬油瓶蓋那樣啃著甘蔗。父親跟他們講到秋明伯父的死亡異兆，建元堂哥是隨軍校入伍生總隊來台灣。不知是剛才聽到收音機的砲戰捷報，關於我軍軍刀機群在台灣海峽上空與敵米格機一百餘架遭遇，共被我方擊落十一架，爲反共戰爭以來最大一次空戰，還是父親所講的牝雞司晨，天下要大亂的怪誕故事，結合成一種怖異的空氣瀰瀰昇起，雜夾著莫名的興奮。

半夜，隆隆聲壓境而來，土地在震動。逐漸迫近的轟隆聲似乎動搖了整棟房屋和地基，是軍隊移防，坦克車車隊開過，一座山一座山開過街道的聲音，把他們撼醒了，蚊帳中惺忪爬起來。五斗櫥上一座夜光鐘，像一尊怪獸，燐綠的長針短針搭在燐綠的刻度上，兩點多。書桌窗前半明的光線裡是父親的背影，像張望外面，又像沉思著事情。戰車輾過黑夜。

次日坦克車開過的泥路上，深深印下兩排輪轍，阿哈和阿水一路踩著凹凸的泥轍玩到學校。有一家民舍，門柱被坦克車撞斷了，圍著許多人在議論，猜想是被砲管撞斷的。

學校裡第一堂課老師幾乎全部遲到，他們聚在辦公室門口，熱烈談論著軍刀機打下十一架米格機，並演繹國際形勢。一名從廁所跑回來的小朋友，向教室裡他的同學喊叫，我們要反攻大陸了！教室靜止了一刻，不過連同傳佈消息的這個小朋友，大家似乎都並不太明白這句話的意義，隨又吵鬧玩笑起來。阿哈這段日子流行把一個個裝滿水的膠皮氣球，當做水炸彈去丟他最要好的朋友。他也常把算數考卷借給別人偷看，賺取一毛錢一次偷看費。他會用兩毛錢買一個煎包吃，等在戲院門口，聽房子裡傳出來歌仔戲驚天動地的哭腔，等戲院老闆把鐵柵欄打開，就溜進去揀戲尾看了。日後戲院改成放映電影時，他便常常用假票或剪破鐵絲網爬牆進去看電影。

十月他們接到建元堂哥陣亡的通知，十一月巷子開進來一輛吉甫車，停在他們家門前，下來一位中校，帶給家裡一張建元堂哥飾著黑紗的放大照片，和一筆軍人保險金。保險金的受益人，是塡寫留給何孝炎先生，中校問父親誰是何孝炎，父親令哥哥去喊阿哈來。中校問何建元還有其他親人在台灣嗎？父親說就是我們一家人，建元放假時候都來家裡。母親說建元每次來都買好貴的東西，自己捨不得花錢，都花在小孩身上，阿哈咕最喜歡叫他堂哥把他架在肩膀上走來走去，很小還拉尿在建元身上。大家便把眼光遲遲停留在阿哈這個軍人保險金受益人的臉上，他端正的站在那裡，看著茶几上堂哥的放大遺照凝神望他，說遊戲結束啦，一人發五毛錢。奇怪堂哥很會做菜，過年時跟姐姐一起做麻花捲，母親炸，炸好的麻花黃澄澄的盛在簍中像一堆金子，一刻工夫他們都把金子刮渣刮渣吃光光了。

堂哥的照片收進簞笥裡以後，吹起了秋風，天一下就涼了。過年前，收到姑婆從南非寄來的信，阿仁要了信封上漂亮的斑馬郵票。姑婆告訴父親阿慶咕讀到小學三年級就沒讀了，說是成份不好，大陸現在正實行三面紅旗，我們灣下所有的鐵、刀母、鍋子、門槓子、鐵釘連火鉗統統拿走了，拿去煉鋼，煉了一堆廢鐵。姑婆叮囑父親先莫要轉去廣東，家鄉在抓人。母親歎息說當初帶阿慶咕一起出來就好了。

這一年過年，祖母殺了兩隻雞，一隻鴨，除夕夜十二點時，父親在門口放了一串鞭炮，遍城遍地的鞭炮響，希望舊的炸去，新的迎來。祖宗牌位前點起了兩隻大紅蠟燭，明晃晃的燭光下，祖母坐在籐椅上，像一位神仙，他們給祖母磕頭，磕過的領到五塊錢。

陳誠去世的那個月，姐姐結婚了，因爲忌中致哀，停止飲宴，姐姐的婚宴以茶會舉行。類似的事情，他二十八歲以侯犁筆名撰寫劇本《桃花女鬥周公》的時候，開鏡四月五日蔣公去世，風雨大作，撤銷了通告。且聽從朋友勸告，筆名侯犁乃小猴拖大犁，不宜，改之。

他十六歲開始喜歡吳淑梅，自此知道照鏡子。當他爲愛情很苦惱的時刻，便坐在窗枱上對外面的下雨天高唱〈無聊的人生〉，不能啊不能啊不能再活下去，請你就來原諒啊，無聊的人生，不能啊不能啊不能再活下去……「別當別當」的台語歌詞發音，有如收購破銅爛鐵的販子在沿街叫賣，唱了一街又一街，唱得屋裡屋外霪雨漫漫。在那日式玻璃窗前，是母親和姐姐，像兩張剪出的銀箔人影，浮昇在銀濛的雨光裡。母親就著光，攤開一塊布巾，把東西拿出來給姐姐，玉墜是外婆南洋帶轉來的，手錶是外公去上海買給母親的十七歲生日禮物。姐姐收了玉墜，錶她有，要母親自己留著。姐姐戴上玉墜，湊著窗玻璃上依稀可見的容顏端詳，容顏重疊了屋裡的燈盞和屋外的雨樹。

他記得姐夫初次和王小哥來家裡時，姐姐講了生平最多的話。他們坐在長窗全部拉開的木板廊臺上，姐姐說全家當時剛來台灣，爸在台中市政府，「我第一天去學校，都沒有人聽得懂我講話，我也聽不懂老師小朋友講話，因爲在家都講客家話。第一次考算術，沒學過乘法除法，連符號都看不懂，乘法當做加法算，除法當減法算，結果成績單發下來是個大鴨蛋。後來爸教我背九九乘法表，在飯桌上面貼一張，吃飯前背一遍，吃飯後背一遍，以後算術都考一百分。我也不會寫作文，老師規定我們寫日記練習作文，我只會寫我早上起牀以後，刷牙洗臉啦，吃豆漿啦，走路到學校，就沒有了。發作文簿的時候，老師唸給大家聽，問我爲什麼只有寫幾行，他手上拿一枝紅顏色筆，在我左臉上畫一個圈，右邊臉上畫一個圈，我急得用手趕快擦掉，一直擦，擦啊，擦到後來老師忍不住笑起來，原來老師是把筆反過來假裝畫的，根本也沒有畫到，反而我自己把臉都擦紅了。還好後來爸教我每天背一篇文章，背背背，慢慢就會作文了。」

那是個小陽春天氣，未來的姐夫與姐姐、王小哥、祖母、母親在木瓜樹下照了一些相片，相片裡的未來姐夫，彷彿頭上長了一叢木瓜和葉子。

母親告訴姐姐，姐夫很瘦，莫給他熬夜，昔年父親在海南島辦報紙，熬夜熬壞了，身體最要緊，其他都是假的。嫁給父親的時候，不知道他身體不好，結婚了二十年，足足服侍他二十年。母親梅州師範畢業，教書時有個同事很談得來，不敢同外婆講，年輕的日子眞傻。姐姐問母親爸知道嗎，母親搖搖頭。

母親說，「你爸很嚴肅，一轉屋家就看書，無聲無息。我才嫁過來的時候，還叫我讀英文，看不識再問他。結婚的時候，你公無事情做，你爸屋家沒錢，所以我們結婚，連牀都沒買，很省。後來轉梅縣睡阿婆給的老眠牀，被臭蟲咬得要死，第二日我把那牀板拿滾水去燙，同你爸講，你爸還不歡喜，講我們屋家哪有你們屋家有錢。第一胎生到你，你婆不知，第二胎轉屋家去生，生到阿琴，你婆很不歡喜，講儘生妹子，不同我洗尿裙。做月子第三日就自家去塘邊洗尿裙，目汁答答掉。那時候自家聽人家講，去抱個賴子，就是阿慶咕，同阿琴兩個小人兒共奶，後來奶不夠了，阿琴先斷奶，給阿慶咕吃。阿琴十個月斷奶的時候，還會喊我，媽媽、奶奶，我都躲蚊帳後背。有一日阿婆帶她去祠堂那玩，吃了敬神的東西，不淨，臨晚又嘔又屙，帶她去梅縣又那麼遠，就在店鋪拿藥子，吃了就止得了，很夜了肚子硬硬，第二日就死了。你婆常說，細妹家，灶頭鍋尾，針頭線尾，田頭地尾，三尾會了就作得了。」

生下哥哥之後，阿慶咕便過繼給父親的二堂兄，記憶裡那不曾存在過的阿琴，令姐姐忽然覺得她活到現今二十幾歲是一個奇蹟，還有那邊在唱歌的她的弟弟阿哈咕，是另一個奇蹟。她傷感得快掉下眼淚，揚聲喝斥阿哈不要唱啦，賣銅賣鐵像乞丐一樣，難聽死了。充塞著滿滿生命力的聲音唱著無聊的人生不能再活下去，阿哈乾脆走出房子，到雨地去，淋著從十萬高空掉下的水珠，大唱特唱，不能啊不能啊不能再活下去，無聊的人生。

春假過後，因爲Cosine不要他，他被調到三年義班，認識了另外一群朋友。他跟宋大智去參加青年團契，幫唐大衛追團契裡一位漂亮女孩楊二，楊二有一個姐姐楊大對他很好，他們四人去看電影，楊大伸過手來牽他，他被握在自己手裡那隻又軟又涼的小手感動得全身發顫，想要大哭。他也喜歡團契教唱歌，拉開喉嚨哇哇唱著哈里路亞我的心像蠟燭發榮光。當時他不會知道宋大智日後成爲發達的運動器材製造商，嗜好打獵，久久總會打電話找他去吃獵物，有一次是喝鱉血，吃不久前在台東山裡獵到的一隻穿山甲。

高三那年，他讀遍租書店各種武俠小說後，開始讀金杏枝、郭良蕙、禹其民。他有時窩在房間裡讀已經讀過N遍的《心鎖》，單挑嫂叔通姦的場面，溫故知新，小說夾在一本無關緊要的畫報中掩護。阿仁最近著了魔似的發瘋在練書法，諸如掌中握著生雞蛋執筆寫字是其中一種練法。而祖母以敲木魚誦經代替了包紮銀紙錢，南無佛、南無法、南無觀世音菩薩的誦經聲，永恒在屋中低低迴盪。母親這時候向他走來，他忙翻了兩頁畫報遮住《心鎖》，佯看那些不相干的農田圖片。母親坐到他旁邊，要他幫看看舌頭兩側長出的一些肉芽，他伸手進母親嘴巴觸摸，問母親會不會感覺痛，看著母親憂心的樣子，自己卻吐著濁重的熱氣。

次日他騎單車載母親去診所檢查，車子在街上奔行，他感覺著身後結結實實的重量，那就是母親。在走廊一張木條長椅上等候母親，望診所外面大街上人來人往，日光底下無新事，走出一個女人在跟街販買掃帚，鮮麗的人體像活魚在活水中游動。一會兒母親出來說沒大要緊，醫生建議去大醫院切片檢查，較放心。

有一夜他夢遺醒來換褲子，聽見哭泣聲，他摸過去，輕輕把紙門拉開，是母親趴在桌上寫信。父親的遺照從牆端俯看他們，他卻看見曾經父親裸著纖弱蒼白的上身，讓母親用濕毛巾擦背。母親把信遞他看，寫給姐姐的，說切片結果是喉癌。

姐姐和姐夫得知消息後從台北趕回來。姐姐的衣著舉止，對這個家而言，不知哪裡變得有點像客人了，講話當中看見他，忽然歎氣說他既不像父親，也不像母親，面圓圓的像阿公。晚上，母親找出紅花褥子爲他們鋪在榻榻米上安睡，還是新人新婦。姐姐希望接母親到台北治療，設備比較齊全，也可就近照顧。母親不能放心家裡只剩下三個小的，一個老的，哥哥在小港教書。姐姐說做飯洗衣服，阿哈來得的，他連縫紉機也會用，會車褲子呢。

母親去台北後，他當家。他會車縫紉機，把卡其布制服褲車成上窄下寬的喇叭褲。他會生煤球煮飯，把黃色小說一頁頁撕下來扔進灶裡燒掉。然而夜晚他又穿上唐大衛送他的泛白牛仔褲，跟阿猴張仔去逛市政府後面那條街，被阻在門前的女人拉了進去。並沒有多久，他們再出來街上的時候，他把手上的一個紅包給阿猴看，他們取笑鬧他。然後他回到家，大肆沖洗冷水澡，感到挫折和被辱弄，一面又不禁迷惑於那點草草的銷魂。的確，那條桃紅枕巾的油垢氣抵在鼻尖上，那肥柔似水、甜暖的身體，給他羞辱，也給他迷亂。

他每天努力做出一些東西給大家吃，特別是把蒸好的豬肝剁成碎末，拌進稀飯裡餵祖母，祖母一夕之間忽然開始老病臥牀。王媽媽常常送給他們饅頭包子或蔥油餅。只有阿仁，飯菜不吃，每餐泡牛奶喝，一天一簍小番茄，他罵阿仁一天到晚喝牛奶有屁用，阿仁說牛奶最營養。小弟去年曾經爬到屋脊上，幫他探看煙囪上面那兩塊斜蓋子是不是銅的或許可以賣錢，結果摔下屋頂，左腿短掉三公分，在高雄醫院住了一星期，從大腿骨打進一根釘子，釘子兩頭掛上鐵球，把骨頭拉開，讓骨頭碎掉的中間慢慢長出骨來。小弟吃了一星期的蘋果，看了一星期的漫畫書，那是小弟最輝煌的一段生涯。

哥哥從小港回家時，他在院中練拳擊，對著樹幹上吊著的一包沙袋做各種方式的攻擊，攻得汗氣騰騰，像隻精力過剩的小野獸，自生自長沒有名目。哥哥進屋上廁所，皺著眉頭出來，見家中一團潦草，問廁所怎麼都是牛奶味。阿仁在書桌前做功課，不吭氣，把一張兵役通知單交給哥哥，哥哥三十九公斤，丙種體位，不用當兵了。哥哥知道了卻頗不高興，走到玄關叫他，問他廁所怎麼搞的都是牛奶味道？他說阿仁啊，吃牛奶，放牛奶屎。阿仁鄭重告訴他們，自從喝牛奶吃素以後，就再沒有過「畫地圖」。他感到好笑，後來笑出聲來，竟一發不可收拾，抱著那口拳擊沙袋猛笑。哥哥站在那裡，很生氣他這樣笑阿仁，拂袖走開了。

痛笑一場之後，他癱瘓躺在木板窗枱上，窗簷上是斜斜的相思樹枝，和枝葉之上無雲無塵的大氣層。他覺得整個人很充滿，很荒涼，想要墮落沉淪萬劫不復，也想要飛揚天涯。哥哥發現存摺的存款少了很多，隔著房間提聲罵他，罵他把錢亂花都花光了以後怎麼過日子。過日子？過日子還不簡單嗎。他翻個身，睡著了。

時間與空間與人，總是又再重複它們自己。有如幼年時期，他跟人在城隍廟巷子裡賭彈珠而根本不管祖母喊他回家吃晚飯，他跟一群人賭四色牌時，唐大衛帶楊二來找他，氣色極壞，把他叫到一邊，氣虎虎的向他告狀。說剛跟楊二看電影，買票的時候他媽一個人在前面插隊，叫那個人別插，不理假裝沒聽見，「媽我火大了，說你他媽的有點公德心好不好。那人回頭看我一眼，是貓仔那幫人，我說貓仔請你排後面去。他看我叫出他鳥名，電影也不看了，把我推到旁邊，問我什麼意思。我說你他媽不守秩序插隊，問我什麼意思，排隊！他說插隊怎麼樣，他高興，推我一把，推我咧！我說你當心點，我叫我朋友阿哈咕揍你，媽他上前就跟我打起來。講你的名字沒有用啦。」

「幹，講我的名字沒有用！」他掉頭走出巷子，去找貓仔，在菜市場找到，上前抓住，翻過來就是一耳光。復仇之後，他仍歸原位賭牌，手氣正好時，又有人來找他，是貓仔那幫的大哥阿豬，阿豬的老爸是鳳山圖書館館長，不過阿豬未遺傳到絲毫書卷氣息。阿豬稱呼他阿哈咕，「你要打貓仔也不跟我說，現在我無法跟我兄弟交待。這樣吧，哪裡碰到哪裡算。」

他在院子一角磨刀，銼銼的磨刀聲和他用力時鬢穴暴起的青筋，是要準備大幹一場。磨得夠利了，他拿起來亮亮，比劃一下，試試鋒，對著十步外的樹幹用力射去，刀子打在樹上彈了起來，鋼鐺落在牆邊，竟然斷成兩截。不但他不能相信，相信所有目睹的人也不能相信。

黃昏的時候，他穿起了黑色的萬里鞋，繫緊鞋帶後，將一把尖刀插進鞋筒裡，褲管掩住。阿猴和張仔來找他，一式都穿著萬里鞋。夜中，他們三人在街上巡走，像黑夜之子，哪裡碰到哪裡算。兩天後的夜晚，阿哈張仔之外，還有附近常混的兄弟，各都帶了器械來到廟口集合，要跟對方火併。會齊了正要出發的當兒，巷子嗚嗚開進來兩部紅色吉甫，左右包抄，跳下來幾個警察，圍捕他們。西門那裡也抄了，阿豬幫被抓走一個人。

他潛逃回家，把器械藏在後院柴堆中。祖母跟小弟已睡著了，屋裡咽咽流溢著女高音獨唱「我的家在山的那一邊，那兒有茂密的森林，那兒有無邊的草原……」是阿仁開著收音機，老收音機了，嘶啞而蒼涼。阿仁在臨摹一張太上老君的粉彩神像，如老僧入定般，眼皮都不抬一下看他，只顧專心描繪。他叮囑阿仁，如果有人來找他，就說他不在家，阿仁抬眼看了他一下，算是答覆。他發現這個老弟，他不認識了，也許阿仁已快修成神仙也說不定。

第二天清晨，稀落的鳥音在空中劃來劃去，院外有人敲門，叫阿哈。他起來去院子開了門，是姐姐和媽媽從台北回來了。他以為在做夢，望見姐姐她們搭來的三輪車，在晨光明濛中一腳一腳踩出巷子。他進屋子來，才發現客廳牆上懸貼著太上老君神像，是阿仁昨夜畫出來的了。姐姐跟母親都很沉默，母親放下行李包包，在榻榻米上踞坐下來時，回頭看了他一眼，恨恨的、責備的眼光，罵他。在那眼光的更深層處，他感覺到母親一種宿命的哀傷。

本來，醫生說要把母親的舌頭全部都割掉，母親不願意，照鈷六十，沒有用，花那麼多錢又不願意，又想家，就回來了。

幾個星期過去後，就在大家差不多快忘掉哪裡碰到哪裡算這件事情的時候，阿猴在戲院前面被阿豬貓仔碰到追殺，阿猴跑得快沒事，可是當時跟他一起的小六，卻無妄之災被砍了兩刀。阿猴張仔來家裡找他，想要拚回去。他說不行，母親剛吐血，他不能出去。張仔說把傢伙給他們，他們去。他繞到後院，把柴堆裡藏著的武士刀拿出，交給門外的阿猴張仔，看著他們消失在路燈黑影裡。

是夜，母親去世。吐了幾大盆血之後，醫生護士來家中，都找不到打針的血管。姐姐找出母親一套最好的衣服，趕先替母親換上，過去了的母親，像稚幼的女孩，任聽姐姐替她更衣。

母親下葬後，他跟哥哥核算奠儀簿，姐姐在整理母親的遺物，發現一張借條，是母親的一個尾會，某某人還欠家裡一筆款子。祖母起牀了，他們把她搬到走廊下曬暖日，草上蟲飛，相思樹爆開絨黃色的花，祖母瞇著眼如物化盹著了。他跟哥哥的單調的應答，某某五十元某某幾百元，忽然姐姐哭出聲來，很悲傷的掩面哭泣，膝上攤著散開的稿紙。

那是父親的自傳，母親收在五斗櫥抽屜最下面，普通六百字稿紙用毛筆寫的自傳，薄薄十頁。父親自傳裡面寫說，初來台灣的時候，本來計劃住三、四年就要回去的，所以不願意買家具，暫時只買一些竹器，竹牀竹椅竹桌，打算走的時候這些東西就丟掉不要了。後來母親想要買一架縫紉機，父親至終不願意，最後才決定買了罷，是一架勝家牌縫紉機。

他想起有一次去唐大衛家，在黃埔新村，唐大衛報答他這個朋友夠意思，把一條牛仔褲送給他。穿得泛白了的牛仔褲，代表著流行風味和意識型態，他們好像兩隻小犬昂著鼻子朝空嗅氣，似乎也嗅到了十萬八千里外時代的空氣，他們茫然的瞇了瞇眼睛，回頭望見自己的蓬鬆尾巴，以爲是什麼，跳起來，亢奮得團團轉去追跑它。唐伯母出現時，唐大衛向母親介紹阿哈，唐伯母露出喜悅的神色，問他父親是何芬明先生嗎？唐伯母認識父親，記得不錯的話，那套合作經濟叢刊，第一輯第二輯就是父親翻譯的，「叫什麼來著，好像是各國合作事業還是合作事業教程，厚厚兩大本。可惜我們民眾對合作事業還沒什麼觀念，何先生去得太早了。何先生擔任合作社主任六、七年，人正直，清廉，大家都知道的。」他竟然一無所知。他要到今天才從別人口裡知道父親的偉大跟平凡，他覺得高興，而又悵惘，像一股熱流湧過，自己清洗了自己。

後來他向朋友借了摩托車，帶著那張借條去要債，希望自己總算能做一些事情幫助家。他按地址找到那個人家裡，窄雜的違章建築區。屋子出來一位勞碌的婦人，聽說他是鳳山那邊何芬明先生太太的兒子，立刻謙卑下來，堆著笑容。他對婦人說母親過世了，「還有一筆會錢在你們這裡沒收，所以我想，我想……再說吧。」

他沒辦法說出要錢的事，只好離開，無功而返。以後哥哥從小港回來，他向哥哥提起要債的事，說那個葉家，「葉金水家，比我們還破，還窮，我看媽媽的會錢，算了罷。」哥哥聽了不講話，當時正在窗外修理水管，敲得缸缸響。

火併阿豬幫之事，大概落得個不了了之，他們仍時常到廟口遊蕩。除了小六手臂吊著繃帶是火併事件留下的遺跡，以及自遠古以來就在廟口賣香腸打釘球的販子老萬，中風之後復出做生意，鼻歪眼斜每次引著他們逗笑取樂子，其他一切如常。張仔卻是死在七年後一次拚殺裡，那時候他已藝專畢業，當電子計算機推銷員，得到消息的一刻，他顫慄明白了，他太可能也像張仔一樣死去，死得更早，更無人知，就此消滅無蹤。然而不知什麼樣的因緣，將他風從雲，影隨形，花樹自開水自流，將他推化到今天。

暑假時，他收到哥哥從小港寄來的信，哥哥說已寫信給葉金水家，並且把借條附在信中一起寄給他們，告訴他們會錢不用還了。前天接到葉家大兒子寫來的信，萬分感謝，說這筆錢日後還是要還的。

一年後，祖母也去世了。那年吳淑梅全家搬到台南去，他沒有考上大學，當憲兵大頭兵去了。祖母去世的那個月，一直躺在牀上沒有起來過，家裡只有他和阿仁小弟三個男生，不會看護，到有一天他發現有一排螞蟻，居然沿著從祖母鼻子裡流出的清水爬行，長長爬過肥邊、枕邊、牀邊，爬上牆縫去的時候，祖母已經死去不知多久。和尚來唸經，收屍，翻開祖母躺著的身體時，有一面都糜爛了。和尚回頭狠狠看了他們一眼，眞是不孝的子孫，他的眼睛是這樣在罵他們。畢竟，祖母和父親母親，和許多人，他們沒有想到便在這個最南方的土地上死去了，他們的下一代亦將在這裡逐漸生根長成。

到現在，阿哈咕常常會想起祖母那條回大陸的路，也許只有他陪祖母走過的那條路。以及那天下午，他跟祖母採了很多芭樂回來。

民國七十四年七月廿七、八日《中國時報》

民國七十五年十月修訂

柯那一班

1

事情已經結束。

失蹤的王啓松自己回家了。王啓松的母親打電話通知校長，說孩子可憐，躲在家後面竹林裡，淋了一晚上雨。

校長淡淡把王母的話轉給她，終究是有責怪她的意思。她收拾好手提袋，趕十一點二十那班慢車回萬華，校工跑來叫她聽電話，仍是王啓松的母親，說：「阿松跟我都承認啦。老師啊對不起，我的孩子，以後還是要麻煩你啦。」

她道：「現在已鬧得全校知道，由學校決定吧。」掛掉電話，她哭起來，哭得很慘。

又一次，她不想幹了。人都走光了的學校，烏漆沉沉，南邊颳來廁所的阿摩尼亞味，以及種在廁所旁邊夜來香野蠻的臭香，令她窒息。整個環境是這樣的。

她蹣跚走出行政大樓的時候，雨已停止，從黑處跑過來一條人影，是柯文雄，空便當盒裡的鐵匙跑得光噹響。問他怎麼還沒回去，柯文雄說：「路好暗，我陪老師走到車站。」

「晚飯吃了沒？」

「吃了麵。」柯文雄打開書包，拿出一個麵包給她，說：「我想老師也沒有吃飯。本來買了三個麵包，可是剛才我又餓了，吃掉一個，後來又吃掉一個，只剩這個了。」

「你吃吧，老師不餓。」她不爭氣的又哭了。破爛的身心至少有一點活轉回來。

柯文雄問：「王啓松是不是會被記過？」

她一直沒有講話。記過會造成正面的傷害，不記過也成了這樣的局面，也許是她也有錯。

柯文雄陪她速速走下山，抄捷徑，草濕露重，一身水答答的。在月臺上站了不一會兒，車就來了。很像昔日彭鏡送她，她送彭鏡。

她對柯文雄最初的印象，是一次發國文成績，柯上來領考卷，當面就把那張三十七分考卷暴戾的揉成一團。她叫他回來，罵道：「三十七分，下次你給老師考七十三分。回去把考卷燙平，明天交來。」柯文雄分在普通班，坐教室右側角落，和他左右兩個虎頭熊腰號稱鐵三角。他們國二國文曾給她帶，升上國三，仍是她帶。

她身兼國二實驗班導師，王啓松上學期原在普通班，保持第一名的優秀成績，這學期便調升進她的實驗班來，吊車尾。王啓松很拚，小考雖然成績平平，兩次月考卻都上了前十名。她眼見原本就白淨的王啓松，越變得皙皙蒼蒼，青色的血管在表皮底下根根浮凸出來，她但願這個孩子眞是不要太拚了。

春假放完後，柯文雄突然來找她，說想要開始唸書，「剩下三個月，拚聯考，有沒有希望？」

她看著站在辦公桌前的柯文雄，想起學校運動會時，四百公尺他跑第一名，男生們噓他，罵他「帥得咧！」他是那種愛現愛現的孩子，掛在胸前繫著校慶紀念牌的藍色繩帶，就他一人綁到頭上去，飄揚飛跑的樣子，很多人都想揍他。何況她又不是他們班導師，數次教訓告訴她，不要再撈過界。

她拿些鼓勵的話打發他了事。可是柯文雄提出了要求，希望老師來監督他進度。

2

柯文雄的班導師小李，去年才從學校結業，青冬冬的下巴殼未脫稚氣，一天不刮鬍子就成了虬髯客。他帶的柯那一班普通班，蟬聯每週整潔比賽的最末一名，週會上頒獎之後，照例要公佈陪榜名單，以示警惕。有一週他們連秩序比賽也包辦了，雙料末軍。那一週她發現，每天放學後，門窗緊閉的三〇八教室裡面，總有好一陣子乒乒乓乓響，她去察看，原來是小李鋤著掃把在掃地，椅子都搬到桌上了，一屋子煙沙滾塵的，嗆死人。

次日上他們課，她把這一幕慘狀描繪出來，諷喻他們要學會自愛，學生幾乎是齊聲唱諾道：

「我們老師今天沒有排桌子。」叫她又好笑，又好氣。

那是教歷史的小李，和她聊過，做完一年實習生，拿到畢業證書，他不想再教了，「學生程度這麼差，天天跟他們一起，我一直在退步，退，退，退，很恐怖的感覺。」小李家中堅決反對，掙來的飯碗好端端把它丟掉，還要賠一筆錢，又沒找到其他職業，不看看每年普考高考擠破頭參加的人有多少，他幹嘛！小李不依，對她說：「就算幾年沒錢賺也沒關係，我還年輕，賠得起，可總要給我看到我有成績，以後有希望。待在這裡，只有完蛋。」

多久前的事，好友小蔡從左營寫信給她，夾了一張白挺海軍服站在艦首遠眺大海的照片，寫道：「你要做一個老師，就要做到萬世師表，我會回來向你行一個最漂亮的軍禮。」小蔡不會明白，她第一天上課就駭呆了，國中一年級的學生，他們甚至不知道蔣中正名介石，浙江奉化縣人。她足足呆了一刻鐘，把昨晚準備的教材，師大唸書時學來的那一大套教學法，全部擱下，一句句告訴他們，哪裡哪裡重要，用紅筆在旁邊劃一條線，對啦，劃下來，要記住。

她也無法相信「愛的教育」這個眞理——叫她怎麼去愛？男生班這些男生，個頭全部比她高，如猿似熊，那充塞在教室裡的汗臭、體味和傖懶蕪亂，經常使她灰心得從太陽穴一陣陣脹疼到後腦杓。曾經她教到「子產執政，鄭人欲殺子產」，居然有學生在課本空白的地方寫著，「我欲殺康懷萱。」當下她是忍住，走回講臺繼續講解課文，沒兩句話，竟就機伶伶一顫，委屈得哭出來。過後她解嘲：「拿我和子產比，這個老師還當得眞成功。」

要殺她的程火耀，學期結束時跑來跟她說「對不起，老師」，她仍不會相信那是愛的感化。

有時她覺得，其實只是人跟人的對待和相處，哪有那麼多的愛。倒是眼淚多，哭出來的江山，學生們都跟她親近。

但是一年比一年，與人相處越難了。母親偶爾來台北住，還不斷問起彭鏡。以前彭鏡打電話來，大嫂永遠是熱心過度的替她拉攏。不是她多心，也曉得大嫂盼望她能夠早日嫁掉，小姪兒大了，總不能還跟哥嫂擠一個房間睡覺。由不得她想嫁不想嫁，曾幾何時，怎麼就變成了一件公眾的麻煩。

她心底羨慕小李，想他是男人，跑得開。她現在可以賺錢了，如果不做老師，還眞不知道能做什麼。

當她告訴柯文雄：「你要跟老師一起讀書，就沒有回頭的餘地。」下意識裡，不定她是講給自己聽的，爲說服自己什麼。

3

柯文雄每天放學後來辦公室，做兩份三份模擬考卷，做完一張她改一張，訂正完錯誤才回家。柯伏案考試，她批週記或作文，聽見三年級的實驗班還在上課，下週要英文模擬考試比賽，教英文的江老師自己帶三〇三班，非得第一不行，留校給學生溫書考試，有時突然暴風雨前的寧靜，跟著一陣竹條劈劈劈打得抽響。她每吃一驚，抬起頭，最怕看見黃昏滿室，各張桌子上積堆著高高疊疊作業簿子，空蕩蕩少人的辦公室，有一種荒蕪。幸好柯坐在那裡，起勁的做考卷，她才漸漸心定下來。

常常是這樣，面對講臺下那些孩子，拔長中還未長成形的軀幹和頭顱，充滿了精力跟無知，永遠在蠕蠕騷動，她必須從當中找到至少一張能夠互通聲息的臉孔，當做定點，然後她才能夠平靜不受挫的把課講下去。王啓松便生著這樣一張臉孔，戴細邊眼鏡，嘴唇有菱有弧。

王啓松的爸爸賣豬肉，一家女孩子，唯他一個男生，么兒。很自律向上，從普通班升進實驗班，才二年級，看他拚的樣子，還有一年時間呢。她不時在他週記上批更多一些勉勵的話，上課當中常常望到他，那張單薄知性的臉，也總給她回應。

先是辦公室裡聊起來，英文老師說：「王啓松月考考了那麼高分，小考成績那麼差。」日後，是數學老師在登記成績，忽然覺得王啓松的那張卷子，不是自己批改的，來找她，指給她看卷頭分數道：「八十八分，底下這一槓，很奇怪。你看別人的，喏，這幾張，都沒一槓。」她注視那兩個鮮紅的8字，底下斜斜打了一筆橫槓，仍沒有懂。數學老師說：「我的習慣是從來都不劃這一槓。」

「那是誰改的？王啓松？」她問。

幾位老師把卷子翻找出來查看，倒沒什麼，唯英文卷子已發還學生了。一時間大家議論紛紛，研判結果，推測是每堂月考完後，該科多餘的三兩張試卷，都會被學生要去對答案，王啓松取得一份後帶回家，重新塡上答案，再用紅筆批改，打上分數，然後設法與原試卷交換。問題是，他要花多大的工夫和心力，儘快找到更換試卷的時機。推測至此，老師們皆無法置信，這是一個國二孩子可以勝任的事情。

隔堂，英文老師想到一種可能，她住學校近，晚上收了若干學生在她家裡補習，王啓松也參加了補習。她通常把試卷帶回去改，學生們也有鬧著先睹爲快要看成績的，說不定王啓松就趁亂用了這個機會的呢？辦公室又一陣紛云沸揚。

4

挨到第二天，她決定找王啓松來問。利用作文課下半堂，她暫借空著的保健室，找同學叫王啓松來，導師要個別談話。

她等王啓松來，很難受，像磨砂紙在心上礪礪的擦過來，擦過去。像她最後一次見彭鏡，當她察覺出跟彭鏡不對的時候，她要知道爲什麼，想見彭鏡的慾望排山倒海向她打來，打得她簡直顧不得羞恥，沒預先電話告訴彭鏡，就搭了中興號去台中找他。頭次到中港路彭鏡的住處，也是他的公司，家徒四壁，鋼灰辦公桌散置其間，電話倒有三、四架。

彭鏡乍見她，大吃一驚，竟無歡喜的意思。把她安置坐下，正要講話，電話鈴響，去接。一位小弟模樣的青年替她沖了杯熱茶，彭鏡打完電話，面對她坐下，才開頭說：「怎麼突然跑來了？學校上課——」又是電話。之後就像這樣，寥寥寒暄不得幾句，夾雜著彭鏡突然怒聲道：

「小林電話你接，說我不在！」結果還得他接，交待著出貨的事，一堆她聽不懂的數目字和術語，嗡嗡在她旁邊膨脹。

她垂眼俯瞰桌面，玻璃板下壓著亂糟糟的名片、雜誌撕下來的一角廣告、電話號碼，以及許多照片。待她看出照片裡有彭鏡，幾張是一夥人青春喧鬧的郊遊照，幾張是彭鏡和一個長髮女孩歡樂的合照，女孩即使在團體照中，也顯得搶眼，而總在彭鏡旁邊。

這就是她要的答案了麼？幸好她手中捧著一杯熱茶，她咬住杯沿彷彿在喝水的樣子，極力控制住一湧而上的淚水。彭鏡講了很久電話回來，故意的，或是隨意的，把一份報紙跟汽車雜誌什麼的丟在桌上，蓋住了那些照片。

她告訴彭鏡，她幫家裡來台中辦事，因爲她父親在做面霜，菲律賓已來了十二萬瓶訂單，他們借了一名藥劑師的執照，順道來看他。說著，便起身告辭。

彭鏡無論如何要請她吃個飯。午後一點半鐘光景，她還沒吃，彭鏡也說沒吃，雖然垃圾筒上浮塞著白色寶力龍便當盒和用過的衛生筷，昭昭可見。

他們拐了兩條街，去吃西餐，兩人隨便叫，結果叫了兩客黑胡椒牛排，結果兩人根本吃不下。越吃越多，越吃越久，碟碗清鏘相碰，用不慣的刀叉鈍鈍割著八分熟肉，好像鈍鈍在割著心。有一晌，彭鏡決定要表白什麼似的，啞聲說：「懷萱……」但侍者來替他們高腳杯加水，滴瀝瀝注滿了冰水的杯子，滲著晶盈的珠霧，彭鏡卻又無話了。

向來彭鏡訥於言，但這個當口他連隻字片語還吝嗇，任由時光從他們之間泥泥輾去。最後侍者來問他們紅茶或咖啡，他們叫了紅茶，已沒有任何機會再給他們了。

他們不約而同望向人字帷幕半遮的二樓窗外，隔斷了市聲，塵灰靄靄，一切擲地無息。遺憾，有些人的是響亮的，而他們的，卻是不明不白的萎棄於地。這個污暗灰悶的記憶，很難把它忘掉，比失去一次愛情，更令人不堪。

彭鏡說：「有車，公司的車，我回去開來，送你去藥劑師那裡。」他很不自然的講著，臉漲得青紫，因爲曉得並沒有什麼藥劑師那裡。

她謝謝了，彭鏡竟又掙不出別的言語。她說：「我坐計程車去，在育英街。」那是小蔡的姐姐家，小蔡用過這個地址寫信給她。

彭鏡站在馬路上爲她招車，險不被輛摩托車撞倒。她現在想起他那招車的手勢和身影，渙散落魄，像風中一枝蓬亂的稻草人。她不曾磨減的苦楚中，一起也包容了彭鏡這個人。

5

有著藥辛氣味的保健室，她正站在磅秤上觀看體重，久久，已不知觀想到何處去。有人喊她老師，她回頭見是王啓松，喚他進來坐下。

她道：「老師跟你們說過，你們要做壞事的話，先讓老師知道，如果從訓導處或別人誰那裡來跟我告狀，我才知道的話，那時候老師就是想幫你們也沒辦法了，對不對？」

王啓松不迴避她的注視，點點頭，正如上課當中望向他時那樣。頃刻間她覺得老師們的推測是否都錯了，幾乎不能把約談繼續下去。她看著橫立在屋中的舊白屛風，呆呆一陣。可是王啓松在等她，她便把桌上一冊黃色講義夾翻開，抽出那張數學考卷，移到王啓松面前，說：「你對老師要講實話。」

王啓松瞥一眼考卷，那張臉，她但願一輩子不要再讓她看見第二次的臉，說明了事實。但他說：「我的考卷呀。要幹嘛？」

她不能相信自己聽到的，激動了起來。「鄧老師告訴我，這張考卷不是他改的。」

王啓松表示不懂。她重重點著八十八分下面的一槓，顫抖道：「鄧老師他不會打這一槓，從來不會。」

僵持良久之後，她比較平靜了，說：「告訴老師，你是不是把考卷偷換過？」

「我沒有。」王啓松說。

「沒有嗎？」

「沒有。」王啓松辯道：「有些老師也沒有自己改考卷，很可能找別人幫忙他改啊。」

她厭恨起眼前此人，說：「你爲什麼要騙我。」

王啓松說：「我沒有。」

她刷地抓起考卷，塞到他身上，怒道：「你回去好好想想，想通了，再來辦公室找我！」

王啓松走後，她癱跌在椅子裡，那個污暗灰悶的感覺，再度自記憶深穴中爬出，濕涼的將她纏住。

下午第六堂下課，同學跑來辦公室，說王啓松不見了，書包還在抽屜裡。第七堂課，仍不見人。有同學看見他像是往後山去了，她帶學生上山找，臨晚下起雨，解散了同學們，回到辦公室，打電話給王啓松家，問他回家沒有，如有消息，請通知學校。

學生出了事情，辦公室一直喧騰到夜晚，光是王啓松家裡就頻頻打來多少詢問電話。最後剩下幾位主任和校長留守，各據一角座位，等待音訊。總之，是她康懷萱闖的禍，那沈默的空氣，與慘澹的日光燈下每張嚴肅的臉，沒有任何人能幫助她。

她又接到王啓松母親的電話，語氣很壞，扯了些他們王家只有這個兒子的話，說：「孩子犯錯你就記過好了，爲什麼要審問他——」接著是他祖母，搶過電話罵她：「我孫子要死了，我也要你死！」

此刻她在火車上回家的途中，眞希望她的聽覺只是一支錄音帶，可以洗掉，洗掉那些釘在她耳上的毒咒。

回家，她大哥大嫂的家。

父親大多時間也住這裡，年節才回羅東老家。區公所退休後，跟二哥他們在老家做面霜。寒暑假她曾被叫回羅東做，不斷把一條條粉紅色塑膠小瓶裝滿了膠稠的乳漿，旋上瓶蓋。或者她負責在瓶側貼上一塊金黃標籤，籤上印著「華姿化妝品」等一些蠅頭黑字。但他們做了兩批訂單就沒了，賠掉兩百多萬，滿屋子堆著成箱的貨。如今父親又在大哥家裡批了茶葉來，摻些茶葉梗，分裝成二兩一包的茶葉批出去。大嫂被捲入參加勞動，大哥下班回來亦做，她得改作業免了。大嫂總講她，「人家當老師，對面那個郭太太呀，晚出早歸，就你當個老師，早出晚歸哦，錢也沒多。」講幾回了，她又不免多心。

人一輩子，可奢望的，實在太少。她經常高估了人生。

6

柯和她說，他們鐵三角瓦解了，很難過。他放學回家途中，被兩名別校學生堵住，把他書包扔進水溝，罵他：「你都混了，還讀什麼書！」

她說：「你現在是在還債，還以前不讀書的債。從四月十一號你開始要讀書，這些事情就一定會碰到，不必受影響，讀你的。」

曾經在朝會上，校長特別把柯文雄褒揚了一番，稱讚他是浪子回頭金不換的榜樣，要大家效法。早上被褒揚，下午就遭人圍打，書包被搶走，丟回來時，裡頭的書都不見了。

流波所及，她也遭殃。曾經有學生來討熱水泡麵，飲水器在她位子斜背後，學生側著身子擠進她坐的椅子後面要接水，不方便，她便起身拿過學生手中的保力龍碗，替他按鈕裝熱開水，立刻辦公室那邊老蔡就說了：「康懷萱，學生有腳有手啦，讓他們自己去罷，對他們那麼好。」

她已學會老著面皮，笑了笑。

初來這裡教書時，因爲每天到學校陪學生早自習，招來同事們淡言淡語的，她還不知，最後老蔡來告訴她：「大家不興這麼著，你一人大清晨的來，校長面前，我們不好不也跟你學樣，弄得大家都辛苦，何必呢。」

她爲此事，背地哭了一場。便依老蔡的勸告停止了幾天，很氣悶，漸漸又回到原樣，幾分罪過，幾分謙卑的，倒也挨了過去。以後她總是頭一個來到教室，把窗門一扇扇打開，冬天天仍暗時，就先開燈。養成了根深柢固的習慣，不論前夜多晚睡，次日一定五點起牀。有一天她批到一本週記，寫說他們教室早晨的燈光開在那裡，給人非常安全的感覺，會想早一點來學校唸書。這是她不曾預期的，心中酸酸一熱。

後來柯又來找她，欲言又止的樣子，問他什麼緣故。原來柯的父親跑船，母親開雜貨店，大約是一次他在看書，被哥哥取笑了，他只好每天放學回家，吃過飯就上牀睡覺。家人入睡後，他再爬起來K書，清晨四、五點再睡回籠覺。母親光看他整日昏睡，早上叫又叫不醒，氣得牙癢，父親一下船回家，便告了狀。父親把他叫到跟前，罵他不必唸書了，去做事。

柯娓娓道著家務事，當時他們一起走下山，沿著鐵軌往夕陽籠罩的車站漫步去。她發現，柯其實並不如他的講話內容那樣苦惱，像絕大部份年輕人，他們只是要講，要發表，要熱烈淘淘的給予別人，不理會與人應對，而幾乎帶著霸氣的，就是要給。某方面來說，他們其實是跟自己那個生命橫溢的影子在囈語，旖旎。所以她安詳的聽，也沒有建議，聽聽會自想到日常的許多繁瑣上去，回來眼前時，有點疲倦的，打了個呵欠。

柯憂愁的問她：「怎麼辦老師？」

她說：「爸爸是以退爲進，激將你。你當然要讀，等考上學校，爸爸高興還來不及，怎麼會不讓你讀。」

柯說：「可是老師你不知道我爸那種人，那種，嘖！很專制，言出必行——」

她打斷說：「老師擔保可以嗎。如果你考上高中，爸爸不讓你讀，老師幫你去跟爸爸爭。」

柯滿意了。不，他仍不滿意，一邁一大步的走著枕木，左搖右晃的，心猶未足。

7

至今，她仍會常常想起與彭鏡在一起的時光。

他們都是羅東人，彭鏡唸統計系，跟她的學校隔在麗水街兩頭，因爲同過幾次火車回羅東，漸漸熟稔。有一天他居然穿越整條麗水街來女生宿舍找她，以後便常常來了。過年回鄉，初一來跟她拜年，全家人小兔驚跳般，避得精光，留下客廳他們二人，和一茶几糖食水果，談話不多，光陰卻眞短，滿溢著華姿化妝品的甜香。

他早她一年畢業，服兵役時寫信來，信上永遠比他們相處時確定，和熱情。她分發到此教書，他放假還跑來過一次，她請他在山腳下吃了碗蹄花麵，他就回台北了。次日上課，學生鬧她，昨天誰誰是老師的男朋友哦，她說不是，但也自知一臉掩藏不住的笑，洩露無遺。

彭鏡服完兵役，去台中跟他哥哥做貿易，信中提過是出口機械零件。很忙，忙得越來越沒有時間寫信，電話也沒有。跟彭鏡，她也是高估太多了嗎？

現在她每月交給嫂嫂兩千塊伙食費，給父親少一些，母親多一些，自己花用餘下的存郵局，還打了個會。她正在找房子，計劃搬出大哥家租居。她眞渴望能有一個自己居住的空間，她將擺很少很少的家具，留出最大的空地可以隨意走來走去。她的桌上，絕不要堆放東西，要清清爽爽的一大張桌面，只擺一盆鮮碧的鐵線蕨。

最後，她要買一盞好燈。絕不要日光燈，像辦公室和教室用的，它們只會把原已剝落的水泥牆壁照得更窮敗，銀青燈光下的人的氣色最難看了。她的屋子要充塞著暖黃色明亮的燈光，愛開多久就開多久，不必像嫂嫂家客廳那盞美術燈，只有客人來才開它。

她想著這些的時候，恍惚瞌睡去了。

第二天，她下了火車站已嫌遲，招計程車趕上山。一名粗漢喊她康老師，嚼檳榔的血盆大口朝她齜牙傻笑，好不駭人。漢子熱絡的幫她叫了車，令司機不准收康老師的錢，對她說：「老師你放心，在我的地方坐搭哭洗不要錢。」

她慢慢記起他叫楊光義，常常到訓導處寫悔過書，她曾罰他抄寫四遍孟子見梁惠王，他是把四枝原子筆綁在一起一次抄完的。

計程車爬上坡，駛過薔薇盛開的王豆漿門前，她歎口氣好笑，心想楊光義，教了他半天，還是流氓。

8

王啓松轉學了。

柯文雄考上基隆省中。

民國七十四年十二月寫完

民國七十五年三月十七、八日《中央日報》海外版

桃樹人家有事

人生似舞臺。那麼，我們的這個舞臺上，有兩棵桃樹，因爲是台灣桃樹，二月就開花了。兩堆霞雲底下住著的人家，姓孟，孟先生、孟太太，孟念湘、孟念祖。孟太太三十初幾，開家庭美容院，在簷前掛著方方一塊青天紅地的小招牌，一行電話號碼漆白色。號碼記到社區一帶各戶人家的電話簿子上，孟太太的稱謂成了「洗頭孟」。由此我們可知，當然還有豬肉趙、水電錢、雜貨孫、瓦斯李之類，百業雜陳。

孟先生今年六十六了，念湘讀小學四年級，念祖三年級，姐弟倆每天坐公車三站上下學。孟先生在公家機關做事，寫得好字，好四六駢文，長官的應酬信件、或婚喪誌慶悼唁什麼的，皆由他出手。去年連升八級做到簡任一級，還了當年五十歲上校退役的遺憾。這棟兩層樓房子，經過翻修加蓋，第三層留給他做書房，趕在秋末完工，連著他的升遷之喜請客，來了多少湖南老鄉同事，站在門前觀賞他的新家，瀝青大理石門楣，嵌著兩個泥金大字「攸廬」，四個小字「衵之自署」。人生走到這裡，還有什麼不滿意的嗎？

有的，而且太有。孟先生的全部牙齒要重做了，前年孟太太準備了六萬塊錢給他去做牙齒，現在他不但分文皆無，聞知修齒費又漲了三千塊，令他苦惱萬分。

孟太太她呢？譬如她現在滿手泡沫的掛掉電話，回到客人頭上繼續抓捏，很懊悔剛才電話裡到底又沒講。孟太太一根直腸通到底，擱不住悶，對著鏡中的客人嘆氣道：「我先生的同事，打電話來正好給我接到，本來我想直接跟他說，唉不好意思，還是沒說，笨！」

客人倒不明白。孟太太道：「我要我先生問他同事，看他們那個單位有沒有事我可以做。我早知道，要我先生那種人去問哦，問到民國一百年也沒影，乾脆我自己來問，快多了。」

稍微吃驚的客人道：「不做頭髮了啊？」

孟太太道：「我先生，頂多再幾年就要退休，孩子都還在唸書，到時候什麼眷糧、減免學雜費都沒啦，慘不慘。我要找個公家機關的事做，就不怕。禮拜天放假日還是可以做頭髮。」

客人搭搭話。問她生意好做不，孟太太道：「房子自己的嘛，這些椅子、桌子、鏡子，連那架護髮機，是我先生部下送的，我只管煤氣錢、材料錢，每月扣扣掉，賺個一萬塊有啦。」

客人道：「是啊，天冷，來洗頭的也多。」

「差不多。」孟太太道：「冬天洗頭多，煤氣費得多。夏天剪的多，連剪、連燙，才有賺。冬天一個月有時要叫到三桶瓦斯咧。」

新近，路口剛建好一棟公寓，底樓添開了一家理髮店，客人問她有沒有受到影響，孟太太樂了，道：「它現在關啦，你不知道！頭一個禮拜有影響，新來的，大家都想去看看怎樣，人嘛，都是這樣。我心想，好吧，給你半年時間，半年以後看你做不做得下去。哈，半年，一個月就關了。我就說，那個店，只會洗頭，自己又不會剪、不會吹，請人家師傅來，你不想想，我們這個地方，錢少了請不動人家，錢多了倒賠他還不夠，碰到好師傅人家自己去做嘍還來幫你做，神經病！」

客人道：「說的是。它隔壁那家服裝店，曖，怎麼開在那裡？」

孟太太笑死了，道：「名字又難聽，罔筍服飾！我去跟它老闆娘講過呀，要不然你就賣貴的，像舶來品那些東西，自己去挑樣子，不要多，一樣一種，要好看，別的地方不一定買得到的，就會跟你買了——沒辦法啦它那個程度，罔筍，挑也挑不出什麼好貨。要不然你就賣最便宜的，一百塊錢四件那種，可是你要批很多才賺，又會壓倉，賣不掉。老闆娘牛吹大咧，說她先生在萬華賣水果，一個月賺幾百萬，幾百萬她還在這裡開罔筍。店啊，關一定關的，就是看什麼時候關。」

「難怪，前面那個水果攤也是她家的？」客人恍然大悟。

孟太太撇撇嘴。道：「嘿才奇怪，她家的橘子，又沒比別人大，偏偏比別人貴，幹嘛，又不是義賣，誰買！來，沖水。」

客人躺到橫椅上來，瓦斯轟地開了。孟太太手腳麻利，給人洗頭一點不職業化，保持了家庭主婦的習慣，一個頭顱是一棵大白菜，生怕殘餘農藥不乾淨似的，搓洗得可真是不含糊，客人打心底舒服，喜歡來她這裡洗頭。孟太太生意興旺，身為鄰長之妻，享用了數年《中央日報》的免費贈送，兼做社區情報交流站，好不風光熱鬧・老實說，我們看不出她實在有何不足。

有的。我們不該忘記孟先生那筆做牙齒的六萬塊錢，它爲什麼會失蹤呢？我們猜想，也許是跟那兩棵桃花有一點關係。到底有沒有關係，讓我們看一看桃花尚未開花之前，不，尚未變成一棵樹之前，甚至尚未萌芽衝出土壤之前，應該是孟先生掛了十年上校官階之後決定退役的那一年。那一年，孟太太從南部一家事專科學校畢業，一邊做事，一邊待字閨中。她的名字叫做黃淑簪。

淑簪的家裡務農，在他們那一代，黃先生只生了淑簪跟淑簪的哥哥一兒一女，確是少有的事。淑簪生來大聲笑，大聲講話，滾厚結實的身體，五官秀翹，緊綳著一弧圓致致的高額頭。因爲好友阿碧在台北瑞祥建設當會計，邀她來玩，樓下是工地辦公室，樓上租給兩名光棍。她跟阿碧白天守著辦公室，沒人來就唱歌聊天，下班後兩人去逛街看電影，如此玩了四天才回南部家。孟先生有時在辦公室翻看報紙，看完便上樓去，衣著光潔，飄瘦一個人，凹瘻瘻兩隻深目。阿碧祕密告訴她，某某廟前柱子上刻的兩行詩句並非某某人題的，實出孟先生所撰，兩人於是替孟先生抱不平。

淑簪回家不久，接到孟先生來信，嚇她一大跳，用功讀了幾遍，雲淡風輕總也讀不透它，然光是那俊挺的墨藍鋼筆字，一輩子從來也沒人這樣寫信給她，捧在手中，她只覺不勝其重。很願意回信給孟先生的，一封信幾天撕撕改改還沒寫成時，又接獲孟先生的第二封信，比較讀懂了，說阿碧跟他談到她，他才知道她曾經代表學校參加南部七縣市獨唱比賽得到冠軍，非常讚美了她。

這次她很快寫了回信，敘述家專三年，有兩年半在唱歌，又擔任合唱團女高音，樂隊吹小喇叭，家專畢業時，包括校長訓導主任在內的所有老師都勸她去台北考音樂系，但父親不准，說女孩子唸音樂沒用，遂放棄了這條路。淑簪原也不認爲有任何不對，她是女兒糊塗，可是黑字寫到白紙上，彷彿她的人一點一點被寫了出來，連同她初初的青春與哀愁，也都一起被發現了，她忽然悲傷自己沒有去唸音樂系。但那悲傷又漲滿了快樂，她竟不覺在期待孟先生的來信。比她回信更快的回信來了，整厚一疊，展開是長長一橫卷，她爲眼前這張雪白無瑕的宣紙，美麗的毛筆字，和焦甘的墨香，眞想嚎啕大哭一場。

如此孟先生寫了一年的信，淑簪便要嫁給他。

黃先生難過極了，一個同齒之人平白竟要變成了自己的女婿，無論如何他不能接受。此時我們尙不知，孟先生對淑簪其實還隱瞞了五歲，換言之，他非但不與黃先生同齒，且比黃先生多五齒。

孟先生來過淑簪家兩次，兩次黃先生都擺明了不歡迎之色。孟先生平生不做二事，一不看人眼色，二不求人，此番仗著反正語言不通，變常逆道拚上老臉不顧了。頭一回來，喝了茶就走，都聽淑簪在講話。第二回邀她出門拜訪朋友，孟先生道：「我有個老同事在台南，淑簪小姐也認識的。」

「我認識？」淑簪驚笑起來。

孟先生點頭道：「我跟他說起你，他也知道你。」

淑簪驚恐道：「誰啊？」

孟先生微笑道：「我跟他只說了你的名字，他說就是她呀很會唱歌的那位學生不是。淑簪小姐你看你多有名氣。」

她急問是誰，孟先生道：「你們學校的老師，教你們三民主義。」

淑簪洩氣道：「他啊，曾炳義。他上課眼睛都不看我們，頭抬得喔，這麼高，對天花板講話！」

孟先生蠻尷尬，仍道：「他很高興我們也認識，說畢業以後就沒見過你，要你去他家玩呢。」

在三民主義老師家裡，孟先生照樣寡言，淑簪和老師話當年，老師不斷向孟先生誇讚她，更向她誇讚孟先生。那個下午孟先生只是盪漾著笑容，坐在小几的一盆水仙旁，嫩黃水仙紮著大紅繩頭，幽幽吐香。一輩子，這樣的一刻，能有幾回？淑簪很快樂老師當她已是大人，談著大人的話題，而今天這樣的場合，是孟先生給她的。她轉頭笑嘻嘻的看向他，豈不是，正是他。

孟先生送她回家的途中，她問孟先生：「你在大陸有沒有結過婚？」

「沒有。」孟先生說。問她：「爲什會這麼想？」

淑簪道：「曾老師就有啊，所以他到現在都不結婚。我想你們差不多大，不知道你是不是也有結婚。」

孟先生道：「你很活潑。炳義也說，你家裡不像事農。」

淑簪道：「我初中鋒頭就健喔，演講比賽、朗誦比賽都是派我去參加。我每天早上把制服燙得筆挺，皮鞋擦得亮亮的，愛這樣。很多人都以為我是外省人咧。那時候就像現在這樣胖胖的，很多男生追我，騎腳踏車跟我跟到家，幼稚死了，一個都不理。」

見孟先生不言語，她又另闢話頭，道：「我讀家專時候，整天唱歌比賽，書都沒唸，剩半年要畢業考了，連珠算三級的程度也沒有，不拚不行啦，才把一、二、三年的功課拿出來一起讀，每天晚上到救國團補習珠算，補到九點半完，然後自己一個人騎腳踏車回家，騎四十五分鍾，路黑漆漆的好可怕。後來考試，就三級二級一起給我考過了。」

又道：「剛才你說我家不像做農，以前也有人跟你一樣說過吔。初中我通學嘛，有一天在月臺等車，好像站長樣子的人過來問我，父親做什麼的，我說做農，他不相信，以為我爸爸當什麼長。我回家跟爸爸講，爸爸教我再碰到那人就說他是海軍陸戰隊隊長。」說著，淑簪逕自笑不可抑，孟先生卻迷惘不知笑點何在。她補充道：「那時候我們家養好多鴨子，用六、七個工人，爸爸當工頭，所以他自己叫兩棲部隊。」

兩人笑了一陣，淑簪又道：「我爸爸跟我很好，有話比較跟我講，反而不跟我媽講，以前他去哪裡都帶我去，有一次載我去看豬公比賽，我坐在腳踏車後面，半路掉下來他還不曉得，一直騎到鎮上才發現咦怎麼沒有人，嚇得半死，原路騎回來，到家看見我在吃粿仔。當時我掉下來也沒哭也不怕，自己就走回家了。」

孟先生笑是笑，仍無話，淑簪歎一口氣，笑道：「我的事情都講光啦，你的不講。」

半天，孟先生才道：「淑簪小姐連我的心意還不明白麼。」

淑簪仰頭望他，傻傻笑起來，家也到了。

她怎麼會不明白，編號到七十六的信件，兩趟迢迢千里來看她，這些不是的話，那還有什麼是。當然我們也很明白，即使最露骨的表示，孟先生寫在信上的亦不過就是，「弱水三千，我只取一瓢飲」。

淑簪沒有跟孟先生講父母反對他們交往。她選的，她喜歡，她執意要，在她的想法中，再沒有比這個更簡單應當的邏輯了。父親跟她翻了臉，警告她孟先生一定牌打得兇，沒錢。她去求母親，母親折她不了，只好幫她向父親說情，說得鬆動時，她便寫信告訴孟先生，請他替她作主。

孟先生由三民主義老師陪同來家裡提親，擇日訂婚。黃先生固然國語不靈光，此時根本是拒絕發言，德春叔在他們中間翻譯圓場。黃先生開出的聘金嚇死人，估計孟先生一名外省郎，退役軍人，沒基沒業的，非打退堂鼓不成。黃先生只是未嘗估計到，孟先生有一個頗爲龐大的攸縣同鄉會，以及平時孟先生樂善好施結交來的同事緣、長官緣，所以訂婚之後，便開始準備各種結婚事宜了。

黃先生悔恨不迭，揚言不發帖子，不請客，壓根兒不承認這樁婚姻。他是眞的透頂傷心，當面也發了傷女兒心的話，譯成國語是這樣：「我沒有臉請客啦，請請來看新郎倌是個老頭子，人家會笑，笑你這個鴨仔寮的阿善伯，女兒嫁不出去啦，嫁了一個老頭子！」

淑簪遂決定在台北公證結婚。臨到前一晚，黃先生甚至仍不肯隨太太上台北。德春叔奉黃太太召，適時出現來勸駕，正告黃先生，女兒只有這一個，終身大事，為人父者不參加，現下是鬥氣，以後就成憾欠，隨著年歲老大而與日加深的憾欠，何苦。講到傷心處，黃先生乾乾掉淚，做人一場眞是白費。

婚宴設在英雄館，孟先生那邊請了三十桌，南蠻鴃舌之音沸騰。黃先生這邊伶伶仃仃，湊上他們台南來的人，一位三民主義老師，一位市政府主任秘書，連此二位，究竟也是孟先生的人情，黃先生心中的苦呵，火熱水深自然不必說了。淑簪簡直不敢看父親，眼波偶爾捎到，心裡也難受。

輸家黃先生，但我們的贏家孟先生，可也險贏，贏得個光不溜丟。孟先生三十幾年來不曾作打算，每月薪餉領到，分文不存，擱在口袋裡，吃喝玩樂他已習慣搶付帳，借錢給人也不記得還沒還，如此活到五十歲，改了常，想要買棟房子。孟先生等不及差四年才到退役年限，先退了，領得退休俸買房子。蓋到第六期工程時，認識了淑簪，光聘金尚不足，他臉又薄，嘴又硬，跟朋友開不了口，幾幾要敗下陣來。幸好鄉親朋友同事一旦聽聞䄂之有了女朋友，意欲結婚，皆自動還債的還債，送錢的送錢，都說：「欠著，反攻大陸再還吧。」因此才把婚事辦成了。

結婚初兩日，新屋子人來人去沒斷過，全是孟先生的朋友，待她又熱絡又客氣，總說孟先生的湖南騾脾氣在他們當中最出名，請她多包涵。有一次她招呼一位袁先生喝茶，孟先生不在場，袁先生聊天告訴她，孟先生的人，是部下畏服他，長官器重他，可同輩呢，知道他脾氣大，但凡讓避些，也就相安無事。

紛紛云云，帶著濃厚的鄉音講出來，淑簪大致聽懂一個意思，高興這屋子是她的，地方是她的，她跟孟先生一起在他們的屋子裡款待客人。眾人看見的新娘子，嘻笑明朗，紅球球的兩頰，光致致的高額，也不知該是老孟的福惠，還是老孟的禍水。

因爲淑簪聽見來幫閒的朋友中有一位叫老譚的，老在人前說，「永之他太太啊，頂能幹，管三個家。」也聽熟了，晚上人客都散後，兩人燈下對坐，淑簪想起來便問孟先生：「誰是永之他太太？」

孟先生唬道：「你聽誰說？」

「老譚。」淑簪學著那鄉音道：「永之他太太啊，永之他太太啊，頂能幹，管三個家。」自笑不已，復問：「誰是永之？」

孟先生不語，一雙窪目奸壞奸壞的釘著淑簪死看，半天，笑道：「這個寶，老譚這個寶。」食指到杯中沾了茶水，在他們中間的桌几面上，寫了一字「昶」，考她：「怎麼唸？」

她大膽唸：「永。」

「錯，」孟先生道：「讀廠。」

「廠。」她跟讀。

孟先生教她：「昶，永日，白天時間很長的意思，叫昶，和暢快的暢通用。」又釘住她臉笑，道：「昶之是我的字，老譚他們作怪，叫我永之。」

淑簪想，那麼永之他太太是她嘍，呆呆在想著。

孟先生搖頭笑道：「老譚，個死寶，他扯那些幹什麼。」執起她手，委婉道：「我本來是想結婚以後再慢慢告訴你，老譚倒先說了，我就告訴你吧，老譚他是我大陸那個太太，她的表哥。」

淑簪愣然，傻了半晌掙不出一句話。孟先生有些失措，道：「那不算數的喲。人在那邊，有等於沒有。這麼多年了，等於沒有嘛，你別在意。」

淑簪道：「那爲什麼說沒有結婚？」

孟先生我、我、我的，我不出二字。淑簪道：「有結婚又沒有關係，那是過去的事情，我只是問你一下，你騙我，就是你自己心裡有鬼。」

孟先生見淑簪並無生氣的樣子，放了大半心，道：「我怕那時候如果講實話，你不肯嫁我了。」

淑簪不悅道：「反正先娶來再說，就跑不掉了？」

孟先生道：「話倒不是這麼說。我沒存心要瞞你，是眞的。」

淑簪悶悶的不講話。孟先生自覺丟了時機，撲得一臉灰，越抹越不是，霧霧的很不適意，跌足嘆口氣，臉也掛了下來，竟變成在生氣似的。淑簪一駭，心想擺哪門子臉色給她，自己父母親還沒這樣對過她，鼻頭一紅，淚水就漲上來。孟先生心急，惱自己不成事，哄慰的話出來卻變成咆哮：「你哭什麼呢，唉，你這是哭什麼呢。」

平生未見，淑簪又驚又氣，不懂好好一個人怎麼變臉就變臉，越發痛哭流涕起來。孟先生萬分狼狽，鎖著凹目長眉扎坐在那裡，等她哭差不多，道：「不要哭了，睡覺吧。」

淑簪難過極了，不言不語，跟平時的她完全走了樣。孟先生從來無人拂逆他，心想獨居了半輩子，老來倒頭去伺候人家顏色，也是自己討的，不能怪誰，宛覺悵然，怔怔坐了半夜，自去睡了。淑簪過到下半夜，也只好睡去。

這以後，更為了諸般日常瑣碎，常起爭執，而且淑簪發現孟先生除了皇帝脾氣，還有一件毛病，愛打牌。對門住的熊太太，說又是孟先生大陸那個太太的表姐，三天兩頭搭牌局，站在門口，隔條馬路朝他們家喊：「永之，位子替你留啦，茶泡了。」碰到星期天，從早上打到夜裡一、兩點，硬是活生生把淑簪撇在家裡一整天。淑簪講他，他寒著臉不應，催急時，乾脆推開紗門跑了。

她的確不知孟先生的性情和習慣，事先如若相處機會多，準也不會嫁給他。人生的滋味還沒嚐到呢，糊里糊塗她便有了兩人的孩子。恨上心來，她也起過跑掉的念頭。有時站屋後陽臺曬衣服，望著山坡地大片野芒花，在灰金的陽光下吹搖，一波波翻著銀，跑掉的念頭便會膨脹得像一個龐碩無比的氣球，她只需腳尖輕輕一抬，就可以送出欄干，遠走高飛。

幾次，幾次留住她的唯一理由，是她的父母親。當初人是她選的，自個要的，父親都吃下了。如今她自個又來翻悔，黃淑簪，就算她做得出，她置父母於何地？她輸不起這口氣，要想法子扳回，非把孟先生扭回來不可。

她看見一座挖土機，吱吱的發出噪音，伸著怪手在坡地上掏土，笨拙緩慢的掏一點土，掏一點土，裝進它旁邊的卡車裡，覺得自己的決心下得眞苦，眞磨難，就跟挖土機一樣，要把生活中的現實像砂泥，像石塊，一點一點吞進去。老譚向她道：「不錯。永之說，淑簪不錯，跟她大聲的時候，她倒不頂我，不會跟我吵。」

她聽著，苦苦的居然也笑得出來。

生下女兒坐月子期間，母親來台北照顧她，一次又爲什麼小事，孟先生跟她大聲，吼得臉紅脖子粗。過後母親問她，孟先生平時都這樣嗎，有話好好說，爲什麼要大叫大嚷，很痛她，教她不要太讓，讓慣了，越欺上頭來，受苦的是自己。母親住不稱心，早早回南部家了。

淑簪氣得胃痛，恨丈夫當母親跟前不給她面子，送走母親，回來就找孟先生理論。孟先生哪見過女人對她頂抗，如熟蝦暴跳，揚言要告給她父親，抓回去好生管教。淑簪心裡好笑死，想他豬油蒙了眼，不曉形勢在哪兒咧，冷笑道：「你算了罷。我爸我媽從頭到尾就不要我嫁你。我們不是沒人要，嫁不出去。是我挑的，不是你挑我，今天我才曉得我笨，看錯人了，我笨！」把當初結婚內幕一股腦抖露出來，抖得孟先生倒插雙眉，披髮撒毛的，瞪著兩隻烏精大眼，啞口無言。

隔些時辰，她想想又來氣，把從前孟先生寫給她的信，全找出來，在後門口生了一盆火，燒信。燒一疊罵一句：「寫的廢話，謊話，都是狗屁！」

孟先生起先在門裡看她燒，面容霜青，顫索索抽搐。後來推門走出，立在盆火邊又站一會兒，彎腰揀起一封信，歎道：「寫些什麼東西的我都忘啦。」拆開看，看看卻失笑，放回去，任淑簪都燒得寸字不留。

日後袁先生也曾告訴淑簪，「有次我看老孟跟你講話的樣子，後來他送我坐車，路上我就對他說，你怎麼跟老婆講話像下命令吶，老婆又不是兵，牀頭人平坐平起，跟你是平的。我這樣講他，他沒吭氣，不然一定要回我兩句，可見他心裡也承認了，同意我勸。」

淑簪笑道：「他說咧，他爸爸都沒管過他，現在弄來一隻母老虎管他。」

漸漸她也發現孟先生一個弱點，可拿來制他，他就是怕她跑掉，跑掉的話，大家不會罵她，只會罵孟先生脾氣臭，留不住老婆，該的。如今大家稱讚孟先生福氣，娶了個老婆會持家，結婚兩年替他生下一子一女，他便是死撐也要保住這個面子，就怕她跑掉。

孟家客人多，淑簪再怎麼不快孟先生都是人後的事，人前她總招待周全。又向老譚學來一樣家鄉辣味名菜，市面館子吃不到，叫血糊鴨。她的血糊鴨比任何一家同鄉做得都好吃，因爲關於鴨，她娘家最多時養到萬餘隻，父親每年兩季稻收不在家，領著長工們從屏東趕鴨子，一路撿吃稻割後田裡的穀子，吃到台中，小鴨成大鴨，全部賣掉，做得一筆生意回家。故此單選鴨肉，淑簪就分辨得出，番薯飼的鴨，肉質粗糙紫紅色，穀糠飼的鴨，細嫩血紅色，才是上品。番鴨太大的，骨頭粗硬不好，她買飼養九十天左右的肥嫩子鴨，剁時先把硬骨頭剔出三分之二，做鴨骨湯，一鴨二吃。眾人吃得滋滋嘖嘖，誇揚她，孟先生道：「你們說她好，不知她兇得來咧，好壞脾氣。」

她立在一旁咪咪笑著，道：「我壞脾氣，信不信？有壞得過他，你們信不信？」

「不信，不信。」眾人同聲合唱道。

孟先生居家無事，客廳轉轉便說她：「家裡書這麼多，你一本都不讀。」淑簪好氣又好笑，罵他：「我哪有時間讀，每天急得熱鍋上螞蟻一樣。薪水就那些，每天想辦法變錢出來，我心都揪在這裡，讀屁。」又道：「你給我少打點牌差不多。爸那時候說你打牌打得兇，我還不信咧。」

孟先生道：「他怎麼知道我打牌？」

淑簪道：「你呀，食指和中指的指甲，黃黑黃黑的，爸說，就是只顧打，菸不抽，夾在手裡，燻都燻黑了。」

她不能不為往後的日子打算。結婚初時，孟先生把她當小孩，說她啥事不會，樣樣過問，皆要經他看過才做准。往後一旦不管，可又撇得乾淨，成日打小牌，與友人聯詩作對，越活越回頭，變了他才是小孩子，過今日沒明日。淑簪心焦孟先生再做幾年退休後，又沒有退休金，一家生計天哪，老的小的都得她擔下。跟孟先生提及，不是說到時有辦法安插她去做事，就是說他絕不會這麼快退休，部裡有人，會幫他延簽年限。淑簪想東想西，給她碰到吉林路一家麵店老萬，意圖把店出讓，她盤算一下，向父親借了錢，二十萬將店頂下，賣麵。

孟先生聽見她說，眼都直了，定不准她。孟先生搬出背景，他祖父在清廷當官，父親於大學執教，生他跟妹妹竹貞二人。他帶筆從戎，黃埔十八期騎兵科，幹到上校，年輕時，多少單位搶要他，津貼就比別人多一倍，論資歷，排隊也排到了將星一級。林林總總，總之是不准她賣麵。

待她這邊的房子租客也找著了，那邊的店面諸事也安排當了，羽翼已成，孟先生連意見的餘地也無，只好遜位，舉家搬到吉林路去。走前幾天，他們發現山坡側有兩棵齊腰高的木本植物，孟先生辨是桃樹，淑馨主張把它移進家來，萬一他日開花結果，也是自己的。肥水不落外人田，夫婦倆遂將桃樹扛回家來，種在後院當中，囑咐房客那是桃樹，結桃子的，供吃，不妨善待它。

那麼我們不免擔心，淑馨做得來麵館生意嗎？她仗著家專學的烹飪，又修過團體膳食，老萬且傳授了她許多做麵祕笈，所以並不怕。

偏偏孟先生，食客越多越需幫手時，他越往屋後躲，逼不過厚著面皮出來算賬，三回倒有兩回算錯，要他切滷味，牛肚十塊錢幾根的，他切一碟，後來只好免了他的差。生意做旺起來，雇了兩個人，加上她母親北來家中幫忙，仍然不敷用，爲此黃太太又要看不順眼女婿，怪他只享清福不幫忙，淑馨哼道：「算了算了，秀才，越幫越忙，少來少麻煩。」

黃先生有事上台北，第一次登門來訪女婿家，人到了，孟先生只管悶頭在掃街，掃街掃到別家門前去了，就有這樣彆扭。黃先生坐到屋裡講話，孟先生始掃到門口，不停在掃，黃太太氣得跟淑馨罵：「做他的岳丈眞眞白做。你看他，是不是啞巴，啞巴還會啊啊哩，他連阿爸都不叫一聲。」

據我們所知，孟先生至今亦沒有喊過黃先生阿爸，二人相見，永遠是忙不迭敬過香菸之後，對坐抽菸。人講王陽明格竹子，翁婿相互格了十來年，照舊翁是翁，婿是婿，致不得知。

男人乃如此，常常眞不能靠。如她懷念祖時因害喜重，母親願意替她帶念湘，孟先生負責送念湘去外公家，念湘吃嬰兒美奶粉，大些換了愛力大，臨走她叮囑孟先生買小嬰兒吃的愛力大，多叮兩次還嫌煩呢，果然買錯。念湘到了外公家，天天拉肚子，黃太太嚇死了，不明緣故，先又不敢告訴女兒，帶得自家也瘦掉一殼，承受不了了，黃先生勸把孫女交回，畢竟不是兒子生的，萬一如何，怎麼向人家女婿交代。黃太太親送念湘回來，計程車停在門口，一下車就朝女兒連訴帶哭。孟先生接過念湘，傻了，白胖胖的去，黑瘺瘺的回，只剩兩隻驚洞洞的眼珠子。頭一個孩子，孟先生抱在懷中，半日呆呆無言，頭髮怕都白了半邊。

開麵店，三歲的念湘帶在身邊，念祖一歲半，送托兒所，每早送去時定要一場哭。下午娃娃車送回家，老遠見念祖攀在車窗裡，翹首盼頸巴望到家的可憐相，一進屋子，奔到碗櫥前，兩個三個滷蛋便吞下。又老感冒，一天孟先生下班早去托兒所接念祖，穿棉袍的大寒天氣，約是尿濕了，放在小背包裡準備的褲子也不給換，讓念祖就光精著屁股睡牀上，孟先生差點老淚縱橫，抱回家來，第二天就不讓去了。放在家裡，夥著姐姐打雞蛋玩，一顆顆打在澡盆裡和稀泥，被狠揍了幾次。

這樣做了半年，孟先生調到梨山管理局，麵店遂頂給人家，一進一出，不算花進去的人工，倒貞賺了點錢。是在吉林路期間，孟先生與老家又連絡上了。

孟先生的父母親健在，妹妹竹貞嫁了一位工程師，太太蓮香仍在孟家，兒子振毅做鎖，已娶老婆，孫女一個，和念祖同歲。

孟先生與淑簪商量，湊出五百美金，託人從日本匯了過去。兩個月後，復輾轉收到孟老先生和竹貞的回信，皆提及淑簪，謝她代為照顧孟先生，振毅還大她兩歲，稱她姨娘。竹貞信上說，嫂嫂捧著哥哥寄去的全家福相片痛哭。那個晚上，孟先生伏案寫信，只寫了稱呼、「蓮香賢妻」，就沒有再寫下去，坐燈怔到夜深。

在梨山一住兩年。先後又寄了兩筆小錢，孟先生唯在給父母親和竹貞的信上，比照前兩封信，皆殷殷問候了蓮香母子。

不久接到蓮香寫來的信，細數孟先生走後三十年，她怎麼把毅兒帶大，怎麼服侍公婆，六六年她在紗廠做工時，上級逼她改嫁，她誓死不從，放棄了工作，回到鄉下，如何受苦，辦完毅兒婚事，該當了的都了了，原指望他日夫妻能夠團圓，不料到頭來都成空夢。長篇一封信，隻字未提到淑簪。孟先生始提筆寫信轉給蓮香，親口謝了她萬般種種。

黃太太聞知他們寄錢給那邊，向黃先生告狀，見先生天道不言，就要兒子轉告淑簪，自家都養不活了，掛記那邊幹嘛，看見的話，尚且要算計一下，何況看不見，白浪費錢做什麼。

話從哥哥口裡轉來，頗不中聽，淑簪道：「這些話你一定不能給我跟他去講，會把我恨死。我也做不到。像有些女人喔，錢看得比命還重，為這個我去跟他傷感情，啊噢我才不要咧。而且哥哥，將心比心，換成我們阿爸阿母的話，不哭死啦。他沒有一天做到兒子的責任，老爸爸嘛，能表示一點點的意思，錢不算東西啦。」

後孟老先生信上亦說，那邊日子過得尚稱溫飽，這邊賺錢辛苦，兒女又小，想必家庭負擔也重，竹貞境況算佳，都囑咐他不要再寄錢了。淑簪看了孟先生的回信，不外報喜不報憂，說小錢不打緊，淑簪還年輕，她心裡哼道：「年輕，有屁用，又不能賣錢。」嘴上不說就是了。

梨山下來，仍住回原來的家，不料桃樹已成蔭，底下又繁衍出一片紫蘇，拿來裹麵粉炸甜不辣很好吃，全家都高興。淑簪又開始動腦筋搞東西，想做頭髮，跟孟先生提，孟先生不似太反對，嘆息道：「時代變了，我們孟家從來沒做的，都給你做啦。賣麵條，做頭髮，唉！」

適巧表妹專科畢業也想去學頭髮，舅舅令他們做伴同去，淑簪因學費尚未湊足，想下個月開始，舅舅說打鐵趁熱，先給她一起報名繳了錢。一期單學費一萬多，另要自買吹風機剪子等工具，材料光是假頭髮，她就剪掉兩萬塊。每天早上送走孟先生，姊弟倆上幼稚園，她便去補習班，中午孩子回家，陪他們一下午，待孟先生黃昏回來交班，她再去學晚上班，拚了四個月，算是出師。

原打算去髮廊做，是孟先生以前的部下小劉所開，小劉剪的功夫一把，小劉太太會吹。但小劉勸她自己開店，全套的做，反而習熟快，否則在髮廊從洗吹開始幹，划不來，她要照管家也無法做整天。決定之後，掛上招牌「家庭女子美容」，把廚房後面加蓋的邊間騰出，來的客人，從前門換拖鞋入，穿過客廳、吃飯桌、廚房、浴室，登堂入奧，梭流不息。如此景觀，對孤傲如孟先生者，也眞是難爲了。

開始淑簪靠著鄰人熟友半捧場人情，甘願當她的實驗品。人頭不比假頭，圓的、扁的、方的，髮質燥的、柔的、脆的，一人一樣，碰到那凹凸歪斜的，怎麼剪怎麼不順，剪得個大汗淋漓，落的一場抱怨，也是常有的事。隔壁蕭太太跟她鸞好，閑時亦自願貢獻手指腳丫，教她怎麼替人修指甲，上甲油。她碰到任何問題，就去找小劉，釘著小劉太太旁邊看吹頭，夫婦倆很願意講，小叩小鳴，大叩大鳴，淑簪是君子如響，通得快，因此雖然是家庭副業，她也越做越具門面起來。

一天，孟先生接到那邊太太轉託來的一塊枕頭套，藕色布，上繡花鳥圖案。淑簪譏道：「哼哼一對枕頭套，給你一塊，她留一塊。」說得孟先生訕訕的。臨晚睡前，淑簪又逗他，道：「喂，你的那塊枕頭套子怎麼不拿出來用。」

孟先生囁嚅道：「新新的，不用了。」

淑簪笑道：「拿出來用，拿出來用，到夢裡跟她去相會呀。」

孟先生道：「唉，也是她辛辛苦苦繡出來的。」

淑簪去開了抽屜，找出枕頭套子，翻出裡子查看，笑道：「什麼她繡的，哪，長沙織繡製造。」

孟先生掙紅著臉，道：「她年輕的時候，我看過她繡，很會繡的。」

淑簪道：「現在也是老太婆了啦，不是比你還大？」

「大我三歲，現有六十三嘍。」孟先生感慨系之。

淑簪道：「六十三了，還這麼三八。」孟先生道：「她也可憐，嫁了我這麼一個丈夫，等於沒有。」

淑簪道：「呵，越說越變成眞的了。那麼傷心的話，就去會她呀。」把枕頭套扔到孟先生身上。

孟先生看她支著腰，倚在壁櫃邊忍不住笑的樣子，嘆道：「奇怪，也不是你對我不好，我對你不好，也不是我們的感情不好，可怎麼老常吵架。」

淑簪道：「我告訴你，你是王咧，我也是王，王見王，就要死一個。」

孟先生登時直了眼，虎下臉來。淑簪想糟糕又鬧過了頭，犯到了老先生的禁忌了，跑前去把他頭埋在自己胸前，笑道：「我知道我們爲什麼常常吵架，你看，因爲那個。」將他頭撥起，指給他看屋子的樑脊，道：「它剛好橫在我們牀的上面，把我們隔開了，所以我們會吵架。」

「迷信。」孟先生叱道。

淑簪笑道：「不是我講的喔，是你們那個榮老師講的。」

孟先生仍道迷信，淑簪傾身啄他一額頭，他又道迷信，卻笑了，與淑簪鬧起來。

半年後收到那邊太太轉信來，謂父親身體大不如前，常臥牀榻，又約是爲孟先生前封信中隻字未提枕頭套的事，怨責孟先生無情無義。爲此孟先生好幾天怏怏的，看在淑簪眼裡，老大不高興，噌他道：「你寫信告訴她，以後不要再說這酸來酸去的話。我們知道她可憐，可是你又不能跑去看她，不可能見面的話，大家心裡想著就是了，酸這些是不是無聊。以後再來擾亂我們的生活，你看著，等父親死以後，我一個錢都不寄過去。」

孟先生瞪了眼睛瞪她，她想你瞪就瞪罷，横豎話出去收不回了。忽然發覺孟先生的前額，像一塊奔岩，突出於山崖之上，岩底深進去的巖穴，住著兩隻噴火怪獸，朝她噴火，恨不能把她燒焦。不過這實在並非一個適於發笑的時刻，剛好有洗頭的來，她趕忙遁之大吉。

桃花第五次開時，孟先生的父親過世了，享年九十一。得知訊息，孟先生掉下幾行熱淚。淑簪對鏡中燙髮的客人道：「他眞哭嘜，沒想到六十幾歲的人了，眞哭嘜。」

爲了籌一筆喪葬費，淑簪打算向父親借，孟先生雖不願意，但自己也沒本事跟人開口，只好由她去張羅。黃先生很快把錢匯過來，連同孟先生親筆輓的一對聯子，託海外同鄉轉去。夏天接獲竹貞轉來的信和照片，首次寄照片來，是出殯儀式上拍的。淑簪一眼看出一張半身大的人頭是振毅，孟先生道：「這誰啊？」

淑簪道：「跟你一模一樣的，有誰。」

孟先生翻過背面看，鉛筆註的名字，果然是毅兒。孟先生湊近了又拿遠開，瞧個仔細，笑道：「怎這麼老。」

淑簪道：「快四十了啊，怎麼不老。」也湊上來端詳，聽孟先生稱嘆眞的越看越像，道：「什麼像，根本就是翻版。」

二人循著照片上註的人名，看到一個被幡旗擋住半邊的側臉，臃腫老邁，戴著眼鏡，幾乎難分性別。孟先生默然半晌，啞聲道：「認不得了，認不得了。」

「比我還胖咧。」淑簪道。

展讀竹貞的信，孟先生呵呵笑起來，道：「寶，老啦，還吃醋，寶不寶。」

竹貞信上說，嫂嫂看到他的輓聯，多日不舒服，幾次對振毅講：「毅啊，你爸爸把我和你都忘了。」竹貞寫道：三十幾年來，嫂嫂是一位可敬又可憐的女人，請哥哥體諒她。孟先生笑道：

「就為那張聯子，我寫肇熙淑簪、率子孫、泣輓，她不樂意了。眞是老寶個，還要我把子孫誰誰誰一個一個列出來不成。」

淑簪卻注意到另一樁事上，竹貞代家中嫂嫂振毅等一併謝他們年初前後寄的兩筆錢，及後來那筆喪葬費若干，致意他們以後定不要再匯錢去。淑簪折算一下兌匯的款額，不値這麼多，何況年初那兩筆並未經過她手，不知情。她問：「你後來又寄錢去啦？」孟先生答是，她亦沒有其他話，心知他是把她交給他去做牙齒的錢花了。

事實上，寄錢花了一部份，賭債也花了一部份。孟先生的薪水，每月他自留兩三千塊，皆花在牌桌上。贏了錢交回家，輸時回去跟太太拿。後來孟太太才發現，出去的多，進來的少，她不合算。蕭太太教給她，跟老公的錢分開用，向孟先生提出，孟先生反對，說夫妻哪有分錢的！協議的結果，淑簪一次給他賭本一萬元，自此他除了零用的三千塊，再不許向她討錢，是輸是贏都歸他一人。孟先生喜孜孜的，還說要贏錢回來給她，三個多月就連賭本也沒了。

眼前正在翻修舊屋，為屋後牆壁漏水，同時把前院打掉蓋房子，做頭髮的地方從裡間移至外間，才像樣。初時淑簪估計要花五十六萬，催孟先生去申請公務員貸款，孟先生溫吞吞的不見動靜，可把她急死，下了最後通牒：「你不要依賴這次我會去跟爸借錢，上次我幫你借錢，我知道爸媽難過，他們難過我連這些錢都湊不出，日子要過得這麼辛苦，他們痛心。爸在，我有靠也不怕，哪一天爸不在的時候，就算哥哥向我，嫂嫂也不見得願意。我只能指望阿爸活長一點，以後我還有好日子過……」說著淅淅嗦嗦眼就紅了。

孟先生道：「我不是跟你講了，我已經和潘先生提，我們家房子要修了，他曉得的。」

淑簪道：「你以爲曉得，人家都像你想的一樣。」

孟先生暴跳道：「跟你說不通！我有我的交情，你們婦人，說不通！」氣得排門而出。

四月結桃子時節，孟先生帶回來好消息，本來貸款名額只有兩名，已被人拿走，潘先生向上面只說孟祕書家要修房子，再增一個名額罷，准了，先辦加簽他的年限延長。孟先生不免向老婆得意，至於房子後來所超出的預算，淑簪自掏私房錢補上，又邀了一個會，這些孟先生都不管了，亦弄不清，總之秋天新屋落成時，他揮灑一筆寫下二字，名之爲「攸廬」。攸廬裡舖上了天花板，用以遮擋橫在臥牀上方，那根破壞夫妻和諧的樑脊。家宴賓客，坐對一桌好菜，孟先生的牙齒又一次，深深在苦惱他。

孟太太揮舞著吹風機，朝鏡中的客人道：「活該，自己找的。」旁邊椅子上頂了一頭魷魚鬚捲的林太太道：「老先生，不要這麼虐待他，你有什麼好處。」我們必然以爲，他們是在說牙齒——不，他們在說睫毛。

因爲大前天星期日，孟先生打牌到晚上，念湘的一篇作文被選中去參加比賽，老師叫她回家把開頭跟結尾再改好一些，於是孟太太打電話給孟先生，囑他早點回來幫女兒看作文。孟先生答應好好，這一圈完就回，豈知等到十一點，念湘熬不住去睡了，孟先生半夜一點才躡手躡足回到家，又沒帶鑰匙，非得她下樓開門，還問她：「作文在哪裡？」

孟太太氣死了，吼他道：「不必啦。」

次日清晨，念湘收拾書包時，孟先生問她討作文看，念湘哭喪臉道：「爸爸來不及啦。」走之後，孟太太罵孟先生，孟先生坐飯桌旁邊等飯，被罵到後來嘴巴噘得老高，可也一氣不吭。孟太太向吹頭的客人道：「他哦，你要不是理由充分，才沒得給你說一個字咧。」

當日冷戰一宿。星期二清早，孟先生來跟她講話，說他睫毛長了，又插進眼睛裡，央她替他拔睫毛。孟太太壓根兒不理，心想是前天熬夜，老了眼皮易鬆，該昨天就扎眼睛，賭氣不找她而已。

孟先生央告無門，上班去了，傍晚回來家，兩隻眼睛扎得紅汪汪，看著孌可憐。吃過晚飯求孟太太幫他拔，她不睬，走上樓去，給孟先生死拉活抱的攔下，拔掉幾根睫毛。

孟太太從林太太身後抱住腰，學孟先生，「拉喔，抱喔，求喔，我說給對面都看見啦，笑死人了。」孟太太自己哈哈笑得漲紅了臉。

林太太戳她一記，道：「你最恰，恰狷狷。」

此時正當六度桃花開，天是清的，地是遠的，人有生老病死，然而也有其他的。像我們的孟太太，她正在教導這位懷孕的客人，即使安裝避孕措施之後也仍有懷孕的可能性。她道：「生過兒子我裝子宮環，一年不到又有了，我先生喜歡小孩多，說要生下來，將來長大兄弟們互相有照應，我說你神經病，小孩光生不養啊。念湘念祖他們去心算班上課，別人繳兩千塊學費，我兩個小孩就四千塊，硬是多一倍，買算盤也是，硬比別人多一個。養孩子，錢堆出來的。我跟我先生就說要拿掉，不然生個小孩，搞不好子宮環他啣在嘴裡出來，或戴在頭上出來，那不慘了。你說是不是。」

這一世，孟太太有一半是注定的，有一半可是她做出來的。

民國七十五年一月完稿

民國七十五年三月廿日至廿六日《聯合報》

炎夏之都

這個城市越來越熱了。呂聰智開車打三重上高速公路時，這樣想著。

大漢溪浮積著城市吐拉出來的各種穢物，沉滯不動的，從車窗左邊看去，是它，右邊看去，也是它。以前每次聽見電視氣象報告，報導新加坡三十七度的時候，老爸老媽那副不可置信的痛苦樣子，如果他們還活著的話，也就是活在這個經常也是三十七度的城市了。

他趕赴嘉義岳家，德美的二弟給大弟砍死了。早些日子岳母打電話來，說做了一個夢，夢見老五穿著軍服，渾身是血回家來，叫德美注意老五，老五才服完兵役，上來找工作，暫住在他們家裡。沒有想到卻是二弟出了事情。

大弟曾經長得很清秀，近年一直發胖，腫胖，兩隻眼睛逐日像失去焦距，混濁無神。幾年前來他們家住過一晚，一個人悶頭坐在茶几前面，一點點抿著烏梅酒，抽玉山牌香菸，還要敬他一支，他哼哼笑說：「抽這個？你不怕六點半。」當他把一份工商時報快翻完時，大弟掏出一張照片給他看。是四吋的黑白半身照，大弟背對著相機，轉過臉看著鏡頭，嘴上叼根菸，穿的是軍綠汗衫。

很平常的照片，他沒看出什麼，還給大弟。大弟一搭沒一搭的開始講話，說姓林的都是匪諜。他一邊去開了電視，一邊有聽沒聽的答著大弟的話，看見螢光幕上極為喧鬧的問答贈獎節目，惡意的罵著：「去你媽個蛋，有沒搞錯……」操著廣東腔，一罵再罵，圖個丹田吼叫的舒服。慢慢，從零亂的枝節中他聽出了眉目，聽大弟講下去，最後大弟講完了要講的話，激動得不能控制臉上肌肉的抽搐，兩隻眼睛好像被抽乾了水份，凸灼的瞪著他，令他悚悚顫慄起來。

就是現在，大白天在國道上開車，天熱地熱，大路遠方騰蒸著陽炎之氣，猶如水中的景物，而他的車子猶如要開進水中去的現在，他仍舊會一下想起來，便脊骨一寒。那是大弟在金門服役期間，有一次營裡幾人打牌，吵架幹起來，充員兵簡阿水踢到一名老士官的下面，踢破了，送到醫院，不治死亡。本來判簡阿水十三年監禁，老士官們不依，聯名上訴，後來改判唯一死刑。當下他們大專官充員兵，一群人全部譁然，槍決那天，大家都去了刑場。巖坡地外面是天跟海，簡阿水叼著菸朝那裡走去，還沒到槍決處，背後押解的士兵忽然放了一槍，簡阿水掉轉頭來，茫然望了士兵一眼，士兵罵聲幹，衝上前，洞洞補了兩槍，簡阿水仆地倒下。那回頭看的一眼，必定讓他們無法忘記，他們都去拍了那張相片，穿著軍綠汗衫，叼根菸，回頭一眼，相片就壓在辦公桌子的玻璃墊下面。

他的車子進入台中縣界，右窗綿延著荒石枯溪，山叫火焰山。灰晴的天空有一架飛機，在空中劃著一條雲白色凝結尾。回頭看了這個世界一眼，然後仆地倒下去的簡阿水的臉，便以大弟相片上的那副容貌，偶爾出現在他面前。那時候大弟還很蒼瘦，眼瞼底下常常會神經質的一陣顫跳。

德美的老家是空軍眷舍，岳母靠打會買了一棟兩層洋房，就在眷村外面隔條大馬路。岳母、大姐、跟小妹住眷舍，岳父帶大弟住洋房，兩個男孩回來的話，也都住新家去。岳母老是夢見新家的屋頂長滿了黃色的花，在黃昏暗澹的風裡吹搖。昨天二弟回家，吃過中飯到新屋睡覺，岳父去軍醫院上班，過午不久，大弟拿菜刀就把二弟砍了，送到醫院時，血流太多而死。

呂聰智把車子轉下高速公路，走省公路的時候，西斜將落的太陽，在發了一整天的高燒之後，囈語而疲倦的，繼續蒸散著橙炎炎的熱氣，田野一片焦煙。經過那座舊愴的北回歸線標識碑，德美家就差不多到了。

只有岳母在家，給他開的門。平常人丁喧譁的一家子，忽然都沒了聲息。他溫柔的喊岳母一聲：「媽……」眼看著岳母一下漲上臉來的淚潮和血色，不一會兒，消退了下去，留下泥灰的一張老臉，上面犁著溝渠縱橫。他問：「爸他們呢？」

岳母虛弱得像很想把她的胳臂支在地上爬走，她幾乎是爬到沙發椅旁邊，極為緩慢的，把沉重的自己安放到椅上，深深陷入沙發之中。她本來不想講話，卻也條條理理的說起來：「爸爸去殯儀館了，給阿新縫耳朵。」

他阻止道：「媽我都知道了，你休息，不要講話。」

岳母道：「阿慧跟老五他們去看棺材。昨下午鬧到今天，警察驗了屍，大弟現給收在看守所，你沒見他那個樣子，還不知道自己殺了人。阿新叫他砍得……跑出來打電話叫么么九，好些人看見了也不敢去幫，跑來告訴我，我出去一看，砍成那樣，就是活人，也是個廢的了。」

「大弟不是一直在吃藥，滿好的？」

「不好。」岳母道：「那女的家裡，又來了幾趟，逼他出面解決，他在家裡，滿屋子轉，轉轉轉，像被誰給關在籠子裡那樣，結果轉出這個事情。」

他聽德美講過，一年前嬸嬸爲大弟介紹了一位加工廠做事的女人，大弟在公路局做站務員，嫌對方難看，不很情願，到底岳母怕害了人家，把大弟的情況向那女的說明清楚，希望就此作罷了。不料女的卻不在意，交往兩個月後，就結婚了，住在新屋。結婚第二天，女的一個人跑去大貝湖說是度蜜月，大弟才講，那女人的奶奶上面腫好大個瘤，嚇死人。女的度蜜月回來，一人去醫院動手術，乳癌割掉了兩個奶子。住院期間，他們這邊也沒有人去探病，唯岳母去了醫院三次，燉雞湯帶給那女的吃。女的出院後，大弟就吵要離婚，自己寫狀子去告，告不成，就不讓女的在屋子裡，女的只好回娘家住去，三番幾次來找他們談判。

岳母長長嘆一口氣，在天色漸黑還未開燈的客廳裡，沉默著。沉默像塊大磁鐵，把一切，把冷氣機轟轟的運轉聲，都吸附上來，無埃無塵。有一刻呂聰智覺得，太不公平了，似乎承擔越多的人，承擔越壓到肩上來。岳母忽然移動了一下，問他：「德美說電纜工程你標到啦，標多少？」

「四百七十萬底價，五十萬押標金。」

岳母道：「唔。自己出來做，累吧？」

「要拚。」他一語淡淡帶過。

岳母忽又道：「大弟肖蛇。」半天，幽幽的說起來：「小時他就比別人膽小。有一回我睡午覺做夢，一條蛇被輪子壓成幾截，醒來，心還蹦蹦跳，德美他們跑回來，說大弟給火車壓著動不了，嚇得我，跟著跑出去，是窯廠運黏土的小台車，玩躲貓貓他跟人家去藏那底下，車子開時別人都跑出來了，就他不敢動，被壓在那裡。早知道，那時候沒了罷，到現在作孽哦！」

天黑後岳父先回來，提著半打罐裝啤酒，進門看見他，點個頭，忙不迭脫掉香港衫，剩一件背心，湊到冷氣機前扎開兩臂沐風，黑胖的身子散出消毒水的氣味。岳母問道：「是縫好嘍，爸爸？」

岳父在喉嚨裡咕嚕應一聲是。岳母仍不放心，道：「阿新看著還可以麼？」

「可以。」

岳父把衫子晾到那座頭角猙獰被叫做牛魔王的烏木衣架上，道：「媽媽弄吃的來吧，肚皮餓了。」便拿出兩罐啤酒，一罐給他，令道：「喝，喝。」

他跟岳父向來是講不上話的，隔桌對坐，各吃各。岳父生著一張不規則的肉臉，有時看是平行四邊形，有時看呈梯形，這會兒臉肉甸甸的贅下，堆積在下巴處，成了金字塔形。德美說爸是那種心臟跳動很慢的人，極冷靜，但有時眞讓他覺得，簡直是三腳踩不出個屁。好幾年了，德美跟他都把孩子帶回來過年，除夕打一夜麻將，初一到初三，家裡親友鄰居川流不息的時候，他就窩在裡面看武俠小說，一租一大落，與人老死不相往來。常常他把書都看完了，年還沒有完，他就兩手抄在褲口袋裡，牌桌邊站站，孩子群裡蹲蹲，看著一地翻腸剖肚的鞭炮屑發呆。每當這個時候，岳母終年平板的臉，也有了歡顏起伏，因著兒女們充滿在她眼睛可以看見的範圍內，她那雙年輕時吊俏的單眼皮，遂像初五的月牙，彎彎的帶著笑意，墜掛在那張原野黃沙般的臉上。而總是這張臉，看出來他的長閑潦賴，向他抱歉招呼著：「出去走走啊，天氣好的咧。」他便感覺到自己，有如被一隻溫熱的熨斗熨貼了下來，平了。

次日上午，他陪同岳母到看守所探大弟。大弟辨出是他們，清晰的喊道：「姐夫，媽……」腦袋掉在胸前，滴滴淌著眼淚。

大弟仍不記得一切過程，只知道是那天下午，坐在樓下，窗戶外面熱晃晃的，菱花形鐵窗欄干一槓槓發出紅光，紅騰騰的，最後延燒成一片火灘。大弟翻來倒去幾句話，說的仍是這些，嘴角聚著越積越多的唾沫，快要流下來，岳母塞過去一疊衛生紙道：「擦掉。」

他聽著心中一酸，竟像要哭的，吸了吸鼻子。

他們決定下禮拜二行天主教儀式，通融火葬，他再載德美和兩個孩子來。岳母很像賭氣那樣，道：「討債鬼，在我們那裡，就草蓆包包扔到亂葬崗去了，哪還有棺材給他呢！」

呂聰智吃了岳母下的一鍋麵疙瘩之後，啓車回台北。他想起這一趟漫長、單調的車程，炎陽將在他前方和對面來的車子的各色鐵皮頂上面，反射出一炸一炸刺眼的光爆，他眞是沒有勇氣上路了。年輕時他的勇氣，一輛打工買來的鈴木一百CC，每到寒暑假，便從台北直下縱貫公路回高雄小港家。有一次他把德美送回嘉義，暑假結束時，再經嘉義，撈了德美同返學校。一頂安全帽，一副風鏡，積得厚厚一層灰，取下了鏡子，德美看著他，笑得直打牆壁，把他推到公用的浴廁對鏡一照，可不是，風鏡罩住的地方，印出一個肉白色的、俯臥的B字，風鏡沒罩住的地方，鹽漬得灰乾透黑，變成了一張猴臉。而他屢次經過的北回歸線標識碑，在德美記憶的宅奧中似乎佔著非常輝煌的一角，因爲他們一家曾經穿上最正式的衣服，在碑前拍了相片。對於岳父母所來自的甘肅涼州高緯度區，北回歸線，眞是件稀罕的事情。

岳父的心臟，的確跳動夠慢，昨晚就如常的回新屋睡覺了，早上過來吃了麵疙瘩，叭噠叭噠抽完一支金馬菸，便去醫院。岳父主治骨科，近年鑽研針灸很有心得，上回過年在家，幫大姐治鼻子敏感，滿臉插著針杵，手上、臂上、膝上、腳上，都有，太野蠻駭人了。如此想著，鋼灰色的大漢溪已在眼前。

城市把它匠心裝扮的容貌展現給盆地中心，卻把它的背後，任其禿敗無色的，髒邋邋暴露於虐日之下。

他並不回板橋的家，轉去葉那裡，葉知道他下午北返會去她那裡。

車子從松江路下降進入市區，連棟大樓高過了夕陽的高度，像夾岸峽谷，下班的交通是谷底川流，遇到高樓空隙之間穿照而出的陽光，就在川面折射著金屬片燐燐的閃跳。碰到十字路口紅燈，又像大江橫阻，西邊望去，熔熔斜陽裡市景都曝了光，東邊是金色沙礫裡的一座海市蜃樓。常常，在紅燈暫停中，呂聰智就會跌進一刻很沮喪的情緒，正如他現在的年紀和狀態，東張西望的，不退不進。該有的都有了，卻又好像什麼都沒有。

葉的住處有十二層樓，雜在高低起落的樓叢之間，相互投疊著大塊大塊的斜影，影子之間夕暉錯置，裸露出層疊的、泥金色的建築物。他在這現代叢林底下繞了兩圈，才勉強擠進一個位子泊車。

電梯很老舊，左搖右晃蹭蹬著送上九樓，頭頂一截日光燈，慘澹的藍光永遠把人的氣色弄得極壞。壁上有塊玻璃鏡，在這段上昇或下沉的九樓旅程中，他經常無意識看著鏡中的自己，以及映在鏡中電梯門頂那排明滅變換的數目字。旅程很短，也很長。短時，他那副酒醉紅掙掙的大臉，一個怔忡，就到了。長時，長得夠他把一生到現在，形形色色各種人與事，都想完、過完了。這當兒他甚至想，如果電梯忽然解體摔到地上，死了，怎麼辦?閃進腦中的，他沒想到，仍是孩子和德美。還有，岳母的溫和而又苦辛的臉，亦霎時臨現。他忽然害怕極了被電梯摔死，二弟不就是頃刻間再也不存在了。但他看見9字亮了，空窿窿電梯門開了，他一腳踏出電梯，剛才的一切，又都遺忘。

葉不在，他掏出鑰匙，開了門進屋，烘烘一團熱氣。窗簾沒拉上，西曬透進玻璃窗，滿室的昏黃，和滿室的疏影縱橫，叫人頓生寂寞。他來這裡，要的就是解放疲勞，葉卻給他這個，很惱。他先去扯上粗厚的窗簾布，開了燈，開冷氣，脫鞋脫襪，把自己扔在牀上，大字躺著。不一會兒，便呼呼睡著了。

醒來時，有一晌他不知道自己在哪裡，望見浴室的黑暗處亮著一粒紅光，想起來是電熱器。他以爲睡了很久，看看錶，不過二十幾分鐘，可睡得眞沉，骨頭都散了，乾渴如焚。他跳起來，撥拉開手風琴式的奶黃色塑膠屏風，有個小廚房，其實只能算是個五臟俱全的料理枱，小冰箱裡倒有幾罐白梅牌芭樂汁，開了罐一口喝淨。

他到桌前翻找出這期翡翠週刊看漫畫時，發現桌上一本水紅封面的日記，本子內插著原子筆，他略翻一下，瞄見自己的名字，便看了下去。葉寫著對他的各種愛怨的話，一會兒說他是她所遇過最好的客人，一會兒罵他冷酷無情跟別人沒有兩樣，有時則艾憐自己的命運，又把希望寄託給他。他闔上日記，很短的一瞬像被激了起來，心抖抖的。

那水紅封面上，燙金勾勒著薔薇、葉子、蝴蝶繁複的圖案，製造過程中放了太濃的香味，令他有點發暈。他有點明白了，葉故意不在，把日記留在桌上，做出彷彿寫著時突然被什麼事情打斷，匆匆離去，以致忘了將日記收好的那個樣子。是的，她正是這個意思，要他看她的日記。

葉不時有這種超出他們既定關係的作爲，讓他發怒。他呆呆坐了一陣，起身穿上鞋襪，把牀鋪抹抹平，窗簾重新扯開，屏風拉回去，日記擺正保持原來的位置，關掉冷氣，熄了燈，帶走喝乾的易開罐。他想他不該再來這裡了。出了樓底，鐵罐給他揚腳一踢，清鏘彈在牆上滾下，一路滾進溝裡，他痛罵自己一聲：「去你媽個蛋！」

那時候葉還住南門附近，跟一個叫蒂蒂的小姐同住。有名舞客釘葉釘得死緊，蒂蒂是廣播電台大嘴巴，又想巴結人家舞客，便每次把葉拉撮給那男的，任人家釘到她們住處糾纏。一晚已過了十二點，突然接葉的電話，直打到家裡來，人在西門町，說不敢回去，那男的車子和人在她們樓下等有一個鐘頭了，她下班搭計程車回時看見，繞出來吃了東西，回去見人還沒走，電話打進去蒂蒂又不在，她沒辦法了只好找他。

他才應酬回來洗過澡，準備睡覺，德美帶兒子睡裡間，岳母來家住，女兒喜歡和外婆擠，老的小的每天不到十點都睡死了。他換了衣服，找到一把螺絲起子，開車赴西門町。葉等在圓環那頭電影看板底下，見是他的車子，走到馬路上，霓虹燈斜潑得她半邊綠紫，鑽進車來，臉也紫紫的，口紅成了銅青色。

到她住處，那男的車子已不見，葉說：「大概走了。」他仍陪她下車，提著螺絲起子，在樓門左右巡巡，葉有點難堪的，手提包抱在懷裡伶仃仃的樣子，一時不知如何收場。他道：「看換個地方做吧，還是搬家。以後這種事，不要再來找我了，你最好報警。」看著葉翻出鑰匙開了鐵門進去，他遂折身回車上，隱隱感到一種麻煩上身的壓力，十分不快。

之後他為避她，換了個去處。經過的各種女人那麼多，卻老記得她的樣子。兩三回帶她出場，做完他留下錢，就一人離開回家，後來一回她也同走，他坐在沙發上穿鞋子，電視兀自放著A片，他看見她穿戴好了，卻在整理狼藉的牀鋪，光著腳丫站地上，輪番在牀兩側扯平單子和罩子，真不是她的身份該做的，像個老婆。他想平常她跟別人都這樣嗎？沒有穿高跟鞋的她，顯得腰身長，腿短，人矮矮的，是個平常婦人呢。他心動了動，一念不忍，竟破例道：「妳姓什麼？」在舞廳大家喊她珍珍。

「葉。」又道：「我叫葉麗珍。」

「妳哪裡人？」

葉說：「台中。」

他又問：「妳一個人在台北？」

葉看看他，似乎不知從何說起的那樣嘆了口氣。他恰也興致到此，就結束了談話。

往後他們又有幾次，他漸漸曉得葉十七歲就結婚了，跟丈夫到南非，丈夫的父母親在那裡開餐廳，婆婆待她很惡，丈夫有了當地的女人，常常打她，她離了婚，一兒一女帶回台灣。她的寡母並沒能力幫她帶孩子，就把孩子託養在一戶公寓，自己出來上班，兩孩子認那個還沒結婚的保母叫小媽。葉是個整潔、不愛講話的女人。

當時他尚在替人家做電機銷售，決定與葉疏離後的幾個月，突然接她寄到公司的一封牛皮紙袋，她眞有本事打聽得出地址。信封裡是一把鑰匙，便條紙上告訴他，搬了新家，新電話。終於他還是去了電話，知她現在一個人住，復又去了她那裡。

單身套房，她的家，他馬上感覺出她跟在旅館裡不一樣。熱烈的時刻，她把他的脖子纏得透不氣，他猛然掉在灼燙的昏迷中，然而就算這樣，他亦心底清楚，甚至他不看她激狂的臉，埋頭於自己既昏迷、又清楚的奔亂放縱裡。而且他絕對不過夜。

來多幾回了，便也成爲習慣的一部分，予求予取。他總是坐馬桶上翻完翡翠週刊，沖個澡，望見自來水通過電熱器的紅燈變成熱水從蓮蓬頭淋下，他總要像疑心被電梯摔死的，疑心哪一天不定被水電死。然後又忘了，躺在牀上換美華報導看，等葉也洗了澡，他們就開始。

葉過二十六歲生日，他來她這裡時，遇見葉的寡母和兩個小孩，請他吃了碗豬腳麵線，孩子便在牀上活潑的蹦跳玩耍。他很快離去，給了葉五千塊的紅包。那時候他走出樓底下，就想以後少來的好。對面蓋大廈，鷹架鋼筋外面圍罩著灰綠紗網，工人在高處焊接，鑿開的焰花迸散落下，半空成了火星星就熄了。

習慣是一個舒服的陷阱，讓人日漸身臨其境卻絲毫不知。做爲女人的葉，有了一些眞實的感情對他，他悚然發覺，這才是可怕的。

呂聰智開車回板橋的路上，車堵得跟便祕一樣，「幹！」他罵著。心重重的墜在肚底。家裡，一屋子人。進門就聽見德美直著嗓子在罵兒子：「豆——你再給我沙發上跳，我剝了你的皮！」

其實也只有余太太和她的兒子阿寶，但是跟小玫和豆豆三小孩加起來，就一個頭兩個大，滿屋都是人。豆豆背後塞著一團毛巾，像個小號的鐘樓怪人，他道：「這是幹什麼？」

德美道：「嗳呀瘋得全身都濕了，冷氣一吹就感冒，給他塞個布吸汗啦。吃過飯沒？」

「沒。」

德美便去把飯桌上蓋著的報紙拿走，有湯和幾盤菜，他們都吃過了，湯端進廚房再熱一下，抽空問他：「媽怎樣？」

「還好。我陪她去看了大弟，大弟什麼都不知道，在哭。」

德美眼睛紅了紅，問道：「爸呢？」

「爸還去幫二弟縫耳朵。下禮拜二我們回去，二弟要火葬。」

德美坐回沙發那裡，嚴肅的和余太太低聲講話，約是把最新情報告訴余太太。前一陣子，她們幾個太太迷著做楊桃酒，天天跑去後山農家採楊桃，堆得屋角好幾缸罈子。最近開始迷打毛線，幾家串來串去交流花樣的打法，又弄到屋裡到處是毛線製品，看著就熱，講她夏天打毛線神經病，她們說現在打才對，打到冬天正好穿。突然小玫尖叫一聲：「豆又大便了。」

「豆你敢給我大！」德美氣得叫他：「呂聰智你去打他，打他。」

他到房間裡，小玫故意很恐怖的表情站在牀邊，原來牀上有一塊屎球子。他去找了蒼蠅拍，等豆豆上完廁所出來，倒過柄要打，豆豆哭喪著向他告饒：「不要打爸爸，不要打，我才屙出一點點。」

他叫兒子趴到牀沿，用柄子抽了屁股兩下，心下氣弱，感覺自己竟老了，疼著打不下手，就教訓道：「以後不可以這樣，光貪玩，要大出來了才上廁所，怎麼可以。這次打你兩下，下次哼，沒這麼好嘍。」

余太太遂帶阿寶走了。德美進來收拾牀，道：「豆又一直流鼻涕，下午帶他睡午覺，冷氣吹的，晚上要咳嗽，明天又得去看醫生。昨天孫叔來，還說豆好大了，唉呀我看他光長頭，不長個兒，跟個蛋一樣，整天滾來滾去我眼都花了，煩得！哦你去看了大弟，會被關多久知不知道？」

「現在看守所，等起訴才知道。醫生有精神耗竭的證明。這種人，最好一輩子不要出來。」

德美嘆道：「最可憐是媽。上天還跟我說，住女婿家吃女婿的，她不心安，住住又回去了。我說媽你神經病，呂聰智他才不管你咧，他還叫我陪你去聽歌、看秀呀，趁跑得動跑跑，媽也不聽我講，就是想不開。錢你給媽了沒？」

「給了。我說是你還她的會錢。」

德美收拾到客廳，又罵起來：「豆你今天看第幾遍了！不要看了，去睡覺。」把電視關掉，押豆豆進屋來，向他抱怨道：「早上七點起來就要看聖戰士，每天欸，看幾百遍了還看，不給他看就哭，煩得我！」把豆豆背後的毛巾拉出來，抹了頭臉，將豆豆翻倒在牀上，崩崩的拍著屁股強制入睡。

他洗好澡出來，豆豆已給打睡了。德美塌在桌邊坐著，陪他吃飯，道：「孫叔送我們兩箱幫寶適，豆用不著了，你不是說誰生小孩了，送他們吧，做個人情。孫叔他侄兒在美國，想去大陸做生意，孫叔說紙尿布那麼好賺，趁那邊還沒人賣趕快去開發市場，一定賺錢。我心裡想不好意思說，好賺，是在這裡賺，那邊誰買啊，連我都要算算，幾泡尿，一片十塊錢就沒了。你想嘛，那邊又沒冷氣，像這麼熱天，買回去穿捣出一屁股痱子，又沒垃圾車，一袋袋那麼大包濕尿布往哪裡扔啊。我現在也想通了，還是老方法好，開襠褲光著，尿的話，泥巴地一下就乾了，像我們這磨石子地，拖把一拖就行了，多方便，還不會得尿疹——」

「好啦。」他道：「孫叔他侄兒，關我們屁事。」

德美長得像岳母的那雙單鳳眼，橫了橫，道：「哼，幫寶適也要改小包裝啦。何太太發現一種日本的叫滿意寶寶，慶祝十週年賣出一億片，特優惠，一包一百九十九片，划到一片才六塊錢。」忽想起什麼的，要笑不笑道：「小玫今天做暑假作業問我，國旗有三個顏色，一百面國旗幾個顏色，欸，你說幾個？」

「廢話，三個啊。」

德美道：「我就沒想到，跟她說，三乘一百，三百個顏色。」笑得直打他。道：「後來她跑來說，媽好像還是三個顏色喔，我才想對呀，三個顏色，哎呀眞沒面子。」

他瞪德美道：「有沒搞錯！」忍不住也笑了起來。

德美講話快，像盆鍋裡炒蛤仔，辣利價價響。她說她爸爸的臉是糊糬臉，「趴趴的不成形欸，看他晚上睡覺頭朝哪一邊，朝左邊，第二天臉就往左趴，右，就往右趴，一定準。」他想德美一家人的話，大概都被德美講光了。

次日清晨，他還在睡，模糊聽見女兒和德美拌嘴，越來越不可開交，他爬下牀赤腳走出房間，見德美抓著衛生紙擤鼻涕，氣哭了，小玫站凳子上，桌上鋪了一張墊褥，笨拙的在燙衣服，悶頭不理人。德美道：「你看那死樣子，非穿那件不可。起來就問我要那件衣服，我說剛洗好沒乾，就跟我翻臉欸，又不是沒的穿，幹嘛非穿那件。講她兩句還不行，把門摔得砰砰響，臉惡得，跟我像仇人一樣，幹什麼，不穿那件會死呀。」

他道：「小玫，你怎麼搞的，那麼多衣服，換一件有什麼關係。」

小玫淚汪汪道：「昨天又不洗，人家今天就要穿的。」

德美道：「哼她昨天下午楊如萍她媽帶她們去吃麥當勞，她也要穿那件，回來汗臭的就扔在那裡，又沒說今天要穿。我沒事幹光洗她那一件，當然是早上一起洗啊。」

「那我自己把它燙乾穿就是了嘛。」小玫站在凳子上還跺腳。

他喝道：「喂小玫，大人一句，你頂一句，小孩這樣最討人厭了，不可以。你今天是要去哪裡？」

小玫賭氣不講話，德美道：「她要去電視錄影，擂台比賽，她們跳舞老師安排的，說光跳又沒表演，大家都不來勁。一個月兩千塊學費，貴得，不上電視一下，誰知道花到哪裡去了。」

他趁德美進房間來時，便斥德美道：「你不要老跟孩子鬥嘴，把小玫嘴巴練得那麼利，討厭嘛。」

德美垮了滿臉不高興的出去。後來他下樓辦事，看小玫的長頭髮已梳好兩個髻，綁著大紅絲花，德美正給她在塗口紅，小玫哈著嘴道：「爸再見。」被德美厲聲喝止道：「不要動，搽到嘴巴外面我不管喔。」

樓下的店面，左鄰是洗衣店，騎樓底下晾著一匹匹被單，往往遮去他們店前的天光，他拿鑰匙開了門進屋，屋裡映照著外面藍綠條紋被單蔭蔭的影子，倒也涼快。他打了幾通電話各處找老秦，託老秦訂購鳥坡林電纜的事，應該有回音了，正納悶著，卻接到葉打來的電話。他喂喂了兩聲，那一頭沒聲息，他就知道是葉，道：「怎樣，有什麼事？」

葉道：「你什麼時候回來的啊？」

他脫口說昨天，馬上後悔，果然葉問他：「有沒來過這裡？」

「沒有，我直接回家了。」

葉道：「沒啦，昨天我有事出去了，不在，怕你來過……」

「開車太累，回家了。」他冷淡道：「我還很多事要辦，有電話要打進來。」

那一頭靜了半晌，道：「後天我們周年慶，要做成績，你來吧。」

他唔了一聲，答應與不答應之間，也像曖昧的發著脾氣。葉依如往常，從來不說再見，卻道：「那，就這樣啦。」有些無可奈何，有些自找台階的，掛了電話。

電話樓上有分機，他曉得德美有時會偷聽，前後經過的幾個女人，德美倒是不理，只要他拿夠錢回家，她才懶得管他。當初那麼糟糕的情況下，他都娶了她，現在多了兩個小孩，他又疼，要糟也糟不過那時候。德美不會不知道葉，就向他警告過，「哼，電話拿起來，一聽是我的聲音，屁不放一個就掛了，不是那個人會是誰。」

一次他喝得半醉回家，叫醒德美幫他弄稀飯吃，德美亦陪他吃了些醬菜。飯桌柳橙黃燈下，德美那張遺傳自岳母的北方人的臉龐，單眼皮，白的是白，黑的是黑，講起話來摧枯拉朽的力氣十足，叫他嘆了口氣，道：「你就是不喜歡跟我好。」

德美瞪他一眼，掙紅了臉道：「誰喜歡呀。德慧佘太太劉太太，還有那個做裝潢的宋瑪莉呀，他們都不喜歡——那個有什麼好。宋瑪莉還說呢，有一天她老公爬到她身上，被她一腳踢開，掉到牀下去了，笑得！」

他道：「德慧她也算，還不如離婚算了。宋瑪莉那德性，女不女男不男，送給我都不要。你光跟他們學這。」

德美的臉直紅到兩鬢裡去，道：「我反正是……」張口結舌竟吐不出一字，賭氣去廚房拖地了。

他也不明白，到了現今他還在求什麼，總好像以爲不定哪一天忽然讓他找到了。他甚至也很少再想念燕怡，兩年前燕怡回國，聽說有兩個女兒了，老同學想湊合他們見個面，他都沒這個心。離開公司後，他把客戶都抓到手來，大部份是做下腳廢料、工程發包之類，這回T廠的EPR電力電纜招標公告還沒貼出，他就從老秦那裡打聽到底價，果然給他標到，回來告訴德美，德美顯得很高興，還打長途電話跟母親講。那晚他們履行一個月一、兩次的大事時，德美幾乎不曾有過的，那樣把身體柔勁的挺了起來，迎向他。他雖然還不至於感激涕零，但一份實實在在的滿足，的確是眞的。

難道他求的就是這個？他不很知道。就算知道，也太卑微了一點罷，他不會承認的。

隔天老秦約他出來喝啤酒，告訴他，向雅中、隆豐訂的烏坡林電纜，都說是趕不及沒法出貨，原來新大洋已通知他六家電線電纜，不准出貨給姓呂的。六家搓湯圓，這回輪到新大洋，沒想到半途殺出程咬金被他標了去，現六家聯合起來不給貨，逼他過期無法交貨，押標金五十萬將被沒收，等T廠重標。

他連連痛罵了幾聲幹，問老秦還有什麼辦法可以拿到貨。老秦教他保持沈默，風聲過後再做。老秦有個親戚在隆豐，已答應可以把烏坡林名義上賣給老秦，再轉給他，唯價錢要比原來貴一倍。

他一邊氣自己，一邊也覺得老秦並不是那麼盡力，夠朋友，遂自暴自棄道：「操他媽去開計程車算了！」

老秦嘿嘿笑道：「怪不得，計程車司機聽古典音樂的喔，越來越多啦。」

「去你媽個蛋，鳥才聽古典音樂。」他眞想把啤酒瓶砸到老秦頭上。

老秦道：「不景氣啊，轉業的多嘛，大學畢業照樣都來開塔哭洗。」

兩人喝到舌頭都大起來，他拉老秦去跳舞。開著車，轉來轉去，就是開不到目的地，竟下起了雨，一陣大起來，在窗玻璃上沖激著滔滔洪水，夾街霓虹燈給沖得遍地色慾橫流，藍一場，紅一片，綠一灘的，直打到臉上。冷氣太強，凍得兩人像蟒蛇吐信，嘶嘶作響，呼出來的息立刻霧成一團白煙。他卻不讓老秦開小冷氣，自虐的任其暴露在寒氣之中，感覺手腳冷濕的硬化成一層鱗甲，直到他的車子不知怎麼倒進一個空位，轟隆停住，他整個人跌在方向盤上，嗶嗶嗶把喇叭壓出一疊串尖叫，他們才驚醒了過來。

下了車，撲面一股潮腥，猛不防像掉進熱帶沼澤裡，各色霓虹燈開著熱帶冶艷有毒的大花，他們不知道這裡是台北市的哪一個地方。他攔住一輛計程車，兩人坐進去，道：「仙樂施。」

車子卻煞——地停住，車門彈開，要他們下車。他正要發脾氣吼，司機已不耐煩道：「到啦，仙樂施。」他們往外一望，可不是，對面正是仙樂施銀紅的霓虹招牌，經過一場雨洗，晶晶閃亮著，可愛得很。你推我擠的跌出車外，就跟呼過了似的，兩人high得笑做一堆，渣渣跋涉過夏雨澆過的街道，濺得一褲管沙水，渾身分不清的是熱、是冷、是潮、是乾，一頭栽進仙樂施的黑窟裡。

週年慶，舞客很多，葉看到他還帶了人來，比平時多講著甜蜜應酬的話，不一會兒嗓門就岔啞了，逢人便撫著自己脖子抱歉的笑，道：「沒有聲音啦。」彷彿非常快樂。

他幫葉做成績，買了茶舞一百節，晚舞二十四節全包，加六節吃消夜，一萬郎噹。當葉溫軟的貼著他跳勃魯斯的時候，他忽然想到中興電機的石頭，不定石頭可以幫他忙，找到比老秦那邊便宜的貨。他的胃，又隱隱痛起來。

老秦帶了一位高個子出場，一塊吃了宵夜後鳥獸散，他去葉那裡。但是和葉做了一半，竟趴在她身上睡著了。

一覺醒來，兩點多鐘，腦袋脹得像七月裂開的石榴。他離開葉住的地方，巷子濕濕的未乾，沿途堆著集攏在一處的垃圾袋，有的被貓狗扯開，爛腸爛骨拖散一地，驚起了一隻貓，箭地飛過他面前，踞在牆頭，眼珠朝他發著森森的燐光。高樓萬戶，大約每一戶人家都開著冷氣，白天不覺得，入夜之後，整個城市的谷底像一座燃動中的輪機艙，轟轟震響。驀地一溜水滴滑進他後面的襯衫領子裡，是凸出於樓窗外的冷氣機落下的水滴，令他覺得，有如把屋內所有人的污汗都吸食之後排出來的廢液，那樣噁心的，他狠狠擦拭著脖子背後，心想，難怪台北越來越熱了。

垃圾車從他身後駛來，沉重的步履像一部坦克過境，留下五味雜陳的腐敗氣味，凝滯不散，他趕快逃到大馬路上，那棟報社大廈依然燈火通明。他看見工人站在倉庫平臺上，將輸送帶滾出的一綑綑報紙傳進鋁皮的運報車裡，裝載完畢的車子便開了出去，一輛接一輛的，很忙碌。這就是明天早上，不，已經是今天，發送到全省的、即將為眾人所知道的新聞了。每次，他總有衝動想去抽一份出來，先睹爲快，但也僅止於想想，罵自己一聲無聊透頂。

他招到計程車，仍回仙樂施那條街，找到自己的車子，不幸發現，短短的這一刻工夫，車裡的音響竟被撬走了，車門的鑰匙孔整個被搗穿，約是一種鈍器，像鑿山洞的大約翰那樣硬捅，一鉸，門就開了，快得很，一分鐘幹一件案子都行。

當下他簡直欲氣無力，一種放棄爭鬥的平靜，就像許多年前燕怡那幫死黨男生，知悉他決定和燕怡分手時，約他出來談判，他早也想揍他們一頓，幾乎是抱著大不了一死的怨憤去赴約的。夜晚的巷子裡，講沒兩句話正要惡打起來，社區的警衛不知怎麼巡了來，問他們在幹什麼，那一下，他忽然感到，一切是如此無力而且無所謂。幾個人跟警衛閑扯，最後他還把身份證掏出供查，道：「都成年了，還打什麼架，不會打的啦。」講著居然笑得出來。

時代眞是進步了，作案的方法都不一樣了，「算輸你！」他喃喃冷道。

德美問他：「你說什麼？」

「我說現在的人越來越厲害了。眞衰。」

音響被挖走的那塊方洞，呈現著很冤枉的敗象。德美道：「還好我們有保險，不然我都不曉得被偷，算保險公司也要賠的咧。」

他們正在開往嘉義的高速公路上，旱魃魃的河牀上生著煙。這兩天拉肚子，身上都是征露丸竄鼻的藥氣，辛烈而挫折，完全是情緒性的腹瀉。他道：「我這次包的工程，白做了。」

「白做？」德美像獵狗休地驚豎起耳朵，繃硬的聲音問他。

他道：「我跟他們訂的電纜，他們不給，沒辦法——」

「他們爲什麼不給？」

他道：「幾家一路貨，工程輪流標，這次是新大洋，被我標走了，新大洋就叫他們不給我貨。」

德美道：「那你就不要跟他們訂，哦只有他會做了不起！」

他道：「現只有他們做這種特殊電纜，結果老秦幫我弄到的要貴一倍。」

德美急道：「噯呀你怎麼不搞清楚就去跟人家標呢，他們那麼多公司你嘛一個人算老幾——」

「我他媽的老大！」他火又上來，吼道：「不賺不賠，白做一場，我買次教訓可以罷。要不是老秦的表舅在裡面，押標金五十萬泡湯，沒信用，以後我還要不要做，我不死啦！」

德美道：「你跟我叫那麼大聲幹什麼。」

兩人爲了孩子跟前，各自把火氣強制壓下。車走了一會兒，德美眼角看見他蹙著眉頭，臉色發青，知他胃又痛了，便叫後座的小玫傳過來保暖水壺和手提袋，取出藥瓶，給他倒了兩顆卡貝金吃下。一路無言，車過北回歸線時，母子三人都已睡著了。

岳母信天主教，二弟的葬禮就用天主教儀式，教會來了一些兄弟姊妹唱詩，據說二弟的臉修補得很好，保持了他生前完整的模樣，看不出是凶死的，岳母覺得滿安慰。

儀式結束後，大家依次到靈堂後面繞棺木一周，看望死者。呂聰智抱著兒子，列在隊伍之中往前移動，卻看見岳母制止的嚴厲眼光投過來，教他不要讓孩子看，畢竟是不祥的橫禍罷。他便帶了小玫一起到靈堂外邊，殯儀館內種了許多七里香，兩小孩採著橘紅的豆果玩，炎陽底下也不怕曬。

送火葬場時，他帶孩子連德慧的女兒，回老家睡午覺。大夥弄到晚上才回來，德慧、老五、德芬只等母親下麵疙瘩吃，就呆呆坐客廳裡看電視。德芬畢業已一年了，也不出去找事做，要說蹲在家裡等嫁人，又沒這個意欲，安然處於停頓狀態中，日趨懶散。

德慧本來是他們女孩裡最好看的，專科畢業後在基地福利社做事，和一位美術教員有感情，父親反對，她一氣之下就隨便嫁了一個追她的空軍少校，婚後只往娘家跑，女兒生下後便不回去了，乾脆娘家住定。她原本柔和的鵝蛋臉，近年越變得線條尖硬，寡言寡語的，一出口就衝人。他看看這一家子，替岳母感到難受，正想著，聽見廚房有人哭泣，德美幫忙在做麵疙瘩，眼也紅濕的。

岳母道：「別人家孩子都帶得好好的呀，我不也照樣帶的，弄到一個死了，一個有病，你姊姊又是那樣，我出去見到人，都沒有面子啊，做人做得眞失敗。」

德美道：「老五不錯啦，唸統計好找事。」

岳母道：「我想到阿新，心這裡，會痛……」

很久以前的荒唐事，必定也讓岳母痛心過。他是在小玫出生一個月以後，才出現在他們母女前面，接他們回台北去住，岳母站在門口目送他們離去，那雙馴良和平如牡鹿般的眼睛，看著他，好像在說：「好好對待我的女兒吧。」

他認識德美在先，追她追了一年，德美心在太多事情上，當他老土，始終若即若離的。燕怡唸廣電科，和德美極不同。他一輩子不會忘記，燕怡在他底下緊緊抱住他，像是笑像是哭的喃喃說：「有身體好好，有身體好好。」他感動得任眼淚掉進她蓬香的頭髮裡，發出像水滴打在火上的淬淬的響聲。二十歲的身體，他們隨時隨地不厭其煩的做愛。他陪她去學開車，光天化日，車子熱得像一座蒸桶，他們是桶裡兩條火燙的鰻魚，不一刻就又纏在一處，大太陽給隔在帶有一點淺褐色度的窗玻璃外，混混沌沌一塊圓餅。車座的膠皮滲出膠汗，要被他們掀脫了一般，畢畢剝剝發著可怕的聲音，他們倒下去時頭頂的天空，亦因著那淺褐色度的窗玻璃，顯得洪荒草昧。

那年暑假，他便在燕怡家裡開的餐廳打工，整兩個月住在她家，半夜溜進她房間，睡到天亮。有時燕怡捻亮了枱燈，會引來飛蛾在紗窗外面撲擊，而總是有兩隻壁虎立刻出現。他們趴在牀頭上觀看，壁虎從紗窗的一角幽靈似的浮出，緩緩伸出銳角形的頭顱，凸鼓的腮幫激動抽振著，像一支幫浦。身軀潛水艇般的，不動聲息朝前划進，尾巴則如運筆千鈞，勁道十足的左一掃，右一掃，極狠。被盯住的蛾蟲，爲其勢所懾，迷弱的掮著兩翅，可怎麼也跑不掉的，迅雷之間就給咬住，刮渣兩下，進了肚子。透光看見牠肚皮裡的蠕動，直到一隻隻飛蛾把牠填滿成了不透明體，貼在紗上懨懨的呼吸起伏。此時牠的四個手掌顯得更玲瓏白嫩了，像嬰兒的小手那樣，逗人喜歡。燕怡很愛這兩隻壁虎，早晨起來，總要察看窗枱或牆邊有沒有壁虎拉的黑白相間的屎米，若給她找到，便叫他來看，高興得很。他一直想不通，壁虎是從哪裡鑽進房間來的。

德美知道他跟燕怡要好後，忽然便對他回心轉意了。兩人同班四年，倒像兄弟姐妹的情感，德美跟他道：「畢業了，我去澎湖教書吧……」講著眼眶紅起來，他聽了難過，罵她神經病，但也不知如何來解決這個事情。在一回跟德美吵架之後的和解中，兩人糊亂糟糟的就好了，四年來第一次，他眼看自己走向更複雜難解的深淵，卻一點自救的辦法沒有。

畢業後燕怡在父親的餐廳暫時管帳，他們一家已準備移民美國，燕怡要他跟她去。那時岳母夢見德美牽著一個小孩回家，醒來怔怔的，便要上台北一趟看德美。他跟德美，和班上的阿瑛，仍住在學生時期分租的民宅裡，已各自爲政，德美堅決不肯把孩子拿掉，他就知道已失去一切。燕怡哭著說難道只是因爲她沒有孩子她就輸了。他最後打電話給燕怡，要把她送給他的一條K金項鍊，和她寫給他的信，都還給她，他不明白自己爲什麼要這樣殘忍，聽見燕怡在電話那頭哭起來，感到一種自虐虐人的、凄慘的絕望裡的快樂。

德美八個月時他們才去法院公證結婚。走出法院大門步下階梯的那一刻，天色是鋼灰的，壓在眉睫，廉價的水泥灰的地就是他的前途，他根本沒有前途他的這一生已經完蛋了。當晚他跑到木柵朋友那裡睡覺，隨後找到一間學生式的宿舍住下，白天上班，晚上亂混，整一個月沒回家，沒見德美。

德美取得結婚證書，撐著肚子回嘉義，辦好遷出，一人又南下找到小港他家，跟他那個做木材生意的老弟拿到戶口名簿，去辦了結婚登記，這才回嘉義娘家待產。她懷小玫期間看不大出來，腳步登登的和平常走路一樣，臉頰顯生許多雀斑，蒼黃而孤頑的氣色，讓人覺得與她難商量，那是她一輩子最低姿態，卻很奇怪也最強韌的時期。

七年以後，他們又有了豆豆。豆豆半歲大時，清明他回高雄掃墓，德美且興頭頭的抱了豆豆去給地下的爺爺奶奶看，年初為父母親撿骨，她也到場，包了兩萬塊錢修墳，她是喜歡什麼她都有一份的。她像榕樹伸出的鬚和氣根，紮在他的生活之中，逐漸全部蟠踞。他想，她的確是比她的母親不容易受到欺侮。

德美道：「我媽最可憐了。他們那裡窮嘛，小孩生下來一看是女的就把它悶在被窩裡悶死。媽媽生下來的時候，被丟在後園裡，大冷天給她自己冷死，沒想到冷了一下午也沒死，媽媽的外公經過時聽見哇哇的哭聲，一看是個嬰兒，都凍黑了居然還沒死，就抱回來才養大的。」

「過分！」老五討厭聽這一段故事，每回聽見就非把最鄙夷的嘴臉做盡，冷笑道：「中國人，沒救了。」

岳母道：「那是從前的事，現在也沒這樣了。」

老五鼻子嗤一聲，道：「沒這樣？才有，報上登過的，規定只能生一個，多生的就是黑小孩，變相殺嬰！」

岳母望望老五，不了解她剩下的唯一的這個兒子，何以如此憤懣易怒？為了沖淡火藥氣，岳母想起昨晚做的一個夢，道：「奇了，昨兒夢見聰智，拿著一把笤帚在打蜘蛛，好黑的一個大蜘蛛，跟球似的，滿屋子追著猛打。」

「後來呢？」呂聰智問。

岳母也忘了。德美哼道：「八成是車子的音響被偷了，他恨不得抓到賊來打一頓。」

大家吃一驚，道：「被偷了。值多少錢？」

他說一萬，德美道：「保險公司賠，我們沒什麼損失。」

他們在老家住了一晚，第二天即回台北。連幾日他跑遍各個關係，還是石頭幫他連絡到台中的王氏電線電纜，可以試做一批烏坡林給他，價錢一算，夠賺二十三萬。可是他到底不能爲二十幾萬跟老秦毀約了，雖然也並不算有約，但老秦這層關係還是不能斷的。石頭告訴他，中港有工程要做，籌備會主任姓張。張派底下那些人，多是北部的，他還算認識，將來不論派誰到施工處，他都有接觸的門路。他已開始計劃在台中租間房子進行這件工作了。

躺在葉的公寓的牀上這樣盤算決定著，他起來給自己倒了一杯白葡萄酒勵志，站到窗邊，撥開布簾朝外看去，極目都是鴉鴉疊疊的屋頂，東邊是入夜之後開始熱鬧的地方，空中騰沖出一片靄靄紅煙，隔街巷谷裡夾雜一列消夜小攤，亮著暈黃燈泡，也有青白、緋紅的水銀燈在賣海鮮，他似乎可以看見，燈光映照得冰塊上羅列著的各色魚蝦海味，盈肥剔透。無數個冬天的夜裡，他頂著寒氣在攤上，扒下一大碗麵或海鮮粥，打腳底板暖上來，咂咂嘴，抹去額頭和鼻尖上的汗意，他實在再沒有任何不回家的理由了。感覺一大把零錢跟鑰匙在褲口袋裡重重的墜著，好像這就是他的人生。十二點已過，葉差不多該回來了。

他大概盹了一下，聽見鎖匙在開門，門推開，是葉，還有另一個男人。他正想要把那男的看清楚時，葉已帶男人退出房間，把門帶上了。他把整個臉埋在鬆軟的枕頭裡，直到快要窒息了，才翻身坐起，覺得腦中缺氧，心是焚熱的。他努力回憶那個男人的長相，看到的卻只是自己這副不平衡的可笑樣子。他沒有任何理由對葉生氣，葉做的事情本來不就是這些麼。但他仍是從牀上下來，離開了這個房間。

電梯直沉到樓底，將他送出來，看門的老頭在櫃枱後面，露出半個禿頂的腦袋，收音機嘈雜播放著河南梆子。他走出大樓，有人坐在樓側的花壇上，是葉，看見他，直直望到他臉上。他在那雙密密層層塗著的眼線眼影裡面，隔著黑夜，隔著距離，找到了她的眼睛，是一點點飄忽的閃光，堅持的望著他。那一刻，他像是把心底一樣珍貴的玉器豁啷啷棄擲於地，碎了滿地破片。他發現，自己是個非常、非常無恥的人。

他站在那裡以爲不知多長時間。門裡收音機傳出的咿咿啞啞胡琴聲，和女伶劈裂高亢的唱腔，把他們推進一個終年只有乾風颳吹的世界，那裡都是塵沙和苦辛。他轉身走了，卻好像越來越走到那個世界裡去。

月亮從樓叢之間昇起，勾勒出一幅後現代建築的荒蠻空城，而仍有高樓在建，碩大無朋的氣球吊著標語浮在半空，像一隻夜獸眈眈俯視著他。他如又看見自高速公路進入台北縣境時，遠遠靠河的人家上空，飄浮著十數隻這樣的氣球，像夜獸孵生出來的蕈苗，在濛濁大氣中款款搖擺。

想起了多年以前所愛的人的那句話，有身體好好，有身體好好……淚水從他的頰上滾下。

民國七十五年九月寫完

民國七十五年十月廿三日至廿八日《中國時報》

世夢

飛機上，台北飛往香港，同行的父女二人可是一點不同心。

父親堅持要買最貴的白蘭地，人頭馬XO一瓶五十二塊美金，單數不成款，堅持買了兩瓶。牛排餐，飯前酒喝伏特加，布丁甜得涸喉，父親也吃個屍骨不存。飯後又叫了一杯血腥瑪麗，滋滋咂咂啜完，上了廁所回來，跟小孩屁股三把火似的，怎麼亦坐不住，碩壯的身軀在座位之間每挪移一次，就像大龍翻身，地皆爲之動，將人震昏。

這一切令必嘉感到倦苦，若不是機艙客滿，她會換到別處去坐。她暈弱的向父親勸止，「還有一會兒才到，靠一下吧。」

「我知道，我知道。」父親躁戾的說。

無數次這樣的時候，必嘉心底總是一陣灰，人爲什麼變得滴水難滲，任何言語都入不了身。父親自從退休之後蹲在家裡，彷彿更加速的角質化，化異出一身頑硬的殼甲，佔據著空間，你撞到他，他撞到你，一家人經常頭破血流。必嘉想搬出家住，母親勸她道：「我都受了你爸一輩子，你還有什麼受不得。」

她學會只好把日子排得滿滿的。除掉商專的會計課兼班導師，她接了兩處GRE的計量分析，又在羅斯福路一家任留學顧問，打算這趟香港回來，台中的也跑。上個月開始，每天如有空檔，就去健身房泡兩個小時。實在，若不是沒有地方可以去，她也不會上健身房。男女共一間健身器材，冰亮的落地長鏡鋪滿三面牆壁，鏡子裡照著鏡子，空間遂一翻三折的變了魔術，幾何級數膨大，交映著原木色地板，和不銹鋼器材銀森森逼透的輝澤，像在廣寒宮裡。

開始她感到很羞恥，那樣把自己展露於鏡子前面，攤開在鋼材上面，艱難的操作著肢體，男人赤胳膊赤腿的來來去去，給她壓迫感。但長年以來，她也早已學會如何與挫折共處，處久了，倒也變成一種鈍重的反彈力，推她在境遇的泥濘裡一點一點前進。不多久，她就可以不迴避鏡中的人，一條脂黑襪褲，裸裹著銀灰韻律衣，銀灰護襪，左顧右盼都是她，條條蕩蕩坐落在冰曠荒亮的當央，她也不怕。

健身運動做完，裡面有三溫暖室，通常蒸不到十分鐘她就出來了，汗煙水氣連骨頭都出水，蒸透了，再到內間淋浴。來這裡的大多是婦人，精光著身子沖澡，放肆的打量她，羨慕她還沒有結婚。貼地貼牆的是黑晶晶方塊磁磚，婦人們白漂漂的身體白得耀眼，她卻是釉黃的陶磁。離開健身房後，有時她會走兩站紅磚道再搭車，感覺自己好像脫掉一節凡骨，輕捷的踩著步伐遊走。冬天出太陽的時刻，令她歎氣，煉得這樣水木清華爲了誰，連一同走走路的人也沒有。有時她會到咖啡館小坐，喝伯爵茶，吃塊胚芽蛋糕或契司派，翻閱雜誌，看著明淨的窗外，行人與車子無聲息的來去穿梭。像是看著時間在梭織圖畫，自己的年齡亦就無聲息的織進了圖畫之中。她也不怕，年輕最想爲別人給別人的時光已經過了，頂多現在，她就是有些可惜自己。

也許因爲這一點自惜的心，她漸漸講究起吃、穿、用物、居住。家裡五口人，大弟弟已訂婚，小弟讀美工，她活越大，與母親越有話說，形同姊妹，連袂去吃生魚片手捲，去逛雅客，發現又一種沒見過的新蔬菜，母女倆就高興半天，買回家做試驗。又照雜誌上教的，取綠豆回來孵豆芽，竟也孵成了，佐好醋涼拌來吃，也很快樂。兩個弟弟生了母親江南人的秀麗的相貌，父親是銅鎚大面、大嘴巴、大鼻子，虎背蟒腰，男人就是一條漢子，生到她身上，吃虧了。

出國前一段日子，她和父親搞得最僵。那天是父親從前保險公司的一名屬下來家裡，送了一瓶約翰走路和一條三五，上午來的，混到快中午一邊也不走，一邊又叫母親不要弄吃的，她在房間聽見抽油機轟轟的響起來，很生氣，閃身到廚房，叫母親不要做菜做飯，逼急了，母親求她道：「哎呀給你爸爸做事方便吧。」

她道：「你就會背後氣得半死，人家一來你又把什麼都拿出來給人，以後你就不要再跟我講一堆抱怨的話。」

她悶在屋裡不出來吃飯，聽父親找著要把上次喝剩的半瓶酒拿出來待客。那個送禮的職員叫阿宏，跟她同年次的，以前同別人來，定是帶頭鬧到爛醉。一頓撿來的便餐，兩個人也要拚酒，父親反覆的放送豪言道：「年輕人，你看我怎麼樣，老英雄哇，扳不倒的嘍。」

阿宏放肆的呼嚷著她大小姐，叫她出來吃飯，酒一下肚，儘說些三三八八的話，「我喔要給他早碰到大小姐就好啦，現在兒子不都兩歲大咧。」前次阿宏一家子來，任由小孩在地板上撒尿，喝了酒也不知眞假的便抓住大弟弟吵架。這回混到過午，竟幫小弟看起手相來，說小弟桃花重，「不過別緊張，你是反桃花，都是女人倒追你，好命得咧。」

小弟開心道：「那我老婆呢，漂不漂亮？」

阿宏道：「這樣子就要去買一瓶啤露來，啊我就算給你聽。」

小弟眞的跟母親拿了錢要去小店買啤酒，她頭皮一炸，跑到客廳來，叫住小弟，「必暉，不准去買。」小弟詫笑看她的那個樣子毫不當眞，她過去把小弟從門外拉進來，柵花鐵門一帶關上時，石破天驚砰一響，自己也被駭了一跳。父親在紅痹痹的昏眊之中掙扎醒來，不知發生了什麼事，阿宏笑道：「大小姐生氣了咧……」母親黃著臉奔過來推她進屋，急得叱她：「看你什麼樣子，披頭散髮，瘋子一樣！」

這一切，激怒了她，嗓子都劈岔了，轉向阿宏道：「要喝酒請你到別地方去喝，我爸爸血壓高，陪不起。你們每次來，看我爸爸好客，就這樣亂七八糟豁，算什麼呢。我爸幾歲了，你幾歲，就不是他兒子，做過他部下你這樣對他，於心何忍。」

母親強笑道：「都你有理，別人沒理。」向阿宏抱歉著。阿宏的臉很難看，搖頭嘆息氣笑著走了。

父親盤據在缸圓的蔗紫籐條椅中，醒了大半，紅潮退去些，銀白的頭髮底下，臉呈現鮮肉的粉紅色，人像蒸汽鍋一樣，吱吱咻咻的呼吸，直著下巴看她，醉腫的眼睛覷成一條縫，門縫裡把人瞧扁的那種神氣，瞧著她。「你，當，家，嘍。」父親酒喝得嘴巴痲胖，像蚌蛤的斧足，一開一闔遲緩的吐出話來。

必嘉道：「爸你何必跟人家拚成那樣，證明什麼呢？人家在耍你耍我們，我跟媽都看不下去了。」

父親道：「你跟必暉說，家裡現在，靠你賺錢，養家，可是我告訴你，我花的，是我的退休金，我可沒，花到你，一分錢一毛錢的哦。」

必嘉又氣又苦，道：「那是跟必暉才這樣說。他要買hi-Fi，我跟他講爸退休了，家現賺錢的只有一個人，做什麼事都要算一算，我故意是把話講得重一點，提醒他，怎麼會有誰當不當家的想法。」

父親聲音一拔高道：「退休了，怎麼樣，我的關係，都在，你們年輕人，還得來求我。」

母親直把她攔回屋裡去，聽父親仍一下沒一下的叫嚷著：「你賺錢嘍……神氣嘍……」安撫她道：「話都由人說，別當眞，情緒是眞的，你爸拿自己也沒辦法呀。」

必嘉叭叭掉淚道：「那傢伙什麼東西，要給他早碰到大小姐就好啦，當我在等嫁他，他不看看自己什麼，東，西！」

母親歎道：「也好啦，這樣。他以後不敢再來了，省得生氣。就你一頭撞出來，頭髮也不紮一紮，啊喲，我心裡都嚇一跳，哪裡跑來個歐巴桑。」

「眞的？」她移過桌上的立鏡照照，將披肩直髮束成一條馬尾，想到把那人嚇跑了，吃吃笑起來。道：「來那個，情緒控制不住。」

「做女人很苦啊。」母親道：「女孩子也就是那一、兩年，過了就過了。希望媽活久一點，陪你久一點。」

母女靜靜對坐了半晌，感覺氣溫一寸寸驟冷下來。一月份的陽光，中午還亮烘烘的，一斜過陽臺邊的玉蘭花樹梢，像天空撒下玄青緞子，陡然一暗，起了風，涼貼的緞子和涼貼的肌膚之間颼颼盪著風，銷人形骸。太陽挨在綠肥的玉蘭花樹葉後面，又老又黃，快過舊曆年了，照到客廳拼花地板上，也已是去年的光線和影子，父親卻在那光影裡面睡著了。龐大的體殼給分割成陰陽幾塊，鼾聲一抽一放的打響著，像從幽冥之界淒魘鑽出，鋸著人，鋸著屋裡凝凍的寒冷。

爲這趟赴香港與五姑姑會面，他們攬了一年多才走成，湊到她放寒假期間，陪父親同行。六年來，都是靠父親一位好友姜叔叔的女兒在轉信，姜叔叔打電話來，姑姑的信說九號至廣州，十號到新界。此刻飛機正下降中，栽入滾滾的雲層裡面，顛躓了幾下，不一會兒，破出雲霧，香港的上空晴濕有煙。父親第一次坐飛機，可惜不是窗邊，勾長了身子張望，也只見鋁灰的機翼橫擋窗外。後來機身一側，朝下斜飛，陡見傾掛在外的海洋跟島嶼，嶼上突斜著一棟棟鴿灰樓籠，密密砌砌，父親像是很受刺激，大喘一口氣，噴出酒濁的呼息，忙不迭弓擠下身去拉整行李袋。自語道：「五姐不要來機場接了。」

「姑姑明天才到香港。」

「我知道。」父親道：「可也難說……」

她復閉上眼睛養神，張眼時，卻見苔綠的海水直逼上艙窗，機翅平貼在海上滑翔，好像投在大海之中，波濤比機身還高，正驚疑未定，刹那間，陸地已映入眼前，直衝逝而過，轟隆一震，便著地了。她湊著角度望見跑道邊的海水，港灣環臂的船艇，臨岸高樓依山勢疊疊賽高上去，皆在小小格窗框裡旋繞著緩緩出現，繞到另一面時，仍又是一片汪洋，她心想，飛機沒開到海裡去眞是慶幸。與七年前西北航空完全不一樣的一次飛行，她怔怔望著椅套上繁麗的圖案，橙黃橘紅的變形蟲纏雜藍綠藻草，南方的海洋世界。艙壓遞減之故，一切聲音嚶嚶的遙隔在另一個世界，艙裡像折射過的深幽的海底，人們無聲游移著。她教父親嚥一下口水或打呵欠，感覺耳膜一聲聲裂帛似的裂開，裂一層，那個世界近一層，最終又回來了。

出了機場，原存一點冀望，阿燦或許來接他們，不見人，心底荒荒陷落了一塊，不敢顯露出來，但一方面也覺得應當是這樣。先去換了一百塊美金，拖著皮箱，找到叫車的地方，逕去宿處，姜叔叔介紹給他們的，彌敦道直走至油麻地，近尖沙咀，也便宜。計程車到了街上，車子左行，司機座在右邊，每次以爲要跟對面的來車撞上了，魂飛魄散擦馳而去，世界像走到底，翻了個方向逆回，紛紛市景排闥來，簡直沒有招架的份。父親忽然歎道：「像上海，眞像。」

他們到了旅館即跟姜秀霞連絡，電話那頭小孩子在吵鬧，姜小姐講著詰屈聱牙的國語，夾纏了半天，始知姑姑信上說，到了廣州會拍電報來，至今未接到電報，若有電報會馬上通知。父親很失望，又擔憂，如任性的孩子一般發著脾氣，遷怒到必嘉頭上。

必嘉在遲疑著要不要打電話給阿燦，雖說已寫了信告訴阿燦他們來，但現在人都忙，這麼多年不見，誰知道從前的友情還算不算數。現在她是也比較會替自己留後路，若阿燦不來連繫的話，就走時掛個電話問候算了，免得像要賴上人家招待。橫豎是到了香港，不痛快買兩件名牌，好好吃幾頓，怎麼行。

她下樓去街上買了地圖和觀光指南，見店裡沒看過的水果，挑了一磅桃棗，幾個黃青色布鈴，回房間跟父親一起吃。「這個叫什麼？」父親問。

「布鈴。」她學著夥計的廣東話說。見父親神農嚐百草似的嚐著不曾吃過的東西，道：「媽要也來就好了。」

父女二人，感到一點初臨異地的新喜之情乍乍而起，但父親彷彿不習慣面對這種對他來說是很陌生的感情，匆匆嚼完吐了核，自去向隅，怎麼也不肯再吃第二顆了。

這個時候卻接到阿燦的電話，兩天前才從桂林回來，說馬上過來大家一塊吃飯，問楊伯伯好嗎，她一望父親，道：「頭髮都白了。」父親忙接過電話，開心道：「程明燦，我楊伯伯啊，你是不是還那麼瘦！」呵呵的大笑。

阿燦的聲音沒有變，熱絡絡的燒過線來，必嘉眼中一濕，怪自己太多心了。頃刻阿燦來了，在附近辦事情，巴士一站即到，進門兩人便扭著對方又驚又歎，話一時無頭緒，走路去吃飯途中，阿燦復捏著她臂膀道：「變這麼苗條，在減肥？」

必嘉道：「你信不信我在美國唸書的時候，瘦到四十五公斤過。」

阿燦仔細看了她一下，嘲笑道：「失戀？」

「那時候身體差不多是我以前人的一半，腿跟兩根火柴一樣。」

阿燦道：「怪不得我寫信給你都沒回，哼哼。」

必嘉道：「只有給家裡寫信，報喜不報憂，什麼麼都不敢說，很慘呢。你是，心廣體胖？」

「體胖，心不廣。我們呀，反正各管各，他在電視台，一亂起來，十幾天不見人。」阿燦忙又掉頭照應父親過馬路，「車子，看右邊。不習慣哦楊伯伯。」挽著父親走路。

漸漸暗澹的天色，亮起來的街景，當頭昇起一座巨無霸霓虹廣告，胭脂螢光潑了半里，他們走到源頭底下，仰之彌高，浸得遍體嫣紅。父親問：「啥玩意兒，樂聲？」

「國際牌，這裡叫樂聲。」

必嘉道：「這裡的霓虹燈都不閃的？」

阿燦道：「只有飛機跑道的燈可以閃。都閃起來的話，飛機搞不好降到海裡去。」

他們到彌敦酒店地下樓地茂館吃，牆上掛著一對聯子大書、「萬壽地茂九大篁，發財地茂九大篁」。阿燦道：「這家清蒸石斑正點，魚吃完，汁哦跟白飯拌了吃，好吃得，舌頭都給你吃下去。」問跑堂的有沒有青衣，答有，阿燦眼睛一亮，亢奮道：「石斑裡最好的一種。」

必嘉道：「一定很貴。」

阿燦道：「這我自己要吃。我在桂林快瘋了，想吃石斑，還有水煮蝦，吃不到，發誓回來要吃個死，最好吃倒掉再去就不會想了。」

父親坐阿燦身側，上上下下瞧她講話的勁頭，不禁去拍捏她手臂，笑道：「白白的，很好，很好。」

阿燦道：「我骨頭小，一胖，就變得圓糊糊了。」

必嘉這時細細的看清楚阿燦，戴著近視眼鏡，玳瑁黃的鏡框把臉托得更圓團，像一尊溫潤的玉壺。她問：「還要去桂林？回來待多久？」

「休假一個月。」阿燦要細說從頭，話太長了，嘆口大氣打住、道：「樓上彌敦酒店，偏右，台灣來的很多住這裡。」

因談起與姑姑相會的情況，尚未接獲電報，不知是什麼時間哪班車，父親道：「不好叫五姐等我，怎麼總得我等五姐。」

阿燦判斷姑姑他們是坐廣州發的直達車，到九龍出關，提議吃過飯去火車總站看時刻表，直達車共四班，大不了明天在海關守株待兔。阿燦道：「探親我看太多了，出來的都要錢。」

必嘉道：「我爸跟這個姐姐最親，中學在南京唸書時就住五姑姑家。姑姑一直在教書，去年才退休，像陪我姑姑來的二表哥，也在教中學，倒都是知識份子。」

父親道：「我們通信這幾年，只一次，我小外甥辦婚事，五姐算開口向我拿錢，那也應該，我後來又寄錢去，她就叫我不必再寄。」

「當然也有不一樣的。」阿燦了解他們的心情，淡淡一笑。仍掩不住嫌惡的臉色，道：「我是看透上面那些人了。我有一個朋友住高雄，來跟他哥哥會面，哇，才精，揀貴的買，揀貴的吃，逛街買了東一大包西一大袋，他哥哥就是一件也不提，把他累得龜兒子一樣跟著咻咻跑。不曉得什麼心理呢，想你在外面過好日子，我在裡面受苦，現在要要回來似的，怨氣沖天。後來大家都知道了，一見面先講明給帶多少錢，買什麼就從裡頭扣，不敢亂花了，可省得來咧！」

必嘉和父親聽了孿不是滋味，嗒然無言。阿燦道：「楊伯伯我說這些你不會生氣吧。」

「哪兒的話。」父親哈哈道：「我是知道五姐的。」

必嘉道：「不過我們也是想，不亂買東西，聽說海關稅打得很重，寧可多帶點錢進去。」

「其實他們現在好多了。就這邊老覺得對不起人家，儘可能補償，但錢也不能儘給儘給，胃口養大了，好像我們都是應該。」阿燦道。

這樣說著，大家的談興便有點難以爲繼，虧得魚好吃，嫩青蔥絲舖在雪墨分明的魚身底下，渥著醬汁，油鮮盈盈，話題一到吃上頭，又是一籮筐。

吃過飯，阿燦帶他們到尖東逛，再坐車去火車站。分不清宇宙南北，街上的招牌橫伸在街心，綿綿密密搭成棚，把夜空拉得低低的，他們像在金星火球底下鑽進鑽出，走一下已眩熱得吃不消，脫了外套，又脫毛衣，直說香港比台北暖和多了。到火車站時，正好是最後一班直達車抵站，右側海關，零星散出一些人。車站大廳雪洞洞的燈火通明，父親走近前去觀看，八岔著身手守在那裡，一夫當關，必嘉心裡想，站到外面來，父親倒也像個人物。阿燦果也道：「楊伯伯還是人很挺哦。」

必嘉道：「一半都是假牙，趕在來以前裝好的，怕嘴癟癟的顯老。頭髮本來還想染，我媽說姑姑頭也白了，你那麼黑幹嘛。其實我媽媽應該來，她還見過姑姑一面。」

阿燦道：「楊媽媽跟家人有沒連絡？」

必嘉道：「也有，無錫老家只剩她一個堂弟。不過我媽媽看得比較淡，我爸越老越想家，我們這些他旁邊的好像都不算數，眞的，有這種感覺。」

「男人啦。」阿燦道：「男人最不務實際。」

待出關的人散盡後，他們父女回到旅館，再跟姜秀霞通電話，明早若還接不到電報，就去九龍火車站等人。才擱下電話，姜又打來，說是她先生講的，出來探親的要在新界入境，直達車九龍入境唯香港市民和華僑外賓等可以。一通電話攪得他們紛亂，二人又要吵架，轉眼卻見父親已呼嚕嚕睡著了。次日早上，她偕父親到對街中國旅行社詢問，只拋給她一句話，接親要到深圳，再問，仍是這句，此地過去深圳需一小時，廣州發深圳的火車班次就多了。她知道多問無益，掛電話去把阿燦吵醒，阿燦聽了道：「屁啦，深圳！深圳出境，羅湖入境，你要接也在羅湖接，他媽中國旅行社又想嚇唬人。」商量了半天，決定去姜小姐家等電報，大浦距羅湖也近得多。

她按阿燦教的，領父親到火車總站搭車去大浦。出了市區，鐵道兩側的公寓樓房比市區還險峻，一律從蜂洞般的窗口伸出竿子晾著衣物，千仞萬丈披掛而下，像絕壁上濫開藤蘭。狹峭處，貼近玻璃窗朝上望去，亦幾不見頂，逼成一線天，車子在濕涼的陰影底處穿過。豁然開朗，新興的社區，樹小草薄，砂蕪的平野上聳植一叢一叢漆新公寓，卻像荒漠裡巨生的仙人掌。都令人驚心，怎麼生得出這麼多人，群居蟻穴。

姜秀霞家上到十六樓，一道鐵柵，一道銅門，小巧的屋裡，五臟俱全。父親把兩瓶XO交給姜小姐，另有牛肉乾，一盒辣味，一盒五香。姜小姐困窘的表達著國語，像在漫空打撈字，撈到不論什麼字都好，講不兩句，已掙得滿臉燒紅，鼻尖冒著汗珠。穿牛仔褲，粗織毛線衣，底下一雙運動鞋，看著像大學生，說要趕去幼稚園接孩子，請他們稍坐，把姑姑的三封來信，西安大表哥的信，山東老家大伯母的信皆捧出給父親。這回他們辦香港簽證，即託姜小姐先生的公司發的邀聘函，對保也託他，實在幫了大忙。必嘉看到壁櫃裡有一橫格列著幾瓶洋酒，其中一瓶她記得是四十九塊美金，好在他們送了五十二塊美金的，倒虧父親堅持對了。

姑姑信上言明，廣州訂到火車票後即以電報通知，他們巴巴等到下午四點，姜小姐陪著也不是，走開也不是，電視打開又關上，他們也覺太打擾人家了，告辭離去。在大浦車站月臺上，父親只不忍搭車走，姑姑唯有姜小姐家的地址，也許直接來這裡也說不定。必嘉道：「站前有家速食店，我們去那裡坐坐等好了，吃點東西。」

「你去你去，我在這裡等。」父親不樂道。

必嘉失了耐心，道：「這裡連坐的地方也沒有，等到什麼時候。」

父親憤然撇開她，自走到月臺盡頭站立，她亦負氣折回地下道，去餐飲店叫了杯葡萄柚汁。坐在吧枱前高腳圓凳上，透明窗門外冬陽澹澹，颭地風遮上一層塵黃，招車處綠色的士一輛輛補來，一輛輛載了人開走，駛上迴旋的交流道。一刻分不清置身在哪裡，塵舊的斜陽光像又在哪裡見過，她忽然覺得將在這樣一個不適合的時空裡相見，失落的會很多。她害怕父親膨脹過高的期望，一翻過背來，是張譏誚冷淡的臉。

他們家隔壁巷子一家姓吳的，吳先生數年前把他老母親接出來，住在一起，和媳婦兩個孫兒話都不通，白天夫婦倆上班，小孩上學，只好將老太太鎖在屋裡。吳太太沒有騰出房間給老太太，在過道凹側的壁間安一張牀了事，鄰朋之間傳開來，說吳太太眞做得出，落了許多話柄。老太太常常哭，那邊親人都沒了，仍當那邊是家，想回去。到後來彷彿吳先生心裡也這樣在想著，八十幾歲，的確活得夠久了。老太太跟黃家奶奶開始來往時，母親笑著告訴她：「人老了跟小孩一個樣子，今天吳奶奶要牽黃奶奶的手，黃奶奶摔開不跟她牽，嫌他邋遢來得。」一次她站陽臺看見，兩老太太從底下巷子出來，搖搖蹭蹭挨著走，一個胖白，一個柴黑，蹭蹬經過她眼前，眞像兩棵樹精。那也許還是一個差強人意的收場了。

去年姑姑轉來一捲錄音帶，是舊曆年湊表哥們團聚在家時錄的，每人講一段話，大表哥還唱了一首叫小白兔的歌，記得是從前父親教他唱的。整一年，父親把那捲帶子也不知聽了多少遍，錄製效果不佳，每一播放，破裂的雜聲流竄衝出，抓剮神經，父親亦不以爲苦。退休後，他最暢快的時候，一件是接讀那邊的來信，一件是老同事來喝酒，感謝人家還不忘記他，每喝必定要拚上性命似的才能報答。母親跟他一輩子，美好的日子太短暫。嗜酒耽色，老來專愛跟十七、八歲年輕女孩玩一起，這兩年因爲服食抗高血壓藥物，那方面不行了，才算安份下來。每天早上，讀教科書似的把一份報紙細細讀完，給社論圈圈點點做眉批，睡個回籠覺。下午學陶侃搬磚，把後面陽臺的花搬到前面陽臺，前面的搬到後面，經常也替家具移換位置。本不是養花的人，種起花來清一色金盞菊，分植在奶粉罐、咖啡罐、冰淇淋保溫的保力龍盒子、蛋捲鐵盒、汽車輪胎、塑膠垃圾筒、裂損的飯碗等等，百家爭鳴。

有時必嘉外面很晚回來，母親一邊看電視在等她，客廳兩盞燈，留下一盞，屋裡敞暗，收拾得塵埃不染，像修仙的洞窟，令人寂寞，畢竟，母親也只能陪她半輩子。房間亮著燈的話，是父親伏在桌前寫信，銀花的頭顱飽實如一顆高麗菜。桌上列著大小幾座相框，姑姑陸續寄來的照片，其中祖父的一張拿到照相館翻拍放大，粒子很粗，補修過，看起來更是一幅畫像。姑姑和祖父是一型，與父親全然不像，父親應該是祖母這邊的了。姑姑四十歲守寡，一直教書，把四個兒子帶大，兩個大的幼時跟父親一起玩耍過。姑姑接到父親第一封信回信說，大家捧信讀了好幾遍，可是姑姑讀過一遍就不再讀了，因爲人的福份都有一定，多讀一遍就是多支一份福，姑姑希望福留到有一天能夠相見。必嘉嘴巴上講要搬出家住，牽牽扯扯的總不能照自己的意思來，活著的絕大部份時候就是這樣不徹底，不痛快的。

一天早晨她坐飯桌前看報，喝不加糖的摩卡金牌咖啡，切一片昨天客人送來的長崎蛋糕吃，蛋糕包裝得眞講究，她細心看了一回，好像把那配色跟設計一塊吃下肚子。原木色餐桌上有一口古銅褐陶瓶，茂盛插著雲堆似的白色雛菊，桌角放著舒潔紙巾，玉米黃的碎花盒子，旁邊一隻金頂金腳匝金腰金把子的沖茶器，一罐利普頓大吉嶺紅茶，錫金盒蓋，上面飛逸的花體英文字寫著：「直接從茶園到茶壺」。她感到很愉快，忽然抬頭叫住母親，道：「其實我們也眞容易滿足。像這樣起牀喝一杯咖啡，蛋糕太甜了，可是喝咖啡剛好，還有花，開得這麼大，媽，這樣就很高興了吔。」

她想到自己也不過如此。對於父親，順從是要比講理更相宜的。

他們在大浦月臺站到六點鐘，腦後風吹得人發痠，疲餓交加，遂回旅館。櫃枱有留話，姜小姐的，打過去，姜小姐道：「姑姑來啦，講話來。」父親搶了電話，道：「五姐，五姐，我家贊……」姑姑即刻要過來，父親不答應，說去接，焦急問怎麼到姜小姐家的。必嘉見父親蕪亂說話有些糊塗起來，便接過電話，姑姑道：「我想儘快見到你們。你們別來，也別到車站接我，兩下一來一去又錯過。你們在旅館等不要動，我和茂培就過來，你叫爸爸安心。一會兒見。」

原來姑姑羅湖出來便搭車至九龍總站，等了五十分鐘不見人，折回大浦到姜小姐家，兩下皆沒碰上。父女二人在牀沿對坐了一刻，惘惘的，彷彿都不是預期中的那個樣子。電話裡姑姑的聲音乾淨有力，必嘉心想，姑姑還比父親年輕，理路清楚多了。半天，她先回過味來，想起應該要吃飯，到六樓餐廳訂位子，點了四菜一湯。上樓來見父親仍在發呆，還多了幾分懊惱似的，牀邊沾一下，沙發上坐一下，復到鏡子前面站一站，把頭皮搔得蚤蚤響。她叫父親洗把臉，耙一耙頭髮，自己也補了口紅，腮上撣一點喜色，相偕至樓下大廳等候。

十來分鐘後，棕褐色幾至於盲黑的玻璃自動門外，幽浮般開上來一輛的士停在門口，他們迎出去，她爲搶和表哥付錢，一大把還分不清幣值的銅板一股腦都給了司機，見跳錶知司機轉了遠路來。父親攙五姑繞過車子進門，直唸著失禮。姑姑見到她，親熱的握住她手，端詳她道：「像爸爸。女孩兒像爸爸好。」她牽著姑姑老薑一樣礪辣的手，電梯裡姑姑又說：「女孩兒像爸爸，頂好，性子堅定。」

父親道：「這住的地方簡陋點，可我想教會辦的環境單純，來住的人都很規矩，沒有什麼亂七八糟。」

必嘉道：「也比較便宜。」

「這樣好，這樣好。」姑姑道。

四件行李，一件有輪子的已跛了半邊，父親痛惜道：「這趟，太辛苦了。」

姑姑道：「唷，深圳出來走到羅湖這一段可怕，又上橋，又下橋，輪子的也不管用，茂培一手提一件，肩上揹一件，虧得有他。」

父親拍著表哥肩膀，激動道：「仔細看看茂培，小時候的影兒還在。」

表哥腼腆一笑，仰著臉望電梯門上逐次亮高的指示燈，頭心濯濯見底。姑姑房間訂在他們隔壁，進屋姑姑即叫表哥把鴨拿出，一路就是擔心三隻鹹水鴨餿了，一隻送給姜小姐，兩隻趕緊收到冰箱裡去。姑姑道：「我們南京上飛機的時候還穿棉襖，一下廣州，可熱得哦，來不及脫下塞到袋子底下。剛拿鴨子出來給姜小姐，想可不要壞了，聞著味道還正，開心得哦。」

父親道：「必嘉，我們買一個大的帶輪的，這個不要了。」

姑姑道：「還可用。」一邊從那行李袋裡開始取東西。

必嘉提議先去吃飯，餐廳九點打烊，可通融他們到九點多，正好將鴨子帶去切一些吃。一桌菜，大塊肉大塊魚，做得很粗，上糖醋明蝦時，表哥向姑姑道：「這種大蝦，南京酒席上也吃不到。」姑姑見他們把蝦都讓給表哥吃，道：「他飯吃得多，菜不大吃。學校同事有時吃酒席，他吃再多，回家還是要吃飯。」

父親道：「應該這樣。他們現在孩子不吃飯，喏必嘉，飯那一點貓吃的。米都過剩，鼓勵吃米，研究發展各種米食，多噹，米做的東西。可那樣我又吃不來，喏米粉，就麵條一樣，改作米磨成粉，到現在我還吃不慣，她娘倆幾個趁我有時候不在家才煮來吃。」

姑姑道：「是呵，茂平他們孩子，現也興吃麵包牛奶。」

「越吃越刁。」父親道：「好比炒芥藍什麼的，菜上面舖一灘肉絲兒，他們不吃，儘挑綠的吃。流行吃素，吃生，要吃原味說是，作怪。」

必嘉道：「化學色素太多了。」

「我不信那套。」父親道：「一會兒說哪個又膽固醇太高，哪個又會致癌，這不能吃，那不能吃，活著什麼意思。」

必嘉道：「上次還是爸不准我們吃豬肝。」

父親道：「你沒看報紙上說，豬肝不能吃。五姐你就不知道，這些豬打針吃藥來的，叫牠快點長，後來藥物都積在肝裡，你說怎麼能吃。飼料雞也一樣，脖子不能吃，都從脖子打荷爾蒙進去。以前要吃脖子夠味，肉包骨，下酒最好，豬肝不是，多貴啊，生病才吃的。」

必嘉發現父親話眞多。看著，看著，姑姑道：「家贇頭髮比我白唷。」父親傻傻朝姑姑笑，姑姑道：「見到了，像在做夢。」

「哪裡想得到會有今天。」父親道。

餐廳只剩下他們一桌，壁燈橙暈的光影如黃昏的時刻，淺紅桌巾，各鋪一塊摺疊的玫瑰紅餐巾布，像結婚大宴，花燭裡，恍如夢寐。

回房間後，姑姑把土產拿出來，一包新疆葡萄乾，一包紅棗，兩包涪陵榨菜，掏出兩筒罐子給父親，道：「瞧這什麼？你信上說愛吃的，我特做給你了。」

父親驚喜道：「臭醬豆。」另一罐看不出是什麼。

姑姑道：「醬胡蘿蔔，記得吧。哪苔乾，將萵苣劈成條，曬乾了，你們吃前先讓它泡一泡，涼拌蝦米頂好吃。這一包，蘭州百合。山楂糕，沒加粉的。老家的金針。」

父親捧過山楂糕，摳了一角放進嘴裡，嘖咂有聲，歎道：「這才叫山楂糕，台灣那麼多年我就沒吃過對的。」令必嘉也嚐一口，收到冰箱裡。

表哥遞給他們四個蘋果，最大的簡直像個球，西安蘋果，把碰壞瘀黃的一隻挑出來削了吃。必嘉問：「百合也可以吃啊？」

姑姑笑道：「這你們就沒吃過。你回去把它一瓣一瓣剝開，像洋蔥瓣兒，煮冰糖，吃著粉鬆粉鬆，好哦。」又拉出一壺五公升裝的小磨麻油，方扁塑膠白壺，一面浮凸著南京兩個大字，姑姑道：「帶不進去吧，這個？」

表哥道：「跑遍我們那幾條街，找不到一個沒字兒的，沒辦法囉，說來香港再換個壺裝。」

「簡單簡單，這種壺到處有。」父親道。

姑姑又翻出一包雨花臺彩石，兩隻大麥稈編嵌的心形盒子，開絲米龍線織編小人四個，一雙磁貓，米粒大貝殼串成的鍊子一條，木製小碗碟，牛角雕荷葉藕杯，杯上爬著一對螃蟹甚為崢嶸，都是表嫂們送的紀念品。茂平太太畫國畫，畫了一幅題字給舅舅。還有用衣服包疊兩個盒子，打開來一盒是惠山泥人，一盒姑姑道：「無錫泥人，給采容，她或許還喜歡。這回采容沒來，最遺憾。」

還有五套平劇人物剪紙，一套南京風景明信片，一套秦陵兵馬俑圖照，琳琳瑯瑯堆得滿化妝枱。最後姑姑抖開一匹翠綠緞子蘇繡，撒在牀上，引起必嘉一陣驚呼，是給大弟結婚做被面用。翠綠翠得殺辣，繡在上頭的鴛鴦戲水，險險要呱嘎一鳴飛撲而出，蓋這樣的被子怎麼睡得著。在旁邊坐久了，翠色就渲染得牆壁地下都是，人也湮得一層碧，四個人像坐在春水滿漲的船上，話是說不完的。

次日上午，旅館供應早餐，飲料跟吐司，父親要加培根和蛋，叫來了才知表哥不吃荷包蛋，分給姑姑，自己勉強吃一個。必嘉見表哥已吃不下去，與姑姑仍把吐司撕成一塊塊將盤裡流溢的蛋黃汁沾了吃，抹得盤底一乾二淨，似乎吃不完剩在那裡是更令人苦惱的。昨晚她已注意到，沒吃完的幾塊鹹水鴨便包了回去，免得姑姑不舒服。

阿燦打電話來問候，過兩天陪他們去太平山和海洋公園玩。姑姑並不想去哪裡，只說要跟父親好好聊一聊，放表哥和她去逛街，比比電器的價錢。後來談起知道，九號晚上姑姑抵廣州機場，到火車站看了時刻表，住進旅館已經半夜，十號一清早趕去排隊買火車票，近午到深圳，卻在羅湖等了五小時才拿到證件，虧得前晚離開家時包了三個大餅，兩餐才沒有挨餓。表哥道：

「那官員先問我話，看我能講一些，一路扯，前陣子上海學生鬧事兒的情況，問胡耀邦下台我的看法，興致挺高的，這樣扯了一小時，我看實在不行了，跟他抱歉下面還要辦手續，才放我過去。簽保證書又是一關，不定居，不找職業，不准唸書，按時返回。我告訴他，我們只要見到舅舅了，十天，就回。」

必嘉問他：「香港怎麼樣？」

「太吵，我喜歡清靜。」表哥道：「上海街上星期天也是這樣擠，偶爾逛一下還好，待整天頭就痛了。」

必嘉微覺詫異，似乎不是她預期中的理路。望望表哥，他長著英國皇家一副橄欖形的窄凸臉，削瘦如竹，西裝像支在竹上，撐起一架骨頭，有風時，人就癟了，前心貼後背。走在滿坑滿谷人頭裡，一看也知是上面來的人。

他們在屈臣氏逛了一圈，表哥看她在選男襪，手上抓著一把，過來推推她，道：「你先別買，太貴了，多看看幾家。」

她道：「打六五折，羊毛襪。」

表哥道：「貴貴！那天我們廣州住一晚也才八塊人民幣，十六港幣。」

她看表哥眞是很可惜的樣子，笑道：「好，今天都不買，只看。換季了，還會打折打幾天。」

表哥道：「國內有規定，好比襪子，規定一人只能帶十條，超過的就打稅，稅跟訂價差不多，你划不來啊。衣服一人也是十件，我跟母親合起來可以有二十件。是這個緣故。」

必嘉覺悟道：「那要計劃一下。」

「所以啊。」表哥道：「好比電器，不管你電扇電視電冰箱電鍋，凡電器，一人只能一件免稅。母親叫我看看，要跟國內價格出入不大的話，在國內買就好。我看了一下，大概必需品和外邊差不多，消費品差就多，錄像機，差到三倍。」

必嘉問：「姑姑有沒有想帶什麼？」

「看看價錢罷……」表哥道。指著眼前繽紛的襪子道：「好比說那種，咱們就比這種喜歡。」

「尼龍？」必嘉道：「棉的吸汗才好。」

「尼龍的爲什麼呢。」表哥道：「耐用嘛，不縐，好洗，晾一會兒就乾了。」

必嘉道：「我們都不穿尼龍，喜歡純棉。」

表哥道：「棉的我們不要穿。不過出來一趟我發現，先以爲香港花得什麼，怪嘍，這裡女人比我們的樸素多，昨兒跟我母親說，表妹頭髮也直直的，穿一身黑，白襪子，跟女學生一樣。」

必嘉笑道：「很多人這樣穿啊。」

表哥道：「是。不興化妝好像，你看這些店員小姐，都很隨便，短頭髮。我們現在，又搨藍，又抹紅，頭髮燙得蓬蓬的，外邊不興。」

「比較喜歡有質感的東西。」必嘉道。

表哥道：「你們是活到頂了，活回頭。國內水平總差那麼一截。」

必嘉問：「表嫂他們喜歡些什麼？」

「哎呀他們。」表哥竟紅了臉，不屑一顧的神氣。逛別處去了，看到架上羅列的褲襪，道：「玻璃絲襪是蠻喜歡。但各人不一樣。好比老三的太太，醫院做護士，時髦些，絲襪就喜歡穿像那，白色有花的，穿衣走率性路線，夾克啦，牛仔褲。我在學校教書，就不好穿夾克，或像天涼一點，我這白襯衫外面套一件背心也不成，別人看你，幹嘛，表現啊，穿裡面沒關係。老四愛穿，皮帶前面有這個銅牌兒的，他敢用，鞋啊打火機，也是他一看知道便宜好壞。其他我們兄弟，穿都簡單。」

兩人坐巴士到海運中心，她趁表哥看家電的時候，速戰速決，爲自己選了一副聖羅蘭太陽眼鏡，在台北已看過幾家，籌劃了半年想要買，儘管是預算中的，還殺了三十港幣，可也眞刺激。戴著茶灰眼鏡，在店街交叉口立一立，三壁櫥窗光撻鑑人，鏡滑的磨石子地四通八達，像伸展臺上，顫溜溜的見光死。見表哥遠遠過來，趕快把眼鏡收進揹包裡，不敢讓他曉得買了貴的東西。

表哥道：「這兒沒見什麼人來逛，怎麼維持呢？」

必嘉看他對櫥窗裡的擺設毫無興趣，走得有點疲色，提議找個地方坐下喝果汁，表哥急得撇清，「不喝。習慣了，一天不喝水都行。」

「駱駝喔。」必嘉沒有取笑的意思，說出來卻覺不對勁，忙改話題問道：「表哥在學校裡教什麼？」

「物理方面，英文，什麼都教。」

「眞行，什麼都教。」講完，覺得又是一個諷刺，急又改口道：「你們出來可以換多少錢？」

表哥道：「不管住長住短，出境一律只能兌一百八十港幣。」

「一百八！」必嘉道，心驚還不夠付太陽眼鏡。

表哥道：「我們另帶了八十塊美金。單位裡有人去日本開科技會議，才回來，聽說我們出國探親，自動借我們。」

必嘉問：「你們一般一個月薪水多少？」

「這樣的，」表哥深呼吸一口氣，道：「南京是比較低，好比我這樣算中等收入的，拿一百二十塊人民幣，兩百四港幣嘍。一年大約一千二人民幣。上海啦，廣州，西安，生活水準高一點，收入一年嘍，可以到兩千。」

表哥老實的講話，令她漸漸起一種親近之意，原本也是素昧平生的人。

晚飯必嘉帶大家去地茂館。中午那一頓在旅館對面敦煌酒店飲茶，不會叫菜，且被跑堂的攛掇，叫了一瓶青島啤酒慶祝，吃得顛三倒四。地茂館那位矮墩墩的夥計，認出是他們，多了姑姑和表哥，知是怎麼回事，跑來打哈哈，見他們不會看菜譜，幫著配菜。點了金菇野牛卷、鹹魚豆腐煲、西芹雞柳、蠔油芥藍，例湯是粉藕赤小豆鯪魚湯，還寫在紙條上教給他們，「鯪，鯪魚產於廣州畔溪。鯇，鯇魚肉是脆的，產於廣州中山縣。」引得他們笑起來。父親道：「貴姓？」姓楊，父親呵呵笑道：「老本家。」

夥計道：「楊泉。」一邊從口袋裡掏出一個名牌，「我也是個主任喔。」名牌上打的字是酒菜部主任楊泉，地茂館這一層歸他管。

喝普洱，楊泉替他們杯裡注茶，表哥忙起身跟他搶茶壺，楊泉將表哥捺下，道：「我服務。」走以後，姑姑道：「這人很熱鬧。」

表哥道：「我們那裡都是自己動手，絕沒人來給你倒茶。」

姑姑打量著環境，道：「故意佈置成這樣鄉趣哦。」

表哥附身低語道：「過過頭了，回來喜歡土味兒。」把下午逛街的情形說給姑姑聽。

必嘉向父親道：「和姑姑聊很多？」

「太多啦。講小時候就講不完。」父親忽提高嗓門道：「五姐大我幾歲，九歲是吧。」

姑姑點頭道：「九歲。」

父親處於亢奮狀態中，在姑姑跟前變成了一個幼稚小兒，比平時誇張的舉止和口氣，她覺得竟有點不認識父親。姑姑穿褐布西裝式外套，襯衫釦子封到咽喉，藏青長褲，年輕時屬於女人男相，老來更不分性別，掛著近視眼鏡的臉，顯出一種柔和的毅力。身體前面望極板挺，肩後馱著丘陵，不見脖子，頭長在領子裡，像曾經遭遇到外在巨不可測的變壓，猝然壓縮變形。鏡片後的眼睛，溫溫透著清輝。

楊泉把一盤鐵板燒端來，悶悶炸響，掀開盆蓋，一鐵板燙油火星，霹靂迸跳。楊泉得意道：「野牛歐。」一捲一捲濡亮的肉片裹著金菇束，臥在油汁上，色香味，還帶聲音。菜一上來，知道又叫多，平常就剩在那裡了，現在只好陪姑姑他們加入奮鬥。表哥指芥藍菜向姑姑說：「怎麼炒的，搞這麼綠，國內沒看過這種綠法的。」

「怕有加色素。」姑姑道。

必嘉道：「大概先用鹼水燙一下，不是色素。」綠得也眞邪，像有毒。

回旅館經過戲院門口時，看見賣糖炒栗子，拳頭大燈泡底下，騰煙駕霧在炒栗子，父親戀住貪看，買了一磅，一路剝殼吃，道：「台灣偶爾有賣，也講是炒，擺一個樣子騙人，買回來吃是煮的。」正碰到電影散場，男男女女游走而出，當頂的月亮正圓，一算是舊曆十四，明天元宵。但那月亮給樂聲的巨大霓虹廣告比下去了，乍看只是城市高樓繁開燈火裡的一盞。

必嘉有感而發，向父親道：「下次叫菜叫少一樣就正好，吃淡一點。」

父親道：「在家裡省，出來還省！」

必嘉道：「不是省，我看姑姑吃不慣那麼油。」

父親道：「平常他們哪吃到這些，出來不容易，回去也吃不到了。錢花我的，你不必在那裡叨叨算。」

必嘉一聽又來氣，反駁道：「茂培很挑嘴吔。鹹魚姑姑也不愛吃，嫌腥臭。」

父親不跟她辯，拂袖自去。聚在姑姑房間聊天，這次探親，本來因姑姑和老三住一起，由老三陪，老四茂平出來主張，該照次序來，況且老大老二小時候還見過舅舅。老大在西安，小兒痲痺不能遠行，遂輪到二表哥陪來。楊家一家子手足九個，仍有連繫的只剩下老家大伯母那一支。「積善之家，必有餘慶」，父親屬家字輩，必嘉必昇必暉三姐弟。去年替祖父母修墳，拍了一些照片，帶來給父親。爲恐怕日後都市計劃會破壞祖墳，大伯母那邊來信，請父親寫封信給老家的縣長，當時縣長批准豎的碑，一面謝他，一面可避免墳地列入規劃，目前台胞身價最高，講話有分量。三表哥太太的姐姐，乳癌割掉了半個奶奶，開給姑姑一張單子，美國出的一種液態矽膠乳房，託來香港代購。

必嘉正坐在化妝枱前的塑膠皮椅凳上，忽然一拍枱子，想通了一件事，喜道：「布鈴就是plum。」拾起一個黃青色布鈴，解釋道：「就是李子嘛，南非進口的。另外有種紅色差不多大的，是加州李子。」

姑姑覺得她好玩，笑道：「這裡年輕人興穿烏七八黑，必嘉這一身還好，剛看到街上有一個鬆鬆垮垮直掛到底，跟修女一樣。」

必嘉道：「去年才流行黑呢。你到西門町看，大家像在穿制服，滿街都是烏鴉。」指著枱上一包金針，道：「這看起來黑黑的，反而比較好。我們那裡很多用硫磺燻過，弄成金黃色，賣相漂亮。」

姑姑道：「家贊記得，你從前最討厭吃金針，一根一根往外挑，把母親氣得。」

父親說給他表兄妹聽：「這金針菜在我們老家眞不值錢，一般人家都是種在家前屋後的閑地上。多年生的，根本不用去管它。陰曆五月收，天天大清早趕去採了來，開水裡過一過，撈出來攤開了曬乾。碰上陰天下雨就慘了，曬不成當天就爛掉，只好一日三餐，燒的燉的炒的涼拌的都是金針，吃得人鼻子眼睛都是。」

說得姑姑也笑了，搭話道：「走洋票到福建一帶就値錢了，叫安神菜，每年到時候就有人收購。你還記得金針菜根有什麼用吧，像地瓜剛結起的一條條細長泡泡那樣子，掰開，很多水，往頭髮去擦，治蝨子最有效，叫百步根。是啊，奇怪，可能擦過，走一百步蝨子死了。」

後來她先回房間，鑰匙交給父親。睡前把太陽眼鏡拿出，戴上取下，反覆看了一回，鏡腳內側鑲一粒金片，Y、S、L，三個英文字母纏綿抱在一起，像枝妖逸的蕨草。覺得很有成就感，這一天是充實的。

第二天不知該去哪裡吃飯，地茂館有楊泉，兩頓便到地茂館吃。在家不感覺，出門是一口肚子，到時間跟人要東西。她管四口肚子，菜點得好，心情好，中午那一餐照父親叫的，硬撐也沒吃完，付帳時姑姑問多少，港幣一百四十，走回旅館一路默然。晚飯時姑姑講話了，希望吃家常菜，減量，清素，不喜父親把他們當客人招待。老本家幫他們配了一樣葷的，椰汁咖哩牛腩煲，兩樣淡的，豉汁蒸釀豆腐、韭菜扒雞紅，例湯，四人吃得很舒服。眞是一場吃的鬥爭，她贏了。

表哥道：「國內一般吃酒席，桌子也沒有這樣舖布，吃過換乾淨的。都用塑膠布，吃髒了擦一擦。地上絕沒有給你舖地毯，湯水瓜子兒骨頭什麼都吐在地上。沒有像這裡這樣吃完飯再給錢，怕你跑掉。先付，套菜，多少錢吃多少的，買到票子，去窗口領菜。有時你一個人，領了菜去盛飯，回來，凳子被搬走了，不然菜給人家端走，常有的事。」

回到姑姑房間，老聞到一股氣味，下午就有了，找來找去不知什麼問題，突然才發現是冰箱出來的，打開一看，鹹水鴨都臭了，原來冰箱根本沒插電，一整隻帶另外四分之一活生生就報銷掉。守著鴨，捨不得丟棄，儘聞臭，把房門打開，走廊的窗拉開，讓風進來散一散，看那鴨子仰身躺著，無頭無掌，自己也很冤枉，畢竟不能把它又看活回來，只好提到外面去扔掉。想起來今天元宵，不見提燈過節的氣氛，反而損失了一隻鴨子，氣悔漸漸被夜涼的風散去時，剩下絲絲縷縷惆悵。也因爲前兩夜聊得太晚，父親提早回房，讓姑姑好睡。

父女倆沉沉一覺過了頭，起牀去隔壁敲門，不在。兩人把帳算一算，騰出四千美金給姑姑，這趟想帶兩架彩色電視機進去。一會兒姑姑和表哥回來了，拎著五根香蕉。早晨他們憑卡去吃了早餐，橙汁吐司，逛到天后廟背後的小街去，發現一個菜市場。姑姑道：「大街很乾淨，後面街去，亂糟糟的也髒。」

姑姑房間窗簾已齊齊拉到兩邊，一室朝氣，在過日子。兩張單人牀，鋪整得嚴封密合，像等新客住進。昨天清潔工役屋裡來一看，連旅館供應的肥皀毛巾亦紋風不動，無事可做，仍把那兩牀鋪拆了，翻江倒海換過新被單，一張臉掛得驢長，必嘉回頭付了他小費。心也不甘，饒他灌壺滾水來泡茶，日後便循此例，兩個房間兩筆小費，包括兩壺滾開水。

必嘉見洗臉枱旁邊姑姑用的一盒百雀靈，比港幣壹圓銅板稍大，盒蓋已銹蝕斑爛，裝牙膏牙刷的一片塑膠袋方整疊在牆側，袋上原來印的漆紅商標字號已磨損不見，用得都起毛了。遂把父親剛拆封的尼維雅面霜給姑姑，巴掌大地中海藍鐵盤，盤面沙灘白的英文字母，看著光鮮，姑姑道：「老了不用這些啦。」在惠康又買了一個資生堂洗面皀，銀箔紙包著，裝在櫻桃紅半透明皀盒裡，像山楂凍，和一瓶露華濃洗髮精給姑姑。高中時候，家裡不知怎麼有一塊巴黎香皀，母親的寶貝東西最後都是歸她，她把它和一些手帕珠鍊藏在五斗櫥一格抽屜裡，偶爾打開抽屜探望它，沁香迎人，粉緻的盒子上描有一枝玫瑰和蝴蝶，花體字母寫著、「茶玫瑰」。考大學那半年她完全忘記了它，等放榜期間，一天忽然想起來去看它，見盒子扯得破碎，裸出的象牙黃肥皀被啃掉一塊角。她又驚又怒，找不到報仇的對象，還是拿出來洗澡用，也沒有那麼香了。至今她仍記得它叫BOURJOIS，心底也許是有一點溫暖的哀傷。

因為不好意思老去地茂館，中午他們便在六樓餐廳簡單吃，蝦仁麵和雞絲麵，太淡，拆了一包四川榨菜佐味。表哥自己也買了一份地圖，飯後攤在牀上研究。父親與姑姑隔小几並坐喝茶，頭上窗玻璃渾渾的毛光，人宛若在油畫裡，一個頭蘆白些，一個頭灰雜些。父親向姑姑說起準備了四千美金，買電視機，來回旅費，剩餘的一半給大伯母，一半自己留。姑姑道：「你們賺錢很辛苦。這趟來，吃的住的，花了很多，我已過意不去……」

「什麼話。」父親放聲道。「那些年你照顧父母親，我沒盡一點孝心，現也只能報答五姐。」

姑姑道：「這樣，買兩架電視機，大嫂的錢我拿。去年修墳，大牛一人擔了，後也沒叫我們分攤，這些錢，補給他，說家贊叔叔出的錢，他出力，我想他也高興，你也盡了心。」

父親道：「已經預備的，都帶來了。台幣升値，回去怕又升了，美金帶回去再換，蝕本。」

姑姑半天不講話。道：「二牛搞雜貨店賺錢，人小氣，跟大家不來往，在上海離我們算近，都不連絡。大牛大孩子廣華呀，也想開店，膽太小。現在做雜貨開一家賺一家，絕少賠的。說廣華要跟人搞專業，學開車子，旅行的人多哦，做運輸，廣華他媽媽不許，跟大牛吵，怕他開車出車禍，那不是送他去死，不准他。」

表哥道：「現搞專業都賺錢。好比有人，自己的田找別人來幫他種，自己不種，養豬啊，魚啊，種菜，絕對賺。」

姑姑道：「前年冬，肥田粉囤貨，有人要便宜賣給廣華，親自開車送到地頭上都願意，他沒敢買，去年開春播種，肥田粉缺啦，大家都搶，賣到五倍，眼看別人賺多少，他又後悔哦。」

表哥道：「另有人專門搜買兌換券，去友誼商店好比買一輛腳踏車，兩百人民幣，出來脫手就賣三百，什麼也沒做，一出一進賺了一百塊。現在兌換券是可以到銀行換人民幣了。八三年以前，外賓港澳同胞、僑胞回國，規定只能換兌換券，不准換人民幣。爲什麼呢，兌換券只能在友誼商店用，買比較好的東西，煙酒啦，腳踏車，電冰箱，電視機，藥材絲綢。人民幣一般日常用，好比你現在收了一張兌換券，要吃飯，不能用，也沒地方讓你換。那外賓什麼的出來吃飯坐車怎麼辦，中間就有一些人拿人民幣跟他換兌換券，這樣倒來倒去，發財。」

必嘉搖頭道：「一國兩幣，問題太多了。」

表哥道：「現在銀行准換啦，有人跟行員搭上線，專搞兌換券。比方十塊兌換券，他給行員十二，行員賺二。他拿兌換券到友誼商店買東西，出來賣十五，他還賺三。這個緣故。」

姑姑道：「前會兒不說要廢除兌換券？」

表哥道：「吵了很久，一半對一半，目前還是維持。所以國內東西，第一級都外銷，第二級給友誼商店，最差的留自個兒。好比觀光飯店也一樣，南京三家，平時同胞不准進去的，淡季十二月到三月，才開放給同胞。裡面餐廳，外賓吃飯後付錢，換我們，先收了錢再吃，大家都不服嘛。」

說著，表哥從上衣口袋掏出一個皮夾，內層塞著一些花票子，一張張遞給她看，五角兩角一角紙幣，七二年的，六二年的，簇新得很，送給她做紀念，大概是特爲收集贈她。一張一分紙幣，必嘉道：「一九五三年，我還沒出生咧。」

又送她兩張兌換券，若干糧票，一市兩，半市斤，五市斤，醬油券，豆製品副票。表哥道：「糧票情形也是。城市糧食現在夠吃，糧票不能實賣，就折成貨物交換，有些人也靠這個賺錢。」

她約表哥坐地鐵過海去中環闖一闖，後又搭電車兜街走，市區觀光。車左行之故，她完全轉向，表哥反而比她辨路。但兩人偕伴逛街，加倍累，陪來陪去，想看的沒看，要買的沒買，問表哥走得煩不煩，表哥道不煩，國內都走路，走慣了，她可躁起來，沒買到稱心的東西。隔天早上起牀，表哥陪姑姑自逛去了，她與父親上銀行把美金支票悉數換了港幣，帶父親去中藝和裕華看絲棉襖，慢慢走回旅館。鱷魚恤打半折，一窩人蠅在搶，她也參入搶了兩件薄輕夾克，一件雪白給必昇，一件腥紅給必暉。父親插腰站在店門口，朝空氣中嗅鼻子，眉毛擰成一個8字。貝利鞋也在打折，她叫父親去試一雙，父親揚手道不要不要，一股腦蹌踉往前直走了。

姑姑回來敲他們房門，兩大袋衣服，往旺角那頭逛去，東西便宜太多了，展示給必嘉看。七件女襯衫，滑溜的尼龍紗，一式輕灰底或佈滿穀粒，或佈滿鐵針、碎花、方塊丁，顏色霧暗，一件算起來八十塊臺幣不到。五件女外套，醬紫系列，姑姑叫她試穿看，滿意道：「很秀氣。」她鏡前一照，慘不忍睹，成了道道地地歐巴桑。心想，衣服還是由姑姑他們自己選好，免得帶回去也穿不上街，白花了。

黃昏阿燦如約來旅館。見面便向姑姑報告託問液態矽膠乳房的事，道：「要訂做來的，乳房的尺寸，大小，有沒有呢？」

姑姑回頭看一看表哥，表哥亦囁嚅不知，含糊道：「老三那邊說還要跟醫院安排預定時間，動手術裝好像。」

「嗳孩子都那麼大了，也算了。」姑姑帶兩分火氣對表哥說。

阿燦道：「不然姑姑回去問了，寫信來告訴我，再看怎麼弄法。不過我下個月要上桂林，待半年。」

姑姑謝道：「我看不急，再說。」

阿燦帶他們到海運中心坐船過對岸，船上一對一對年輕人，有人賣玫瑰花，是范倫鐵諾節，舊曆十七，月亮圓中已有扁意，剛剛升起，就在海上，黃澄澄的擠得出蜜汁。夜晚看水，近處近得在船窗邊沿，不見浪，見柔緩帶勁一波挺起時，幾乎漫進艙來。遠處浪急，一滾一滾的，月光照上去，像千百條魚湧動欲出。船向天星碼頭去，海潮氣灌滿船裡，凌風御水，整個香港是海底昇起的一座碎鑽琉璃山。阿燦忽向她道：「你還記不記得我們那次作文比賽，題目叫什麼？」兩人一望，笑不可抑。

當時國中二年級，她孝班，阿燦信班，被國文老師指定代表班上參加作文比賽，坐在一起，兩人競爭心很強，又是最好的朋友不願意競爭，但主要還是因爲阿燦喜歡那位老師，往往故作特立獨行搏得驚讚，乾脆一字不寫交了白卷。阿燦如此，她也如此，兩人在稿紙上只寫了一行作文題目。

小學五年級，父親遷居憲光新村，她從老松國小轉來，分到阿燦的班上。阿燦紮兩條像蚯蚓一樣的小辮子，瘦排排的，很有精神。她轉來不久，同學們就叫她大頭，的確她遺傳了父親銅像般的腦袋和臉盤。後來家家買了大同電視機，贈送的大同寶寶，頭上戴著紅色太空人帽，升入國中，男生班叫她大同寶寶。每次數學英文競試，總是她跟義班一個男生爭第一、二名，常常上臺領獎，跑辦公室送取教室日誌，男生們看到她走過，就唱起那條廣告歌，大同大同國貨好，大同服務好。阿燦家住影劇五村，上下學同路，國中三年，路上每天聽阿燦講對國文老師的感情。

阿燦道：「必昇現在做什麼，大學畢業了吧？」

必嘉道：「在我爸以前的保險公司，錢也不多，每月一萬出頭。他未婚妻商專畢業，貿易公司上班，拿的還比他多一點。五月結婚吧。」

「你呢？」阿燦定定看她道。

她道：「我？滯銷品。」

阿燦戳她一下也笑起來。道：「我現在想法也不一樣了，嫁不好不如不嫁。」

必嘉道：「我媽是這樣說呀。做女人最苦了，她想起以前的時候，都是苦，想不通是怎麼把我們三個帶過來的。她看我一個人蠻逍遙，想想也好，免得再受她那些苦。你怎麼樣？」

「自求多福而已。」阿燦道：「當初愛得要死要活，不是也差不多。我跟他媽媽搞不好。」

必嘉道：「你們住一起。」

阿燦道：「沒有。他爸媽都是醫生，媽媽開診所。想移民去美國，姐姐在那裡，九七嘛。可是醫生執照到那裡不承認，現在也不知道怎麼辦。」

必嘉道：「程伯伯呢？也退休囉。」

阿燦道：「他就寶貝他那筆退休俸。有個侄子在安徽，跟他通信，他嚇死了，怕被查到，把退休俸給停掉不再發了。我妹妹有時候打電話寫信給我，說全家沒有人要理他，嘮叨得要命，摳錢，摳到廚房管起我媽做菜來。」見必嘉右手腕戴著一隻銀澤鐲子，正中鑲一顆土耳其藍石，提起她手觀詳。

「破銅爛鐵啦，手工還不錯，尼泊爾的。」必嘉道。

阿燦道：「這些我都不買了。大概老了，越來越愛保值的東西。」

必嘉紅紅臉，頗有同感。三十幾歲人，身邊沒有幾樣值錢東西，自都覺得孤寒。

阿燦拍拍自己的臂膀，看著膀肉輕盪而止，道：「你看，肉都鬆了。你怎麼這麼緊。」

必嘉建議可去健身房運動。想起健身房裡用屏風隔成一間間的舖位，躺著人在做臉，額上綳著毛巾把頭髮一攔全推往後去，光光一盤臉面，漆封著膠白的敷臉霜，露出嘴巴和兩個鼻洞是黑的，像一具一具木乃伊。有位影星也來這裡健身，聽說她老公外邊有小公館，背後談起來都說：「保養得那麼好有什麼用，丈夫還是去找別的女人。」必嘉一邊講著，觸動到陳年舊事，語氣間很怨。

阿燦冷笑道：「沒用啦。變心的時候，看人家都是香，你都是臭，那個嘴臉嫌惡你的樣子！我想起來都發毛。」

必嘉吃一驚，望著阿燦。阿燦道：「所以去年有個朋友，在桂林開一家中外合資的飯店，缺人，我就去當了經理。」

必嘉道：「你眞敢啊，去就去了。」

阿燦道：「沒有辦法中的辦法，我得先救自己。那時候碰到一個天德教師父，幫人看病，我去看坐骨神經，師父告訴我，我老公跟我有緣，我們是夫妻的緣。跟那女人也有緣，是孽緣，緣盡了孽就走了。教我不要去擋，擋不住，也不要跟他吵架亂鬧，裝不知道最好。我做不到，做不到的話離開去避一避也好。剛到桂林，每晚睡覺都哭，唉，心情夠不好了，蝦也沒得吃，魚也沒得吃。」說著破涕為笑，一星淚光濺到鏡片上，取下眼鏡擦拭，眼皮上淺淺掃藍。近視戴眼鏡的關係，俯視的目光直直的，睫毛前煙籠霧罩，有點無助，雙眼皮有點稚氣。戴上眼鏡，即又恢復了平常，道：「這次回來，他沒事都在家裡蹲。變得是我沒辦法看他臉，想到他曾經對我的那種樣子，心就縮起來，自己都覺得難看，只好儘往外跑。」

他們正搭登山纜車上太平山，上到垂直時，兩邊高樓斜斜倒吊著，一戶戶窗口裡亮著各色暖度的燈，桌椅陳設歷歷可見，像天傾西北，日月星辰紛紛朝一邊滾去。一對男孩手牽手靠在車門口廝磨，篷寬吊帶褲兜住棉白襯衫，衫前口袋別一枝紅玫瑰，宛若連體兄弟，共一個鮮赤的心臟。山頂雲霄閣供應情人餐，說穿了，就是牛排餐，不過今天什麼都製成雞心形，成雙結偶。阿燦向侍者要了一包摩爾，給她一支，偶爾她會買包最長的莎拉特嘉來抽，現在怕把姑姑嚇到了，不抽。

次日阿燦帶他們在海洋公園玩了一天，她便把自己和高的事陸陸續續也講給阿燦聽。當時她申請到奧斯丁，參加西北航空的活動與我同飛，之中有一個男孩也去奧斯丁，同班機，正想著跟他認識好有照應，他就打電話來家裡，約在館前街青橄欖書房門口見，她會穿牛仔裙T恤，高說穿一件綠襯衫，必嘉道：「什麼褲子，你猜？」

阿燦道：「總不會是紅褲子吧。」

必嘉點頭說是，倒作一團笑。高在對街就看見她了，閃到柱子後面打量她，待心跳比較緩和後才走過來跟她見面。褲子也還好，是磚紅色的牛仔布褲。聊天時問他為什麼選這套穿，高說那是他舅舅送他的，跟舅舅最好。去飛機場之前，她和母親打賭，高賢諒一定又穿那套紅綠配，果然是，母女吃吃的笑。飛機上他說，本來穿一套西裝，嫂嫂笑他又不是去相親，坐長程要舒服第一，他才換下來，行李重又打開，上面疊的就是這件襯衫褲子。在東京轉機過境室候機時，她一盹醒來，見高對面坐著炯炯看她，看了很久的。

上半學期她住學校宿舍，同寢室的黑女生經常半夜溜去男友那裡睡覺，清晨四、五點回來，洗澡攪得碰碰響，早上她七點起牀準備上課，黑女生還怪她太吵。下學期她搬到外面，契約上寫明的是女生宿舍，三間房共一個客廳，衛浴。兩間住的女生十九歲，發得卻像幾個孩子的婦人。一起先右間那個晚上帶男友回來，喝酒，叭渣叭渣吃東西，吃完上牀，跟他們的吃一樣，弄得亂七八糟響。清晨她被冷醒，出來一看，客廳冷氣大開，房間門洞敞著，牀上睡兩條裸蟲。她去把冷氣關了，那女的高頭壯乳，屁股像一隻河馬，醒來質問她，是不是要把他們熱死。對她的抗議，反而勸她入境隨俗，去找一個回來做，幾次說：「你知道，最快樂的事是什麼嗎，喝酒之後做那件事，喔耶穌，太棒了。」另一間住的是房東女兒裘莉安，長得算漂亮，聽她抱怨，附和了些話，聳聳肩道：「翠西是被寵壞了。」不久即知裘莉安也帶男人回來，不同的男人。一天早上她上浴室，門一撞開，迎面出來兩隻黑茸茸毛腿，嚇她一大跳，男人高她半身，空殼襯衫，底下都沒穿。她氣得去敲裘莉安的門，話沒講兩句竟給打了一耳光。拚開了，回去抓一把電吹梳子，來就踢門破口大罵，照裘莉安臂上一鐵柄打去。裘莉安扯住她辮子扭打起來，打到她房間，也許被她罵的話和一臉凶神惡煞駭住了，手一放，嗚嗚哭起來。求她不要去控告她們違約，不要告訴她媽媽，她還要靠家裡給她生活費。新學期必嘉就搬走了。

高是台中人，排行老么，姐姐比哥哥多。很會彈吉它，畫漫畫。前半年他們忙著適應功課和環境，下半年才好起來。看她不高興的時候，會說：「我彈歌給你聽吧。」講著話會忽然靜止下來，說：「我幫你畫一張相吧。」看她梳紮辮子時會說：「分一個給我編吧。」他的手笨大，可是很妥貼，細細的梳理、分股、編束。他非常厭惡龐大的家族裡不止息的糾紛，問她願不願意將來跟他去山上居住，遠離那些庸俗的人。她認眞的付出感情，篤信高對她也一如這樣的付出。

但他似乎常常搖擺不定。語文能力不及她，見她適應得又快又充裕，不免怪她崇美忘本。他的兄姐們有的搞股票，經營餐廳，有一個在加州搞房地產，他不時向她嘆氣說，這樣唸書唸下去沒有前途，想跟姐夫跑新加坡做轉口貿易。有時他像在暗示她，說台灣來的女孩最可憐，那麼壓抑自己，應該學學美國女孩子的開放，享受青春。但一會兒又回頭說，他看佩姬也不是什麼好貨色，剛來就跟某某搭上。佩姬是第二年他系裡來的一個新加坡僑生，釘住他學長學長的喊，並且不久就跟他住在一起了。

高當面也講得明白，他希望能拿到新加坡籍，將來工作方便。她分手亦卑屈傲悍，道：「以後在校園裡，你跟她最好閃遠一點，不要給我碰到。我在的地方，你們也最好不要一起出現，不然會很難看。」背地裡，她哭過好幾次，開始還跟女同學訴苦，人家輕鬆一句話，當然啊佩姬比較嘛亮嘛，從此她絕不再談這件事。當時母親不在身邊，一個親人可說說的也沒有。半夜常忽地驚醒，喘不過氣要窒息死了的痛苦，淵黑一片，不知身在哪裡。白天她把自己穿得更精神，畢挺牛仔褲，大紅羊毛衣，挨到學位拿到，束裝回國。下飛機出來，母親看到她就哭了，必嘉道：「大概是飛機坐的，乾，臉上全是一條一條細皺紋。後來我媽講，必昇看到我吃了一大驚，說姐姐老了。」

她與阿燦說這些話時，萬丈海谷吊在空中。球形的一座座纜車，漆成艷藍頂，艷紅頂，透明玻璃殼圍罩著，裡面四個亮橘色壓克力椅凳，造得眞像晶脆可口的水果糖，兩邊山頭之間繽紛來去。姑姑表哥父親搭前面一座，兩人佔了一座。阿燦嘆口氣，道：「我還記得以前我們最大的夢想呢。將來會賺錢的時候，要買一大包牛肉乾來吃。」

必嘉道：「你愛吃辣味的沒錯吧，我是帶辣味的。」

「每次去旅館，都忘記拿。」阿燦猛拍自己一記頭。復道：「一邊辣得嘰嘰歪歪，一邊灌開水，上大號都辣。」

兩人相互戳指著，笑歪。球座一擺晃，都驚告道：「別笑，別笑。」汪洋大海在腳底，稠藍得像拌了油脂，呈半流體狀渦漩游移。海面上著偏西太陽照射，藍轉色爲灰，摻著大把金粉，眩人眼目。零星幾隻三角帆航遠了，眨眨眼，即被灰金迷離看不見的海平線吞噬。樂園星期天喧譁的人聲，夾一波擴音機出來的海豚表演口令和音樂，匯成渺渺聲浪，漫海空迴盪。好像午覺一盹醒來，尚留夢際，不辨前路與後塵。人生在世，眞的是作了一場夢。檢視起來，只有坑坑破破這一身。

曬了一整天，晚上皆有點昏病發熱。姑姑打算十八號離港，留一、兩天讓他們父女或有什麼事要辦，客去主人安。父親再挽留一天，也無事，該買的買也差不多了，姑姑一走，他們即走。姑姑道：「我老了，不圖吃，不圖穿，隨便都好。茂培他也很隨便。這趟出來，花你們太多錢，我心不安，想儘早回去。話是再談幾夜幾天談不完，但也可以了。見到了，知道彼此都好，看看外邊什麼世界，夠啦，該回去了。」

昨晚一頓情人餐吃掉九百多港幣。黑胡椒牛排，她跟父親叫五分熟，阿燦三分熟，切開肉，血水攤一盤，眞是生猛。姑姑一箸未動給了父親，表哥勉強吃掉一半，由它收去了。花錢如流水，可是吃這麼一餐，不獲認同，總是缺少許多熱鬧，刀刀叉叉一桌子，興生荒蕪之感。

父親將美金換成的港幣交給姑姑，第二天便分頭逛，各取所需。父親留在旅館寫信給老家縣長，矻矻孜孜弄了一天。表哥照阿燦講的，偕姑姑走到旺角買衣物，上午挑了三件小孩的毛外套，看看卻是大陸外銷品，都說這裡買比國內便宜，製得也比較好。下午仍去旺角，選回一件小女孩的洋裝，兩件小男生牛仔夾克，姑姑道：「買小孩東西，小孩高興，大人也高興，比給大人買還高興。」

表哥買了一隻黑色揹包給太太。向她道：「旺角襪子才便宜，十塊三雙，表妹你在店裡買的那些貴囉。」

必嘉心想貴是貴一點，但一雙一雙包裝得鮮整，帶進去讓大家看看嚮往，姑姑連一紙塑膠袋都用起毛了。他們照了兩卷底片去沖，隨送兩本相冊，表哥翻前翻後看，道：「我們這種簿子，要自己買。」向姑姑道：「外邊競爭厲害，買東西都附贈送品。」

兩架彩色電視機，直找到中環域多利皇后街一家國貨，才有直送南京提貨。表哥選了樂聲十八吋單線彩電，道：「日立的顏色深，我們比較不喜歡。因為平時工作累，雖說工作量不大，可耗時，空閑看電視的話，喜歡看樂聲顏色淺的。十四、十六吋的顏色深不好，二十吋的因我們房子普遍小，距離近，粒子太粗，也不好。所以樂聲十八吋彩電，國內最受歡迎。」

必嘉聽了笑起來，不過隨口問他為什麼不買日立的，電腦似的吐出這一串資訊。和表哥也熟絡了，開他玩笑道：「你是雷根總統。」見表哥不明所以，道：「雜誌訪問雷根以前的太太，問她雷根是怎樣一個人，她說如果你問雷根現在幾點鐘，他會把一隻手錶的構造全部告訴你。」

表哥訕訕一笑。後來走到街上，回味過來覺得有趣，忽然放笑幾聲。她送表哥一個計算機，表哥扎開手不肯拿，道：「我們總務處辦公室也有一個了。」

她把計算機插進表哥西裝口袋裡。表哥道：「這要壞了，怕沒法修。我們現很缺少這種技術人員，電視冰箱哪裡壞的話，很難找到人修。」

姑姑家裡原有的一架黑白電視，也許就送給大伯母那邊。前陣子電視台放映日本連續劇「阿信」，十分轟動，姑姑也很愛看。離開香港前一天，姜小姐託他們帶些東西回台灣，中午約在金馬倫道的南苑見。實在也因爲十天來在地茂館吃，菜單都被點遍了，父親跟老本家熟到攬腰抱肩，留下地址，若去台灣包管招待。阿燦建議他們去南苑，下午可帶姑姑表哥到半島酒店喝咖啡，傍晚來接他們，作東餞行。南苑人眞擠，兩排人坐在外間等叫號，有空桌了才進去吃。父親搖頭道：「排隊掛號，看病？台灣也沒這樣。」

姑姑瞧瞧屋裡的裝潢，道：「這家是城市風，比那邊鄉下氣好。」

姜小姐牽著孩子來，託交了兩袋子就辭謝離去。一袋子裝巧克力、瑞士糖、兩盒香菇，分給他們兩家的，都讓姑姑帶回去。菇是很好的菇，一朵一朵銅錢大，收攏得飽滿密實，孢子未散。姑姑道：「姜小姐太客氣了。」

必嘉已是點菜老手，叫了筍柱蝴蝶腩，腿汁扒菜膽，韭王銀芽炒鳳掌，火腿蘿蔔片湯，齊眉白米飯。吃過便走彌敦道折去海運中心，看看天光底下的港灣，沿堤岸逛到半島酒店。兩杯紅茶，兩杯咖啡，專爲來看殖民風味建築的氣派，倒被那氣派折壓了，只見有房子，不見有人。端來擺在桌几上的茶具杯盤，冷緻緻彷彿只可觀賞，不可動用，放到涼不啜一口。姑姑和表哥的侷促不適很快傳染給必嘉，漸起懊躁。坐不多久，表哥說出去買麵包，準備明早動身帶走，生怕像上次通關又被困五小時。姑姑因每天早晨起牀做全套按摩操，父親央姑姑教他，令必嘉一邊錄在紙上記下來，從鼻子眼睛耳朵、胸腹、腰腿、手腳、到指頭，一授一受，老倆對坐比劃了一通，麻蠅字記滿兩頁筆記簿。姑姑談起誰誰，「忽然一天，什麼都聽不見，聾了，比我小五、六歲哩。所以你這樣兩手掌摀住耳朵，手指掩住後腦殼拍六下，給它共鳴。再兩手掌摀著耳，一掀一合二十下，就是經常要給鼓膜振動的意思。老人鼓膜萎縮，縮縮一下封起來，聾了。你特別得注意。」

表哥轉了一小時回來，兩手空空，買不到結實的大麵包，看來看去都是點心式的精細吃食，貴得很。他們坐到傍晚過了，茶冷杯寒。椅子背後一盆棕櫚，半腿高的窗牆上一排通風口，嘶嘶噴出冷氣，坐久了，豪敞入頂的大廳遂成了北歐冰宮，人影映到冰上亦滑溜落不住腳，心中甚是潦草。姑姑表哥都說阿燦請吃的飯免了，母子倆還有些瑣碎要買，麵包也沒買到，父女硬把他們留住。

阿燦出現時，天色已黑，帶他們過兩條街去香港酒店，白天暖晚上寒的節氣，涼涼像走在水裡，上到樓頂麒麟閣，卻又踏入另一個冰宮。璀璨如一大碗寶石的香港海巇，既不是平常那樣高在頭上，也不是太平山俯瞰時低低在腳下，而是平平的就在欄干外面，伸手可及，使喚便來。進門時，映眼插一枱桌天堂鳥，斜七叉八怒飛。阿燦的醫生公婆常來這裡用餐，侍者皆熟識。頭盤上來是水煮鮮蝦，剝殼沾醬醋吃，每盤分四隻，光必嘉就添了三次盤。

阿燦聊在桂林的各種見聞，想必姑姑聽著頗刺耳，又惦記行李要整，無心吃飯，傍晚喝了一肚子冷茶，蝦子下肚，積食不化。姑姑見他們吃蝦用手剝，向表哥道：「咱們用筷子剝的，沒用手。」

阿燦聽半截話，繼續桂林的話題，道：「他們不用手吃也不見得就是有禮貌呀。看電影的時候，腳丫伸在你椅背上。」

父親道：「這是習慣問題。」

阿燦道：「你說吃這種蝦，還非要自己動手來剝吃才過癮。」又道：「還有我們飯店新買的刀叉，調羹，連那種塑膠的筷子，一個月不到全沒了，你到員工他們家裡一看，原來都跑去那裡了。」道：「我宿舍桌上擺一個站的月曆，人來就要拿走，我說我也要用欸。每個一看見我，看見菩薩一樣，程小姐啊要不要換錢，媽我腦袋裡四種錢，人民幣，兌換券，港幣，美金，昏了。」

二道菜上烤乳豬鵝肉拼盤，三道魚翅湯。表哥仍保持他貫有的，斜側坐，與飯桌平行，彷彿隨時可撤腿而走，捧著飯碗，四周張望，扒一堆飯，撿一夾菜，瞬間已兩碗白米下肚。必嘉心想，人家請這麼貴的地方，好歹也多吃一點菜捧場。第四道菜未上，姑姑已堅持先走，向她道：「明天吃的還沒買，我心老掛記，飽帶乾糧晴備傘，我跟茂培買去，你們陪程小姐。」

阿燦邀留不住。表哥也說阿波羅磁帶找了好幾家沒有，想再試試去找，講半天，才知是阿波羅出的古典音樂錄音帶，茂平囑買一卷貝多芬，一卷柴可夫斯基。阿燦道：「你不早說，酒店這棟，五層還是六層，專門有賣。街上買不到的，沒人聽這個。八點半了不知道店開不開。」

姑姑向阿燦道了謝離去。必嘉送他們到電梯口，見一老一少，沉下樓去，心中悵悵如有所失。

父女坐巴士回到旅館時，姑姑和表哥已走路回來了，很開心買到錄音帶和麵包，棍形的法國麵包，表哥笑說可以拿來打人。阿燦送他們各兩盒南棗糕，給必嘉一包杏脯，兩人從小吃蜜餞長大，吃精了。姑姑問起阿燦那頂頭髮，像啃出來的，必嘉笑道：「時髦呢，名師傅剪的。她桂林一回來，就去剪了這個頭。」

父親道：「作怪吧。他們還有興剪男人那種平頭，後面留一撮編小辮兒，眞像老鼠尾巴。」

必嘉把密藏的一隻金鐲子取出，母親送給姑姑做紀念的。姑姑虎下臉來不肯收，道：「當年匆匆忙忙，你們結婚我什麼都沒給。采容心意我領了，鐲子帶回去。」推還給父親，父親又推回去，鐲子便擱在茶几上。

兩房間跑來跑去，各自分裝行李。收拾到半夜，父女倆仍忙著撕大陸標簽，改換包裝，父親伏在化妝鏡枱上，用小刀細心磨除牛角藕杯上的南京製造地名。姑姑敲門進來，將鐲子穩貼放在枕頭上，無論如何是不收，牀邊坐下，望望屋裡攤得一地一牀東西，看父親正忙碌，刀片在堅硬的角杯上沙沙削礪著，夜靜裡聽，像蟻蟲蝕著家具，坐一會兒，亦回房睡了。

早晨姑姑離開時，屋裡清整得像軍營，各種購物的塑膠包裝袋亦不見一個，皆疊摺帶走了。的士到紅墈火車站，搭去羅湖。四人兩兩對坐，沒有什麼話。車過大浦以後，越來越多空地雜樹，也有幾家水塘農戶。姑姑看看父親，看看她，道：「咱們是老了。必嘉他們，將來還有機會見面的。」

父親望表哥道：「什麼時候再出來啊？」

表哥呵呵傻笑著。姑姑道：「將來必嘉也許能上來看看。你們都還年輕。」

父女陪姑姑一直到入關口，姑姑撲簌簌掉下眼淚，握著父親手，道：「咱們是最後一次見了。你自己照顧身體。」必嘉亦淚紛紛落，父親道：「五姐保重。」姑姑復握了握她，道：「大概以後也見不到了。」互又道了再見，與表哥拉著行李走進關內。

她和父親怔了一晌，爬上二樓，步出月臺。月臺底柵欄隔住，不能再走，白花花的石子和鐵道直直往前通去，遠野也是南台灣常見的芭蕉樹，披撒著不可收拾的闊綠大葉。他們趕火車回九龍，下午飛機飛台北。一路來時的風景，海上嵐氣很重，伸進水中的山嶼濃淡宛如水墨。父親道：「這回聽五姐講，我才知道，你們爺爺是很會開玩笑的人。」久久，又道：「我記得的父親，非常嚴厲的。」道：「有年過冬，父親造了整一個長櫃，儲滿粉絲，黃芽菜，你們姑姑和六姑，早上上學，放學回來，愛抓一把煮來吃。這些我都不知道。」

她想起昨天走金馬倫道出來，見一隻招牌，大字書寫著、「紋眉」，指給姑姑看。父親搶過去說明，說說忘形越離了譜，變成把眉毛一根根種進皮膚裡，姑姑驚駭道：「種進去？」父親道：「種進去，一根一根的。」她走在前面，不可置信的回頭看父親，見父親一派認眞，姑姑一派認眞，明明是兩個大人，也是兩個兒童。父親像一點一點裂開他的硬殼，綻出赤肉，顯得竟是這樣柔稚可笑。

他們匆匆到廟後市場買了一隻紅壺。幾個南非布鈴，兩磅桃棗，帶回去給母親嚐稀罕。回旅館後，把五公升裝浮凸南京二字的白壺裡的小磨麻油倒進紅壺，一看只有三分之一滿，平白一口大壺，剛才比較了半天才選出來，兩人都估量錯了。桊桊弄弄共六件大小行李，那口壺起碼佔了半件。

機窗外，雲像堆雪在底下，上方青天蕩蕩，白晝杳杳，她與父親，正在回家的路上。

民國七十六年七月卅日寫完

民國七十六年八月六日至十九日《中國時報》

朱天文作品出版年表

喬太守新記	小說集	1977	皇冠	
淡江記	散文集	1979	三三書坊	（1989 遠流）
傳說	小說集	1981	三三書坊	
小畢的故事	散文集	1983	三三書坊	（1989 遠流）
最想念的季節	小說集	1984	三三書坊	（1989 遠流）
三姊妹	散文合集	1985	皇冠	
炎夏之都	小說集	1987	時報・三三	（1989 遠流）（2001 上海文藝）
戀戀風塵	電影劇本	1987	三三書坊	（1989 遠流）
悲情城市	電影劇本	1989	遠流	（2001 上海文藝）
世紀末的華麗	小說集	1990	遠流	（1993 香港遠流）（1999 四川文藝）
朱天文電影小說集		1991	遠流	
下午茶話題	雜文合集	1992	麥田	
安安の夏休み	日譯小說集	1992	筑摩書坊	
戲夢人生	電影劇本	1993	麥田	
荒人手記	長篇小說	1994	時報	
好男好女	電影劇本	1995	麥田	
花憶前身	小說集	1996	麥田	
世紀末の華やぎ	日譯小說集	1997	紀伊國屋書店	
極上之夢	《海上花》電影全紀錄	1998	遠流	

Notes of a Desolate Man（英譯《荒人手記》）1999 Columbia University Press New York

千禧曼波	電影劇本	2001	麥田
花憶前身	散文集	2001	上海文藝

Anthologie de la Famille Chu（法譯《朱家選集》）2004 Christian Bourgois

畫眉記	小說集	2005	廣州花城
最好的時光	電影作品集	2006	山東畫報
荒人手記	日譯本	2006	國書刊行會
巫言	長篇小說	2008	印刻
劇照會說話	圖文集	2008	印刻
朱天文作品集		2008	印刻

朱天文作品集 3

炎夏之都

作　　者　朱天文
總 編 輯　初安民
責任編輯　丁名慶
特約編輯　趙啟麟
美術編輯　吳苹苹　陳文德
校　　對　朱天文　趙啟麟　丁名慶

發 行 人　張書銘
出　　版　INK 印刻文學生活雜誌出版有限公司
新北市中和區建一路 249 號 8 樓
電話：02-22281626
傳真：02-22281598
e-mail：ink.book@msa.hinet.net
網　　址　舒讀網 http：//www.inksudu.com.tw

法律顧問　巨鼎博達法律事務所
施竣中律師
總 經 銷　成陽出版股份有限公司
電　　話　03-3589000（代表號）
傳　　真　03-3556521
郵政劃撥　19785090　印刻文學生活雜誌出版有限公司
印　　刷　海王印刷事業股份有限公司

港澳總經銷　泛華發行代理有限公司
地　　址　香港新界將軍澳工業邨駿昌街 7 號 2 樓
電　　話　852-27982220
傳　　真　852-27965471
網　　址　www.gccd.com.hk

出版日期　2008 年 2 月　初版
2021 年 7 月 26 日　初版四刷
ISBN　978-986-6873-58-4
定　價　350元

國家圖書館出版品預行編目資料

炎夏之都／朱天文 著
--初版, --新北市中和區：INK印刻文學,
2008.2　面；　公分.（朱天文作品集；3）
ISBN 978-986-6873-58-4　（平裝）

857.63　　96025528